김종철 시전집

김종철 시전집

KIM JONG CHUL
COMPLETE POETRY

문학수첩

이 시전집을 고故 김종철 시인에게 바칩니다.

2016년 7월
강봉자

신랑 신부의 초야를 '첫날밤'이라 딱 붙여 쓴다
여행지에서 보낸 첫 밤은 '첫날' 하고 '밤'을 띄어 쓴
'첫날 밤'이다
이승에서 하루하루 맞은 밤들은 '첫' 하고 '날' 하고
'밤'을 띄어 쓴 '첫 날 밤'이라 쓰고,
다 함께 '천날빰'이라 읽는다

이 시집에 못질한 천날빰의 못들은
나 죽은 뒤 나로 살아갈 놈들이다.

2013년 2월
김종철

~~森林에 잠은 새울목~~

서울의 遺書

서울은 肺를 앓고 있다
도착증의 언어들은
홍역처럼 떠돌고
완성되지 못한 소시민의
벽판들이 시름시름 앓아누웠다
눈물과 비탄의 껍질들은
더욱 두꺼워 가고
병든 시간의 앓음위에
가난한 집들이 서고 허물어지고
오오 잡잡의 믿음의 우물들은
바짝 바짝 메마르고 갔음의
우리도 나는 한숨한 ~~죽엄와~~
벌써 죽음의 열쇠를 지니고 다녔다

날마다 죽어서 다시 살아나는
당신의 양심의 밑둥을 찍어 넘기고
헐벗은 ~~진리~~의 알맹이와
약간의 빵과 물을 구하기 위하여
~~질병~~의 타광을
매일매일 ~~캐어~~ 날랐다
절망의 삽과 곡괭이에 묻힌
약간 다친 경험 ~~의~~ 의 손과
失意에 시달린 빵의 병은
탄식의 밤을 너무나 많이 싣고 갔다

오늘 달아난 개인의 밤 ~~때~~ 과
십년간 돌아오지 않는 오딧세우스의 바다가

古書店의 뼈를 말리고
나는 스스로 주리고 목마른 자유를 훔쳐 간
일생의 한 도둑을 잃게 되었다
우리집의 助骨 위에서
숨죽인 밤들이 되다 컸다
콘크리트 뼈대의
거칠거칠한 통증이 전신을 쑤시고
덫에 걸린 도시의 죽음들은
노오랗게 견디어 냈다
오염의 찌꺼기에 뒤덮인
오딧세우스의 靑銅의 바다는
몸살로 절절 끓어오르고
그때마다 쓰라린 고통의 서까래는
제풀에 풀석풀석 내려앉고
내가 갖는 웃으중의 하나가
송두리채 뽑혀나갔다
나는 단순한 목마름과
죽음의 열쇠만 꼭 쥐고
매일밤 불편한 언어의 관절염을 앓았다

—〈서울의 유서〉 육필 원고, 1975년

장마가 끝나가는 날

하얀 진흙 밭과 얕게 감겨 있는 삿갓 같은 밭고랑

수많은 기스는 위에 다시 와 홈빡이 보이고

이슬의 비 차 바다로 떠나려 왔다

(다시 한번) 나를 넘어가는 것들으로

세어보았다

— 노란 나물 벗겨진 어두운

— 노란 나물의 벗겨진 어두운
  ...어둠이

미국인의 벗이 되고
  ...태국인의 벗이 되고

나는 여러 번 하나가 되고 들이 되고 셋이 되고

다시 하나가 되고
그들이 가지고 온 멧개야 부두, 멧들아 아무서

멀리 되어 속에서

비는 오는 기스운 천천히 돌려 주었다

朱

죽음의 逃走曲。 빗속의 口吟소리에서

멍게벌은 땅이여

그대는 선한 싸움으로 다 싸우고

달려갈 길으을 다 달렸으며

죽음의 처녀성과

꿈으로 쬐어가는 잠들의

멍개의 믿음으로 지켰으니 뽈이다

황폐한 바람이 분다

마른 뼈여

곧짝기들이 떼지어 내려온다

그대의 비애소리에

두마리 어드깨가 절망적인 싸움으로 한다

마른 메뚜기와 들꿀의 상석

노여움과 어리석음이 다 불꽃

—〈죽음의 둔주곡〉육필 원고

산 뒤에는 해
시원한 바람 마흔
천천히 내려온다. 그래 우
C-레이션과 빵으로 올여먹었다.
노래랑 주러 절을 함께 술노들기높아
대오를 슬기다가 10시가쯤 B 복위
내복지점으로 출발. 어제보다는 별횡로
들러 않았지만 뒤에 딸아오는대오은
저희 처진다. B 복위 조금와서
어서 책 사를 하고 일부의 수색로는
등성이를 수색하자. 역시 오늘 바로 물이
먹지 않지만 아침 무렵 2등가쯤 되는
수통중에서 바등가쯤 물을 로들길 받았
으나 래식하자. 그러나 모르겠었다.
지금 이상태에서 허가 소허는 물을

엇따쉬 르 살다. 나는
살러는 본능에 자제를 잃고
한 수통의 물을 순호 쉬고었
그 충족감. 그 시원한 되드로
의 뒤안. 내 수통으로 오는
내일을 살아야

약 2시에 저는 목수라 소닥과 이웃
도착해보다. 둘룰 휘상병과 그간의 고통
굴리 받았다. 그중에서 풀이 운한 이곳
가 전부를 차지했고. 내목 골짜의
시원한 음료를 솥대에 들이가서
때때막이 마시자니 약속을 하리 웃었고
수색조원이 돌아왔다. 이곳이 내복화시가
가장 나으리라하여 우리는 이곳에 자리
를 정하고 독나빌 내복테가쯤
떨어거로기 자리를 잡다.

하늘이 어두워진다 갑자기 굵은
비가 내린다. 우리는 급히 단호를
나뭇가지 사이에 걸고 물을 받았
다. 나는 7통의 수통에 물을 가득
채우고 철모에도 가득 채워두었다.
모두다 독점이 밝아졌다.
비가 그쳤다. 우리는 잠잘 자리
만들고 그위에 톱로 위장을 했다.
어스늘이 조롱히 내린다. 낯가지
벌러기가 울다. 고적감이 전신에
자리 잡는다. 기다린다. 끝없이
기다려,

어두워지면 조국에 긴 편지를 씁니다.
몇개의 항생제의 이름을, 떠나온자의
비애를.

선생님. 날마다 저는 못사나이들의 고통을
핀셋트로 집어내기도 하고 그들의 일부분의
죽음을 지켜주는것이 유일한 의무입니다。
눈먼 시대의 비극을、단 한줄의 진실을
얻기 위해서 때로는 몇밤을 새우며
그들에게 따뜻한 헌신을 하지만 남는것은
피로와 더위 뿐입니다.
여러 종류의 레이션과 맥주와 양담배와 샤워、
낯선 생활 방식이 체질에 맞지 않는 탓인지
오래전 부터 식욕을 잃고 무엇인가 먹지않고
는 못배길때 까지 공복을 기다립니다.

— 월남전 육필 메모

　이 전집은 김종철 시인이 출간한 첫 시집《서울의 유서》
(1975)부터《못의 사회학》(2013)까지 7권의 시집과, 유고시집
인《절두산 부활의 집》(2014), 영문 번역 시집인 *The Floating
Island*(1999), 가형家兄 김종해 시인과의 합동 시집《어머니, 우리
어머니》(2005) 등에 실린 작품을 전부 수록했다.《어머니, 우리
어머니》에 실린 작품은 그의 개인 시집에 재수록되기는 했으나
어머니에 대한 사랑과 그리움을 곡진하게 표현한 단일 주제의
작품이기 때문에 작품이 중복되더라도 별도의 장으로 수록했다.
이로써 우리는 김종철 시인의 20대 데뷔기의 작품으로부터 말년
의 작품에 이르는 50년 가까운 창작의 역정을 한꺼번에 대할 수
있는 기회를 얻게 되었다. 참으로 뜻깊고 가슴 벅찬 일이다.

　어릴 때부터 학생 문사로 두각을 나타낸 김종철 시인의 본격
적인 시 창작은 1967년부터 시작되었다. 그 작품들을 투고하여
1968년《한국일보》신춘문예에 당선한 것이다. 이 점은 1975년
5월에 출간된 그의 첫 시집《서울의 유서》서문에서도 확인할
수 있다. 그는 서문에서 "8년 동안 써 모았던 이 작은 시집이 나
의 생애에서 영구히 남으리라는 기대는 갖지 않는다"라고 썼다.
8년 동안 써 모았다고 했으니 1967년부터 본격적인 창작 활동이
시작되었음을 알 수 있다.

　그의 신춘문예 당선작 〈재봉〉은 유현한 신화적 심상과 탐미적

언어로 직조된 독특한 상상 세계를 보여 주어 문단에 신선한 경이를 안겨 주었다. 70년대에 들어서서는 현실 풍자와 비판 정신을 드러내는 작품을 많이 발표했고《서울의 유서》에 그런 유형의 작품이 대부분 수록되었다. 이 시집에 담긴 시대 의식은 지금 읽어도 짜릿한 전율을 느끼게 한다. 표제작인 〈서울의 유서〉 첫 행에 나오는 "서울은 폐를 앓고 있다"라는 선언적인 명제, 연이어 등장하는 소시민의 좌절감과 억압적 현실에 대한 단호한 고발의 표현 등을 읽으면 시대의 전위에 선 선명한 상황 의식에 감탄하게 된다.

이 시집에 베트남 참전 경험을 다룬 작품이 다수 수록되어 있는 것도 주목해야 한다. 〈죽음의 둔주곡〉은 200행에 이르는 장시인데 전쟁의 잔혹성과 비정함, 인간 심리의 절박감과 공포감, 죽음에 따른 폐허 의식 등을 변주하며 시상을 전개했다. 그러면서도 이 시의 배면에는 구원의 가능성으로서 여인과의 사랑과 어머니에 대한 사랑이 기독교적 상징으로 변주되어 흐르고 있다. 이외에도 〈베트남의 7행시〉〈닥터 밀러에게〉〈죽은 산에 관한 산문〉 등의 시에서 전쟁의 비인간성과 그것이 안겨준 참혹한 상처를 극적인 방식으로 표현하며 고발정신을 형상화했다.

첫 시집과 두 번째 시집《오이도》에 장시 형식이 시도되고 유장한 호흡 속에 대화가 삽입되는 등 새로운 시도를 벌인 점에 대해서도 정당한 평가가 이루어져야 한다. 초기의 김종철 시인은 동인 활동도 활발히 전개하면서 새로운 시 영역을 개척하기 위해 다양한 노력을 기울였던 것이다. 세 번째 시집인《오늘이 그 날이다》(1990)에서는 우화의 형식을 새롭게 시도했다. 시집의 서문에서 "시를 무겁지 않게 쓰는 법이 열렸다"라고 언급했듯이 우화에 바탕을 둔 상상력은 비장한 풍자나 절망의 토로에서 벗어나 그의 시에 유머의 화법과 희망의 사유를 안겨 주었다.

이 시기부터 그는 '못'을 주제로 한 연작에 집중하여 묵상과 자성의 시간을 보낸다. 한용운의 '임'이 여러 가지 상징성을 지니듯 그의 '못'도 다양한 의미의 층을 거느린다. 그것은 삶의 고민과 상처, 사회적 모순이나 인간의 비행, 숙명적 원죄 의식 등을 상징한다. 그의 초기 시부터 이어 오던 존재 탐구의 경향이 '못'이라는 구체적이고 상징적인 사물로 집약되어 시적 형상성을 획득한 것이다.《못에 관한 명상》(1992)의 서문에서 '못의 사제'가 될 것을 약속하며 못에 관한 5부작을 완성하고 시를 끝낼 것을 다짐했는데, 유고시집까지 합하면《못에 관한 명상》이후 다섯 권의 시집을 내었으니 5부작을 완성하겠다고 한 그의 희망은 실현된 것이다.

어머니는 그의 삶만이 아니라 그의 시 전반에 걸쳐 지속적인 영향력과 견인력을 행사한 상징적 존재다. 어머니는 초기 시부터 그의 의식을 주관하는 뚜렷한 상징적 기제로 나타난다. 베트남으로 떠나는 젊은이들의 비통한 이별 장면을 형상화한 〈죽음의 둔주곡〉에서도 뼈아픈 이별의 대상으로 떠오른 것은 어머니다. 자신의 삶이 불행하다고 느끼거나, 자신의 삶이 더 높은 차원으로 상승해야 한다고 생각할 때, 인간 존재의 근원을 통찰하려 할 때, 어머니는 지속적으로 그의 시에 등장한다. 중요한 순간에 어머니가 등장하여 삶과 죽음을 매개하는 역할을 하면서 종교적 경건성의 원광이 퍼지게 한다.

그의 시에 또 하나 중요한 자리를 차지하는 존재는 바로 아내다. 자신의 실체를 찾지 못하여 방황하는 그에게 정신의 균형을 지킬 수 있도록 손을 내미는 존재로 등장한다. 그의 데뷔작 〈재봉〉에는 가상의 아내가 설정되어 있지만, 신춘문예에 당선된 몇 년 후 그는 실제의 아내를 맞이하여 평생의 동반자로 지냈다. 첫 시집에 있는 〈아내와 함께〉에서 "서울 생활 10년 만에 나는 눈물을 감출 줄 아는 젊은 아내를" 얻어 살고 있다고 했다. 지금은 겨울의 추위에 떨고 있지만 "몇십 년 후의 별것 아닌 우리의 현실을 아내와 함께 기다릴 것입니다"라고 희망을 제시했다. 이것은 그의 실제 생활 속에 정확히 구현이 되었다. 〈아내는 외출하고〉 〈화초 일기〉 등의 시에서 자신의 분신으로서 아내에 대한 정겨운 기다림을 감미롭게 표현했다. 투병 중에 쓴 〈언제 울어야 하나〉는 병든 남편을 지키는 아내의 마음을 표현한 작품이다. 남편에게 애써 웃어 보이는 이 아내는 성당에서 고백성사를 할 때 못자국이 유난히 많은 남편의 가슴을 보고도 못 본 체하던 아내이고, 부부 싸움을 할 때도 당신은 나의 십자가라고 말했던 아내다. 대형 출판사의 사장이 되었는데도 늘 도시락을 싸 가지고 다니며 처세가 서툰 남편을 "꼬옥 안아"(〈도시락 일기〉) 주던 아내다. 나이가 들면서 아내는 어머니의 분신으로 자리 잡게 된 것이다.

김종철 시인의 후기 시는 '나는 무엇인가'라는 존재 탐구에 집중한다. 자신이 태어난 자리, 지금까지 살아온 내력, 자신이 처한 현재의 위상 등을 살펴보면서 자아의 본모습을 확인하려 하고 인간과 삶에 대한 성찰의 노력을 보여 준다. 그 성찰의 방향은 신앙을 통한 당위적 세계의 추구로 이어진다. 등단작 〈재봉〉에서 경건한 아름다움의 이상향을 펼쳐 보인 바 있듯이, 현실에서 직접 대할 수 없는 이상향의 탐구, 신비로운 회잉의 아침을 기다리는 소망이 그것대로 지속되어 온 것이다. 그의 유작 시편을 보면, 그의 시작 반세기가 대단한 정신의 저력으로 이어진 것이고, 그 정신의 힘이 죽음의 억센 악력 속에서도 굴하지 않고 시의 광휘로 당당히 퍼져 나간 것을 분명히 확인할 수 있다. 〈절두산 부활의 집〉 같은 작품은 몸과 마음을 온전히 비워야 나올 수 있는 시다. 피안으로 떠나는 마지막 뱃고동이 울릴 때 이런 시를 읊조릴 수 있는 사람은 참으로 드물다. 생의 마지막 순간까지 이렇게 시인의 자리를 지킬 수 있었던 것은 하늘의 축복에 예술가의 의지가 결합한 결과였을 것이다.

돌이켜 보면 위대한 예술가들은 생의 시련의 절정에서 진정한 예술을 창조하였다. 나는 그러한 위대한 정신의 소유자들이 나와는 다른 시간, 다른 장소에 거주하는 존재들인 줄 알았다. 그런데 김종철 시인의 유고 시편을 통해 그런 존재가 바로 내 곁에 있음을 알게 되었다. 떠난 사람은 말이 없으나 그가 남긴 시들은 끝없이 이야기를 건넨다. 인간이 이룬 일 중에 영원한 것은 없지만 그래도 문학이 시공을 초월하여 그 울림을 오래 전한다고 한다. 이 전집 출간이 계기가 되어 그의 시의 메아리가 많은 사람들에게 아름답게 퍼져 가기를 소망한다. 전집 출간에 도움을 주신 분들께 깊은 감사를 드리며 글을 마친다.

김종철 시인의 2주기를 앞두고
이숭원(문학평론가)

일러두기

1. 첫 시집 《서울의 유서》(1975)로부터 《오이도》(1984), 《오늘이 그날이다》(1990), 《못에 관한 명상》(1992), *The Floating Island*(1999), 《등신불 시편》(2001), 《어머니, 우리 어머니》(2005), 《못의 귀향》(2009), 《못의 사회학》(2013), 유고시집 《절두산 부활의 집》(2014)을 전부 수록했다. 이 중에 《어머니, 우리 어머니》는 시인의 형인 김종해 시인과 같이 펴낸 시선집이고, *The Floating Island*는 이전에 발표한 작품을 영역하여 펴낸 시선집이다.

2. 기존 시집의 작품 중 시선집 《못과 삶과 꿈》(2009)과 《못 박는 사람》(2013)에 실린 작품은 시선집의 작품으로 대체했다. 이 시선집은 시인이 생전에 충분한 의도를 갖고 기존의 시를 수정해 엮은 것이므로 그 뜻을 존중하고자 한 것이다.

3. 기존 시집의 작품을 현행 한글맞춤법에 따라 표기하되, 당시의 문화와 시대상을 반영한 예스러운 표현, 시인이 독특하게 사용한 시어 등은 원본의 표기를 따랐다. 인명, 지명 등의 고유명사는 음가가 변하지 않는 선에서 외래어표기법에 따랐다(예: 뻐스→버스, 커어튼→커튼 등). 분명한 오기로 보이는 것은 수정하여 표기했다. 원본의 한자는 필요한 것만 병기했다.

4. * 표는 원문에 있는 주석이다.

제1시집 서울의 유서遺書
한림출판사, 1975

제2시집 오이도烏耳島
문학세계사, 1984

제3시집 오늘이 그날이다

청하, 1990

제4시집 못에 관한 명상
시와시학사, 1992

2 : 몽당연필

3 : 청개구리

4 : 개는 짖는다

The Floating Island

Edition Peperkorn, 1999

PART TWO (1985–1997)

3 : 산중문답 시편

4 : Love song For Hanoi

형제시인 시집

어머니, 우리 어머니
문학수첩, 2005

제6시집 못의 귀향
시학, 2009

제7시집 못의 사회학

문학수첩, 2013

1 : 못의 사회학

2 : 나로 살아갈 놈들

제8시집 절두산 부활의 집

문학세계사, 2014

시인의 말 ― 마지막 서문 · 867

4

5

제1시집

서울의 유서遺書

한림출판사, 1975

나는 이제부터 질문을 할 수 있게 되었다. 세상에 바람을 쐬러 나와서 이제 비로소 당신들에게 한 인간으로서 질문을 할 수 있게 되었다.

이별, 병, 눈물, 파탄, 환멸 이런 모든 것들은 나에게 언제나 다시 찾을 수 있는 손실이다.

누구나 가질 수 있는 이 손실은 이제 나의 개인적인 적이 되었다. 이 모든 개인적인 적들이 나를 질문할 수 있게 하였고 끊임없이 자기를 극복해 가는 힘이 되었다. 가장 어려운 문제는 '인간'을 초극하는 문제였고, '자기'를 뛰어넘는 사소한 문제였다.

나는 늘 이러한 문제와 싸우지 않을 수 없었다.

 *

나는 8년 동안 써 모았던 이 작은 시집이 나의 생애에서 영구히 남으리라는 기대는 갖지 않는다. '영구히'라는 말은 망발이다. 그러나 버림받고 저주에 가득 찬 이 죽은 언어의 껍질들을 나는 너무나 사랑한다. 집착한다.

빛깔도 띠지 않고 여물지 못한 이 과일들을 따냄은, 보다 알찬 과일을 가꾸어 내기 위해 솎아 내는 방편일 뿐이다. 그러나 나는 이 설익은 정신을 위해 축배를 든다.

내가 처음으로 자기에게 확고하게 자신을 갖지 못한 것도 이 시집을 엮는 날이었고, 처음으로 자신을 뛰어넘기 위해 노력한 것도 이 시집이 완성된 뒤였기 때문이다.

　　*

　　나는 죽을 때까지 시를 위해서 일할 수 있는 '손'을 가지고 있음을 확신한다.

1975년 5월

김종철

죽음의 둔주곡 遁走曲
―나는 베트남에 가서 인간의 신음 소리를 더 똑똑히 들었다

1곡

벌거벗은 땅이여
그대는 선한 싸움을 다 싸우고
달려갈 길을 다 달렸으며
죽음의 처녀성과
꿈을 찍어 내는 자들의
믿음 몇 개를 지켰을 뿐이다
　　　황폐한 바람이 분다
　　　마른 뼈의
　　　골짜기들이 떼 지어 내려온다
　　　그대의 비탄 속에
　　　두 마리의 들개가 절망적인 싸움을 한다
　　　마른 메뚜기와 들꿀의 상식
　　　노여움과 어리석음의 두 불꽃

2곡

이별 하나가 우리를 가두어 버렸다

떨리는 풀잎 한 장의 비애
중부 베트남의
붉은 사막의 발자국
숨어 우는 류머티즘과 촛불이 보이고
밤마다 155마일의 비가
바다로부터 왔다
휴전선 철책 망의 작은 틈 사이에
하나씩 박혀 있는
20년도 더 되는 탐색의 지뢰밭은
죽은 호주인의 덫이 되고
화란인의 덫이 되고
나는 여러 번 둘이 되고 셋이 되고
다시 하나가 되는
우리를 넘는 절망의 포복을 세어 보았다
그들이 가지고 온 몇 개의 부두
몇 통의 유서
몇 개의 폐허 속에
떠남은 모든 것을 천천히 돌려주었다
한 알의 과일이 떨어지는 소리와
세상에서 제일 아름다운

바다의 상처까지

　3곡

그날
젊은이들은 모두 떠났다
조국으로부터 어머니로부터 운명으로부터
모두 떠났다
젊은이들의 믿음과 낯선 죽음과
부산 삼부두를 실은 업서호의 전함
수천의 빗방울이 바다를 일으켜 세우고
어머니는 나를 찾아 헤매었다
갑판에 몰린 전우들 속의 막내를 찾아 하나씩하나씩
다시 또다시 셈하며 울고 있었다
어머니가 늙어 보인 것은 그때가 처음이었다
　　바람이 분다
　　내 어린 밤마다 등불의 심지를 돋우고
　　심청전에 귀 기울이며 몇 번이나
　　혀끝을 안타까이 차며 눈물짓던 어머니

어머니의 무릎을 베고 누운 나도
살갗에 와 닿는 세상의 슬픔을
영문을 모르고 따라 울었다
바느질을 곱게 잘 하시던 어머니는
그 밤따라 유난히도 헛짚어
몇 번이나 손가락을 찔렸다
심청은 울며 울며 떠났고
나는 마른 도랑의 돌다리에서 띄운 종이배에
내가 사는 마을 이름을 적어 두었다
그날 담장을 몰래 넘어간 어머니의 울음은
낯선 해일이 되어
어머니의 잠과 내 종이배를 멀리 실어 가 버렸다
잠시 후면 오오 잠시 후면 떠남뿐이다
수많은 기도와 부름이
비와 어머니와 전함을 삼켰다
우리가 간직한 부두에서는 오래도록
손수건이 흔들렸고
나는 먼바다에서 비로소 눈물을 닦아 내었다
눈물 끝에 매달린 어머니와 유년의 바다
배낭 안에 넣어 둔 한 줌의 흙

그것들의 붉디붉은 혼이
나를 너무나 먼 곳으로 불러내었다

   4곡

내 몸속에 흐르는 황색의 피
이방인의 피
총구를 통해 보는 낯선 죽음 앞에
오늘은 모든 것을 발가벗겨 놓았다
숨긴 것도 덮어 둔 것도
나의 모든 위대한 가을날과 기도까지
그대 앞에 온통 내놓았다
이것이 그대가 나를 모르는 까닭이다
나는 운명을 겨냥하였다
한번 겨냥한 살육은
그대가 마련한 최후의 잔과 바다와
내 자신마저 빼앗았다
그대는 결코 빈손으로 돌려보내지는 않았다
쓰러진 자와 쓰러뜨린 자들의

쫓기는 꿈들이 같은 길로 떠났다
그 둘이 함께 어깨동무하는 것을
보고 또 보았다
내가 깨어 있을 때
그대는 내 잠의 커튼을 내리고,
위생병 위생병 위생병인 내가
무너진 자들의 절망을 핀셋으로 끄집어낼 때
그대는 더 많은 파멸과 비탄을 삼켰다
오, 바람과 함께 길을 떠난 자들이여
내일은 어떤 바람개비가
이 세상 이방인의 꿈을 인도해 줄 것 같은가

5곡

꿈길에서도 무기를 지니고 다니는
전장의 꿈
철원에서 한탄강 상류에서
우리는 이방인의 부두를 만났고
그들의 농장을 그들의 익숙한 식탁을 만났고

모든 것은 다 젖고 있었다
몇 줄의 성경과
돌아가지 않는 바다 사이에서
그들은 벌써
중년과 노년의 시간을 또 뛰어넘었다
　　　머릿속의 파편이 붉어진다
　　　사방에서 곡괭이에 찍혀
　　　붉은 들판이 넘어진다
　　　벌거벗은 잠의 흉부에
　　　젖 물린 어머니의 슬픔이 도달한다
　　　아, 한 장의 풀잎까지 기어드는
　　　땅의 오열
강원도는 여름 내내 비에 씻겨 내렸다
죽은 이방인의 맨살이 드러나고
그들의 땅과 동정을 거둬들이는
농부들도 깊게 잠들었다
그대의 공동空洞은
이제는 누구의 것도 아니다
그대는 세상의 저쪽
우리는 이승의 참호 속에서 망을 본다

우리가 함께 다닐 수 있는 길은
아무 데도 없다

　6곡

캄란베이 꿈속에서
나는 배를 기다렸다
밤마다 자주 마른 파도의 상처가 나타나고
순례자의 갈증은 타오르고
한 방울의 물까지 나를 마셔 버렸다
내 팔에 안겨 임종한 사내들을 마셔 버렸고
내가 헤맨 몇 개의 정글을 마셔 버렸고
내가 가지고 온 바다까지 마셔 버렸다
나의 껍질은 다 벗겨졌다
열두 달의 여름 속에서 제 배를 기다렸다
나를 거두는 날을 기다렸다
나의 벗은 몸들은
서너 병의 조니워커와 피투성이의 진실과 성병과
낯선 죽음의 발자국과 동하이의 흰 햇빛이었다

내가 앓고 있는 천 일의 죽은 아라비아와

구약과 눈물의 굳은 껍질과

우기의 잠들은 그날 밤

더 많은 모래를 내 생의 갓 쪽으로 실어 날랐다

나를 낳아 준 바다여

내 꿈속에 자주 찾아온 그대는 나의 충치였다

나는 여러 번 떠났다

그대의 항해일지에 찍힌 파도 따라

늘 헛되었고 빈탕이었다

우리가 귀향하는 배는

남지나에서 이틀을 움직이지 않았다

하룻날은 단 한 번 사랑한 랑의 눈물이 묶어 매었고

또 하룻날은 위생병인 내 팔에 안겨

떠나간 사내들의 죽은 꿈들이

배를 부둥켜안았다

오오, 이제 바람이 불면

또 다른 사내들이 그들의

생동하는 바다를 두고 올 것이다

7곡

그날 밤 나는

랑의 잠자는 가슴을 만졌다

붉은 모래와 상반신의 밤을

해안까지 실어 왔다

내가 가진 다섯 개의 허무

나를 껴안은 어둠의 구석구석을

랑, 잊지 말아 다오

정글을 쫓고 상처를 준 나의 가슴에

말라붙은 풀잎의 피

덤불과 가시뿐인 변신의 잠

밤마다 수천의 사내들이 건너온

격랑의 바다를 안고

우리는 늘 엇갈렸다

그때마다 그대는 비가 되어 드러누웠고

나는 마른 우기의 류머티즘을 앓았다

8곡

깊고 그윽한 부름 있어 매일 밤 나는 깨어 울었습니다
'나의 아들아' 나는 알고 있습니다
당신의 마른 구원의 눈썹이
정글 속 가시보다 모질고 독한 것을
나는 돌아왔습니다 내가 가진 여름과 재앙과
말라빠진 광야를 버리고 다시 막내가 되어 돌아왔습니다
그래그래 이제 큰 것을 잊었구나 당신의 아픈 한마디 말씀
나를 뚫고 산을 뚫고 망우리를 뚫었습니다
나는 혀가 아리도록 김치를 씹었습니다

날마다 하나씩 늘어나는 당신의 죽음을
폭염에 달구어진 철모의 비명, 서투른 가늠쇠에 숨이 멈춘 가
시덤불, 캄란베이 어두운 병동에 냉동된 몇 구의 주검도 당신의
것입니다
그날 한 방울의 물도 말라 버렸고
땡볕의 정글이 모든 것을 거두어 갈 때
아오스딩도 칼릴 지브란도 반야바라밀다심경도
고엽제의 알몸으로 죽어 갈 때
나는 최후의 말을 하였습니다 마지막 목마름을

어머니 우리는 세상에 사랑의 빚 이외에는
아무 빚도 지질 않았습니다

　　9곡

아브라함의 땅도 이미 떠났다
벌거벗은 땅이여
그대의 사도들은
착한 들판을 모두 잃어버렸다
세상의 유해 속에
새의 땅 물고기의 땅
허깨비의 땅만이
갈기갈기 뜯겨 남아 있다
오오 땅의 자손들이여
너희들의 날에는 아무것도 남아 있지 않다
두 개의 죽음 사이에
몸을 굽히고
모든 상처에 지친
땅의 노예들이여

너희들의 날에는 아무도 기다려 주지 않는다

―《시문학》 73년 3월호
―《못과 삶과 꿈》

베트남의 7행시

1

우리가 가져온 바다 하나가
벌써 메말라 버렸다
마른풀의 비애
눈물의 끝의 작은 부분
마른 모래의 햇빛이
많은 것을 거두어 갔다
그대의 피와 그대의 뼈마디의 말을

2

어두워지면 조국에 긴 편지를 쓴다
'라스트 서머'를 나직이 부르며
비애의 무거운 배를 끌어 올린다
병든 숲과 항생제의 여름
키스와 매음과 눈물의 잎사귀로 가린
수진 마을이
우리들 머리속에서 심한 식물병植物病을 앓는다

3

한 포기의 불모도, 작은 거짓의 죽음까지도
가장 인간적인 것으로 택하게 하라
가늠구멍에 알맞게 들어와 떨고 있는
낯선 운명과 숲과 소나기와 진흙
그대의 잔과 접시에 고인 정신의 피
만남과 만남 사이에 죽음의 아이들은
서너 마리의 들개를 몰고 내려온다.

―《한국일보》 71년 8월 31일

닥터 밀러에게

꿈속에서도
나는 위생병이었어요.
내 품에서 실려 나간 사내들의 죽음이
돌아오고 다시 돌아오고……
생전의 사내들이 문을 잠그고
지키는 것은 사랑과 믿음뿐이었다는 것도,
오늘 나는 늦은 종로를 걷다가
캄란 만에 냉동되어 있는 그 사내를
여럿 만났어요.
서울의 극심한 언어의 공황과 매연이
사내들이 안고 온 들판을 시들게 하고
사내들은 자주자주 길을 잃어요.
오오, 아들의 비보를 들은 아홉 명의 어머니들은
밤새도록 마디 굵은 안케 계곡을 끌어 올리고
매일 밤 몰래 몇 사내들이
난공의 곡괭이를 들고 무너진 폐갱 속으로 내려가고 있어요.

—《한국일보》72년

죽은 산에 관한 산문

　어머니 나는 큰 산을 마주하면 옛날 당신을 안고 쓰러진 죽은
산과 마주하고 싶어요 그날 어린 잠의 살점까지 빼앗아 달아난
이 땅의 슬픔을 어머니는 어디까지 쫓아갔나 알고 있어요 굵은
비가 뒤뜰 대나무 숲을 후둑후둑 덮어 버릴 때 나는 가슴이 뛰어
어머니 품에 매달렸어요

　대나무의 작은 속잎까지 우수수 어머니 앞섶에서 떨리는 것을
보았어요 잇따라 따발총 소리가 숭숭 큰 산을 뚫고 어머니의 공
동空洞에 와 박혔어요 해가 지면 마을 사람은 발자국을 지우고
땅에서 울부짖는 사신死神의 꿈틀거리는 소리에 선잠을 이루었
지요

　어머니, 아무도 이 마을의 피를 덮지 못하는 까닭을 말해 주어
요 유년의 책갈피에 끼워 둔 몇 닢의 댓잎사귀에 아직 그날의 빗
방울이 후둑후둑 맺혀 있어요

　유난히도 쩌렁쩌렁 산이 울던 그해에는 비가 잦았다
　총을 가진 한 떼의 사나이들이 어머니를 앞세우고 가던 밤이
다
　나는 어머니 등에 업힌 채 더욱 빨리빨리 걸었다
　발가벗겨진 시커먼 산들은 어머니 등에 업혀 따라왔다
　괭이도 낫도 한 번 닿지 않은 황량한 땅에서 사나이들은 두려

운 기도와 몇 구의 죽음을 묻었다

큰아들과 지아비를 잃은 당신의 몇 마지기 빈 들은 멀리서 기울어져 가고, 나와 몇 번 마주치고 있는 불모의 들판은 그 후 당신의 지병보다 오래 당신의 것이 되었다

어머니 말해 보서요 당신은 큰 산의 목소리를 찾아 헤매었어요 그 목소리는 많은 산을 데불고 나를 끌어 주었어요

그러나 아무 데도 데려다주지는 않았어요 당신의 슬픔보다 처참하게 드러난 대나무 숲의 밑둥, 나는 이제 어머니의 큰 목소리 하나뿐이에요 당신은 무엇으로 이 땅의 비극을 마지막 말로 삼게 하였나요 아무도 이 땅을 빈손으로 돌려보내지는 않았어요 어머니, 아무도 이 마을의 피를 덮지 못하는 까닭을 말해 주세요

—《심상》74년 1월호
—《못과 삶과 꿈》

소품

　간밤꿈속에어머니와몇그루나무를보았지요내가어머니를뵈오
러간것인지어머니와몇그루나무가수천리걸어내꿈속에드는것인
지알수없어요생시며나와있으면어머니와나는늘하나가되었고해
후를하면우리는다시각각이되었지요어머니와나는분명히꿈속에
속하지않으면서또한꿈속의만남을여의지않았어요있음과없음이
서로넘나들동안잠도둑이사는곳은무섭게헐벗어버렸어요꿈꾸는
자를나라고한다면깨어서어머니를맞이하는자는누구일까요나의
병은나누면하나이고합하면둘로되어요

—《한국일보》72년 10월 27일

병

어느 날 밤 눈을 뜨니까 죽음의 마을에 와 있었다. 나는 비로
소 몇 년간 어머니와 책과 집을 떠나와 있음을 알았다. 낯선 땅
의 적과 붉은 안개와 더불어 다녔던 나의 벗은 몸은 모래와 물뿐
이었다. 나는 내가 지켜야 하고 건너야 할 모래와 물이 너무나
많음을 알았다. 날마다 내 몸 밖에서 눈물과 땀과 정액과 피를
하나씩 날라온 가복家僕들이 나를 너무 멀리 갈라놓았다. 내 속
에 멀어지고 성겨져 있는 모래와 물을 한참이나 뛰어 건너도 나
는 한 방울의 물과 한 알의 모래도 벗어나지 못했다. 한 알의 모
래를 건너려니 이승의 수천 리 밖까지 당도해 있고, 울며 되돌아
와 있으니 내 잠의 눈썹 밑에 성큼 내려앉는 오, 병이어.

—《풀과별》73년 8월호

흑석동에서

흑석동의 대낮의 빈 들은 아무도 볼 수 없다
한강은 서울의 치부를 닦으며
흑석동과 함께 날마다 흘러가고 떨어지고 떠내려간다
늙고 절뚝이는 도시의 뼈마디와
괴로와하는 자의 괴로운 술잔이
멀리서 둥둥 떠내려온다
흑석동이 안고 있는 밤은
임시열차만이 안다
날마다 이 마을로 실려오는 이삿짐과 이삿짐과 이삿짐과……
우리가 한강을 피하고, 버리는 어둠이 오면
흑석동의 버림받음, 흑석동의 허무, 흑석동의 무능,
흑석동의 침묵, 흑석동은 하나의 커다란 입이다
마지막까지 타고 온 84번 좌석버스 종점의 정적,
머리를 숙이고 흩어지는 22시 16분 12초의
일어서지 않는 흑석동이 서쪽으로 깊게 기울고 있다.

—《한국문학》74년 12월호

우리의 한강

내가 알고 있는 한강은 서울의 저녁이다
빈궁의 이삭 까마귀 떼의 이삭
저녁 술집에서 되찾는 언어의 이삭
끝없는 참음과 견딤의 이삭
이삭 이삭 이삭 이삭의 눈물 껍질
완행열차 차창에 달라붙는 교각의 엇물린 꿈만이
매일매일 한강을 열세 번이나 건너다니고
물을 떠난 한강은
어디에서나 젖는다
서울의 상반신을 묶은 월동越冬의 겨울 짚과
팔도의 사투리가 뒤섞여
빈 술잔 속의 눈물만 받아들이는
우리의 한강은 아아, 어디에서나 젖는다

―《한국일보》74년 12월 12일
―《못과 삶과 꿈》

네 개의 착란

1

한 번 태어났을 뿐인 나는 풀잎과 소나기의 세포
내 혈관을 따라 도는 단 하룻날의 도적과 들판과 살육
내 눈 속에 돋아나는 영하 7도의 바다와 나무뿌리의 동상
내 혀 속에 쌓여지는 거짓의 보석
내 흉부의 시간 속에서 날마다 걸어 나오는
사막의 시뻘겋고 무뚝뚝한 어둠

2

저녁마다 마을 가까이 오던 붉은 강 하나가
물도 없이 만나고 돌아선다
허수아비와 건초 더미와 몇 개의 문장만이
고삐를 들고 이 도시의 저녁을 데리러 온다
슬픔과 불모와 모욕의 불빛을 모아
밤마다 새로이 갖는 도시의 육체
내 젊음과 육체를 붙든 병든 땅

3

황량한 들이 비를 실어 나른다
수천의 모래알의 발자국을 지우며 달아나는 달빛과도 만나고
한 잔의 단식斷食과 한 그루의 불면증에 살을 섞는다
내 일생의 오십 관의 부채를 섞는다

4

산그늘의 커다란 손바닥이
풀잎 한 장을 접는 까닭을
이 마을의 젊은이는 모른다
집 떠난 아들은
어머니의 저문 아궁이에서 탁탁 튀겨 오르는
참나무 불꽃 소리를 모른다
허깨비에 세 번 큰기침을 하는
어머니의 속마음을 모른다
도시에서는 누구도 어머니를 갖지 못한다

—《문학사상》74년 12월호

서울의 유서

서울은 폐를 앓고 있다
도착중의 언어들은
곳곳에서 서울의 구강을 물들이고
완성되지 못한 소시민의
벌판들이 시름시름 앓아누웠다
눈물과 비탄의 금속성들은
더욱 두꺼워 가고
병든 시간의 잎들 위에
가난한 집들이 서고 허물어지고
오오, 집집마다 믿음의 우물물은
바짝바짝 메마르고
우리는 죽음의 열쇠를 지니고 다녔다
날마다 죽어서 다시 살아나는
양심의 밑둥을 찍어 넘기고
헐벗은 꿈의 알맹이와
기도의 낟알을 고르며
밤마다 생명수를 조금씩 길어 올렸다
절망의 삽과 곡괭이에 묻힌
우리들의 시대정신의 피
몇 장의 지폐로 바뀐 소시민의 운명들은

탄식의 밤을 너무나 많이 실어 왔다

오오, 벌거숭이 거리에
병든 개들은 어슬렁거리고

새벽 두 시에 달아난 개인의 밤과
십 년간 돌아오지 않은 오디세우스의 바다가
고서점의 활자 속에 비끄러매이고
우리들 일생의 도둑들은 목마른 자유를 다투어 훔쳐 갔다
고향을 등진 때늦은 철새의 눈물,
못 먹이고 못 입힌 죄 탓하며
새벽까지 기침이 잦아진 서울은
오늘도 모국어의 관절염으로 절뚝이며
우리들 소시민의 가슴에 들어와 목을 매었다.

　　　　　　　　　　　　—《현대문학》70년 8월호
　　　　　　　　　　　　—《못과 삶과 꿈》

서울의 불임

낙태 수술을 하였다
천 번 저주하고 또 저주하고 기쁨을 맞이했던
벌거숭이의 황야
저는 말예요, 사랑을 팔아서 살아가는 여자예요
밀림과 사막의 부르짖음
금요일 밤의 예배
오, 이별 이별 이별 외에는 다른 힘이 살지 않는
말의 빗방울들
내가 만난 조르주 상드의 변신의 씨앗을 긁어내었다
사정없이 찢어발긴 하룻밤의 뿌리
서울 승냥이의 소리를 모아 우는 그대의 눈물은
빈 터널처럼 깊고 고독하구나
그대의 마른 아픔은
서울의 복부에 말뚝을 박고
나는 그대의 가랑이에 숨겨 놓았던
산고産苦의 아이가 된다
오, 서울은 그대를 낳고 다시
낳고 또 열 번이나 죽였다

—《중앙일보》73년 5월 30일
—《못과 삶과 꿈》

서울 둔주곡

온 장안의 복부를 들썩이는
끈질긴 소화불량이 굴러다닌다
천식을 앓는 북풍이
집집의 부어오른 편도선을 타고
말라빠진 잠의 일 해리까지 파고든다
어둠의 뿌리에서 뿌리로
쓰디쓴 정신의 수레바퀴가
소시민의 겨울의 긴 잠으로 굴러내리고
읽다가 덮어 둔 구약성서에
별들도 온통 어깨를 돌리고
빈사의 골짜기에 말뚝을 박으며
조심스레 내려가는 불면
음산한 순례의 발자국마다
세상의 모든 경험의 관절은 빠지고
창세기의 기근이
맨발로 퍼어렇게 떠도는 들판을 지킨다
헛들리는 머리에
숨어 있는 상처가 희끗희끗 기울고
몇 개 남아 있는 고뇌의 껍질이
신경의 마른 잎 소리를 내며 기울고

도시의 옆구리에 수북이 쌓여 있는
소시민의 가냘픈 생활의 뼈
겨울 언어의 거칠은 피부
살 오른 섹스의 방뇨
발목까지 빠지는 오염 속에서
자정의 엷은 꿈이 꽁꽁 얼어붙고
한겨울 내내 우리는 동상을 앓는다
하얗게 겨울의 피가 얼어붙은
우리들의 일상의 하반신에
빽빽히 줄이은 빈촌의 분뇨 탱크가
가만가만 빠져나가고
광화문 지하도에 종로에 을지로에
헛된 꿈들의
죽은 질병이 굴러다니고
신문지에 박힌 활자의 내장들이
소시민의 약한 시력을 비끄러매고
도시의 흉터 위에 떠오른다
하루를 내린 노동의 불면 속에
수천 톤의 충격이 뿌리 깊게 와 박히고
밤마다 교외로 나가 앓는 정신적인 암 하나와

희어 터진 북풍이
황폐한 들판으로 우리를 끌어낸다

―《월간문학》 70년 7월호

금요일 아침

금요일 아침, 8년 만의 서울 거리에서
철들고 처음 울었다
사랑도 어둡고 믿음도 어둡고 활자도 어두운 금요일 아침
이 도시에서 분명해지는 것은 공복과 아픔뿐이다
철근으로 이어진 도시의 신경 너머
나뭇잎 비비는 소리
냇물의 물고기 튀어 오르는 소리까지 모여드는
유랑의 눈물을 나는 다시 불러 모아
이 젊음을 가지고도 잘도 참아 내었구나
어머니가 길러 온 들판 하나를 말려 버렸고
말하지 못하는 나의 말과 꿈꾸지 못하는 나의 꿈과
취하지 않는 나의 술과 나의 배반은 너무 자라서
어머니의 품에 다시 안기지 못한다
열세 켤레째의 구두 뒤축을 갈아 끼우는 금요일 아침
철들어 나는 처음 울었다

―《한국일보》74년 8월 9일
―《못과 삶과 꿈》

야성 野性

여러 맹인들이
붉은 몽유병의 달을 앞세우고
돌아가고 있다
시퍼렇게 얼어붙은 발자국들이
흰 꿈 위에 푹푹 빠져들고
우리 집의 오랜 가풍의 언어 세포마다
산성의 불면이 하나씩 돌아누웠다
생채기로 부푼 꿈의 잔등에
빈사의 채찍질 소리가 오래오래 달리고
온 집안의 황폐한 지병들은
어둠 저쪽에서 못질된
몇 개의 눈물 위에 골격을 드러내고
갈기갈기 찢겨 나간 들판 하나
가슴까지 쌓인 실의의 빈 껍질
늘 시달린 붉은 악몽이
텅텅 빈 당신의 두개골에
깊은 중상이 되어 남아 있다

―《중앙일보》71년 10월 27일
―《못과 삶과 꿈》

여름대상

아브라함의 여름, 이삭의 여름, 야곱의 여름, 죽은 들쥐의 여름, 의자와 헐은 장화와 몇 알의 양파껍질의 여름, 고흐 심장을 빗나간 밀밭의 여름, 모래밭에 등뼈를 드러내고 누운 선박의 여름, 일천구백칠십네 개의 신약의 여름, 열세 시 이십구 분에 멎은 톱니바퀴의 여름, 냉동된 갈치 고등어 도미 바다의 여름, 일당 오백 원에 태워 버린 화부의 여름, 공중변소 낙서와 함께 기어 다니는 구데기의 여름, 선풍기의 골통과 흉한 우두 자국의 여름, 암실의 붉은 불빛 속에 인화된 여름.

가장 깨어지기 쉬운 여름은 여자의 여름이다.
해골 같았던 느릅나무 물푸레나무의 겨울과 초원과 광야와 바다의 온갖 경험이 열린 얼굴로 여자는 옷을 벗는다.
여름이 낳아 놓은 그대로 흙은 흙의 죽음을 불은 불의 죽음을 공기는 공기의 죽음을 물은 물의 죽음을 벗는다.

—《시문학》74년 10월호

딸에게 주는 가을

딸아, 이담에 크면
이 가을이 왜 바다 색깔로 깊어 가는가를 알리라.
한 잎의 가을이 왜 만 리 밖의 바다로 나가떨어지는가를 알리
라.
네가 아끼는 한 마리 가견家犬의 가을, 돼지 저금통의 가을, 처
음 써 본 네 이름자의 가을, 세상에서 네가 맞은 다섯 개의 가을
이
우리 집의 바람개비가 되어 빙글빙글 돌고 있구나.
딸아, 밤마다 네가 꿈꾸는 토끼, 다람쥐, 사과, 솜사탕, 오뚝이
가
네 아비가 마시는 한잔의 소주와 함께
어떻게 해서 붉은 눈물과 투석이 되는가를 알리라.
오오, 밤 열 시 반에서 열두 시 반경 사이에 문득 와 머문 단식
의 가을
딸아, 이날의 한 장의 가을이 우리를 싣고 또 만 리 밖으로 나
가고 있구나.

—《주간조선》74년 11월 27일

아내와 함께

언어 학교에서 내가 맨처음 배운 것은 바다였습니다. 바다의 얼굴을 몇 번이나 그리고 지우고 하는 동안 문득 30년을 이른 나만 남게 되었습니다.

간밤에는 벗겨도 벗겨도 벗겨지는 언어의 껍질뿐인 미완성의 바다 하나가 가출을 하였습니다. 서울 생활 10년 만에 나는 눈물을 감출 줄 아는 젊은 아내를 얻고 19공탄을 갈아 끼우는 '아파트'의 소시민으로 날마다 만나는 광고 문귀 틈 속으로 드나들며 살고 있습니다. 가로수의 허리마다 꽁꽁 동여맨 겨울 짚들이 이제는 나의 하반신에도 꽁꽁 감겨져 있습니다. 밤마다 이촌동의 한강 하류에 몰리는 서울의 침묵이 다시 당신들의 언어로 되돌아갈 때까지 바다의 얼굴을 몇 번이나 고쳐 지우며, 또 몇십 년 후의 별것 아닌 우리의 현실을 아내와 함께 기다릴 것입니다.

—《서울신문》75년 3월 8일

이 겨울의 한잔을

겨울의 마지막 기도와 단식,
나를 몰아낸 숲과 들판,
내 스스로 만들고 택한 이 겨울의 최후의 한잔을
그대는 마실 것인가, 마실 것인가
나의 마지막 것은
한 벌의 내의와 헐벗은 눈물뿐이다
맨처음 그대의 목소리는
바다에서 왔다
나는 그대의 한 목소리에
산도 놓고 들도 놓고 조그만 집도 세워 두었다
그대를 위해 마련한 일상의 꿈에
나는 아무 이름도 붙이지 않고
그대가 원하는 대로 이름을 갖도록 뜰도 쓸고
바다에 이르도록 동국冬菊도 가꾸었다
밤마다 그대의 꿈 위에 밀려오는 갯벌,
나의 붉은 어둠으로 들어와 기도하던 사나이들은
내가 기르는 산과 들과 허무의 나무마저 뿌리째 뽑아 들고
돌아오지 않는다
나를 몰아낸 숲과 들판,
내 스스로 만들고 택한 이 겨울의 최후의 한잔을

그대는 마실 것인가, 마실 것인가

―《심상》 74년 1월호

만남에 대하여

우리들이 같이 있을 때에는 큰 산에서 소나기가 건너온다.
우리들이 서로 마주한 산이 가까이 있음을 믿으면서도
또한 멀리멀리 떨어져 있음을 잊은 것이 눈물의 큰 짐이 되었다
그대의 길은 모두 나에게 낯이 익었다
그대가 간직하고 있는 한 알의 모래 한 방울의 이슬이
처음으로 만난 슬픔이란 것을 알았다
나의 가슴 깊이 내려와 있는 그대의 눈물은
'연꽃이 해를 보고 피었다가는 가진 것을 모두 잃어버린' 그것
이다
나는 나를 멀리하고선 그대의 들꽃을 따서 모을지라도
오오 그대의 온전한 아름다움을 모으지는 못한다
밤마다 그날그날의 기도와 말씀 하나를 찾아내기 위해서
나는 아오스딩이 되고
떠돌아다니는 들판마다 그대를 인각印刻해 두었다
만약 우리에게 얻음이 있다면 다시 얻음이 아니고
잃음이 있다면 다시 잃음이 아니다
이제 밤이 지나가면 얼마나 많은 꿈들이 멀어져 갔거나
흙 속에 묻혀 갔나를 우리는 알게 된다
우리는 이 길을 오랫동안 돌아오지 않을 것이다

―《풀과별》73년 8월호

떠남에 대하여

지극히 멀리 떠남이 없이
어찌 우리들은 만남을 말할 수 있으랴
인간의 아들이여
이제 우리들은 떠날 곳도 머물 곳도 없더라
우리들이 의지의 두 발로 일어설 때
나는 네게 말하리라던 그 예언자도
어디론가 떠나고
우리들의 진실을 지켜 주지 못하더라
이제 날도 다 되었고
우리들은 역시 떠나야 하느니라
세상의 어떤 아름다움도
우리에게 상처를 주지 않은 것이 없고
인간의 유산을 받음도
자기 자신을 내어 줌이었고
주는 것도 자기 자신을 빼앗음뿐이었더라
우리들이 침묵을 지키며 하는 어떠한 기도도
가시와 저희 욕심이 들지 않은 것이 없고
우리들 눈물의 대부분은
우리 자신이 선택한 것뿐이더라
바다와 땅은 우리들의 주림을 채워 주었고

우리들이 던진 시간과 땅을 갈던 생명의 손에
또 다른 죽음이 우리들의 죽음을 기르더라
이제 우리는 오랜 주림과 목마름을
대지 위에 남겨 놓고
오직 떠나는 것뿐이더라

—《한국일보》70년 11월 15일

헛된 꿈

세상일을 내다 파는 시장터의 흥정도 다 끝났더라
가뭄에 쩍쩍 갈라진 붉은 논바닥 하나가 해진 뒤에 너희 속에
오래 남아 있더라
헛되이 지키다가 울어 버린 몇 날의 사랑
너희의 모자람과 부끄러움과 눈물까지 모두 흥정해 버렸더라
너희 밭에서 너희가 감춘 뿌리를 캐다 팔아도
너희의 곳간에는 탄식과 바람을 쌓아 두는 일이 더 많더라
어제의 머묾 속에 너희는 무엇으로 너희 몫을 내놓겠느냐
세상의 저울눈에 가리키는 너희의 헛된 꿈과 모든 재앙은
바다 모래보다도 무겁더라
여인에게서 난 너희들은 사는 제날이 적더라
너희가 진실로 땅에 꾸부림은 너희들 가장 깊음 중의 하나이
더라
너희가 자신을 밖에 드러내어 흥정할 때
너희를 내어놓은 이는 너희들 세상의 흉터에
새로 상처 입었음과 스스로 숨은 것을
바라보고 있더라
너희는 떠도는 사물의 꿈속에서 너무나 오래도록 길을 잃었더
라
너희가 흙에 누워 않는 소리는 덧없는 큰 물소리이더라

—《풀과별》73년 8월호

탁발

비구들아 둘이서 한길로 다니지 말라
19동 박 영감의 노년의 냄새, 성性의 소리
넘어진 것에 덮인 것에 너희는 모래와 거품이더라
너희는 주림과 목마름을 꿈속에서도 채우지 못하더라
너희에게는 어떠한 길도 이방인의 길이더라
너희의 바람과 햇빛은
아직 채워지지 못한 너희 곳간의 필요일 따름이더라
해 지기 전 순교자의 피와 어머니 눈물의 땅을 거둬들이는 자
들의
붉은 얼굴에 부끄럼 없이 너희 일곱 번째의 탁발을 내밀어라
너희 땅의 노예들은 저물기를 기다리고
너희 품꾼은 그 삯을 바라더라

—《풀과별》 73년 8월호

두 개의 소리

나는 떠도는 물소리다
내가 떠난 것은 모두 물소리다
내가 잃어버리고 나를 잃어버린 것들은
물소리뿐이다
내가 떠나온 자리에는 물소리뿐이다

나는 떠도는 바람이다
내가 떠난 것은 모두 바람이다
내가 잃어버리고 나를 잃어버린 것들은
바람뿐이다
내가 떠나온 자리에는 바람뿐이다

—《한국일보》73년 7월 31일

초청

길고 어두운 내 겨울의 집을 방문해 주오.
한마리 새도 울지 않은 이 설원에 오래전부터 눈 덮인 목책의
문을 열어 두었다오.
몇 번의 헛기침이 은세銀細의 뜰과 집 밖을 쓸어 모으고
당신을 맞을 한잔의 차를 달이는
장미나무가 소리 내며 타고 있다오.
벽 틀에 내숙內宿하는 고요한 십삼 회기回忌의 아내의
외로운 그 겨울의 야반夜半이 늘 내려와 앉아
나의 젊은 사생활에 동결된 시간은
지난 사랑의 모음들을 흩날려 주고 있다오.
잠의 숲에 내린 눈 잎마다 쌓이는 푸른 달빛이
잠든 아내의 흰 이마에서 서러운 빛의 둘레로 가라앉을 때
내부를 밝히는 나의 가장 어두운 환상이
한겨울의 깨어 있는 신의 십이 음을 엿들으며
기다리고 있다오.
날마다 찾아오는 아내의 지환指環의 둘레 안에서
하얗게 시어 가는 눈머는 나의 겨울.
밤마다 메마른 골수에 감겨드는 차가운 소멸도
저 조그만 세상의 소요도
이젠 들리지 않는

눈 덮인 외로운 내 겨울의 집을 방문해 주오.

—《한국일보》 68년 2월 18일

재봉

사시사철 눈 오는 겨울의 은은한 베틀 소리가 들리는
아내의 나라에는
집집마다 아직 태어나지 않은 마을의 하늘과 아이들이
쉬고 있다
마른 가지의 난동暖冬의 빨간 열매가 수실로 뜨이는
눈 나린 이 겨울날
나무들은 신의 아내들이 짠 은빛의 털옷을 입고
저마다 깊은 내부의 겨울 바다로 한없이 잦아들고
아내가 뜨는 바늘귀의 고요의 가봉假縫,
털실을 잣는 아내의 손은
천사에게 주문받은 아이들의 전 생애의 옷을 짜고 있다
설레이는 신의 겨울,
그 길고 먼 복도를 지내 나와
사시사철 눈 오는 겨울의 은은한 베틀 소리가 들리는
아내의 나라,
아내가 소요하는 회잉懷孕의 고요 안에
아직 풀지 않은 올의 하늘을 안고
눈부신 장미의 아이들이 노래하고 있다
아직 우리가 눈뜨지 않고 지내며
어머니의 나라에서 누워 듣던 우레가

지금 새로 우리를 설레게 하고 있다
눈이 와서 나무들마저 의식儀式의 옷을 입고
축복받는 날
아이들이 지껄이는 미래의 낱말들이
살아서 부활하는 직조織造의 방에 누워
내 동상凍傷의 귀는 영원한 꿈의 재단,
이 겨울날 조요로운 아내의 재봉 일을 엿듣고 있다

—《한국일보》68년 1월 1일
—《못과 삶과 꿈》

겨울 포에지

흰 사자死者들이
집집의 문을 두드리며 다시 돌아왔다.
난시가 되어 비틀거리는
겨울의 상반신.
늦가을 동안 짚으로 묶어 두었던 우리 집의
모종의 추상어마다
죽은 살얼음의 꿈이 매어 달렸다.
부어오른 선잠 사이에
깡마른 북풍들은
서로 할퀴어 상처를 내고
편두통을 앓는 나의 머리에
510장 미만의 책장들을 날렸다.
오그라붙은 마을들은
모든 질서의 관절을 삐인 채 돌아눕고
우리 집 늙은 개는 내장이 드러나도록
냉혹한 슬픔을
뜰에 하얗게 게워 놓았다.

—《동아일보》69년 12월 20일

겨울 변신기

하루에 한 번씩 밤의 끝에서 길어 놓은
내 일상의 물통에
근시 4도쯤 되는 살얼음의 탄력이 멎어 있다
얼어붙은 시간의 발바닥마다
한 꾸러미 체인으로 비끄러매고
깊어 있는 의식의 동통疼痛 위를 걸어 다녔다
일상의 틀에 박힌 손목의 초침마다
하루의 공복을 갈아 끼우고
외상을 입은 나의 머리에
들어와 앓고 있는 죽은 예수를 두 번 팔아 들고
비틀거리는 스물다섯 번째의 충치를 뽑아내었다
설익은 경험의 모든 구멍을 들추어낼 때마다
성바오로 병동에서 어둡게 새어 나오는
누가복음 12장의 맨발의 밤이
깊고 시린 초침의 반대 방향으로
삐걱이며 돌아와 눕는 것을 나는 보았다
시간의 방법에 꽂혀 도는
우풍 센 나의 방 안에는
4개월간 중부 내륙 지방의 오한이
한꺼번에 단 한 벌의 내의로

밤마다 우리 집 구들장을 들썩였다
겨울 동안 거꾸로 매달린
우리 집 언어의 내장을 모조리 빼어내고,
상반신의 겨울과
어깨에서 잔등으로 걸쳐 있는
죽은 언어의 껍질을
우리가 사는 금호동에서 베들레헴까지
매일 밤사이 한 가마니씩 날랐다
성냥 한 개비로 밝힐 수 있는
내 일상의 물상들이 쉬고 있는 이층 다다미방에
유신안약有信眼藥을 넣은
금호동의 밤이 쪼그리고 앉아 있다
벽 틀에 걸린 수은주의 눈금마다
근시 4도쯤 되는 나의 밤을 풀어 놓고
한 살박이 스패니엘 종의
우리 집 개가 앓고 있는 십 리 밖까지
눈곱 낀 어둠의 발목을 삐어 놓고
쓰러진 예감의 무게 위를 사납게 기어 다녔다
냉돌 위에 가로누운 아내의 선천적인 우울증을,
파랗게 떨고 있는 당신의 지난 상처를 못질하고

잘 손질된 은화의 세례를 쩔렁이며
매일 밤 유다처럼 한잔의 포도주로 목젖을 식히고
목매다는 시늉을 했다
하루에 한 번씩 변신하는 나의 겨울은……

—《현대문학》70년 1월호
—《못과 삶과 꿈》

나의 암

한 무리의 미친개 떼들이
나의 일상의 사나운 공허를 물어뜯고 있다.
할퀸 어둠 속에
늙은 사자死者들의 골격이 드러나고
뚫어진 깊은 공동이 확대되어 가고 있다.
나의 대뇌 구석구석에 박혀 있는
몇 개의 생활적인 미신과
십자가 위에서의 마지막 일곱 마디 말이
기어 나와 골절되어 뒹굴고.
창고에서 부엌에서 서랍에서 책갈피 안에서
빈곤한 우리 집의 먼지 낀 내막內幕이
야맹증에 걸려 있다.
매일 되풀이되는 사물의 이름 위에
메마른 경험의 사막은 차오르고
불면의 눈썹에
짙은 별이 떨어지고
발가벗겨진 나무들 사이에
거칠은 우기가 오래 거닐고 있다.
낡아빠진 악몽과
꿈의 만성 동맥경화증이

밤마다 변덕스런 근시의 꿈속으로
가벼이 굴러떨어지고
하나하나 열려 있는 미로 위를
나는 매초 29피트의 속도로
어둠의 페달을 밟았다.
온 거리는 속어 뒤에 숨어 있고
도시의 청소부들은
언어중추의 낮은 지붕을 조심조심 타면서
회화의 찌꺼기를 쓸어 내고 있다.
석탄재가 가득 찬 내 생활의 복부에
소시민의 굴뚝들이 매달려
수천 갈론의 피를 퍼내고
매일 일 톤짜리 파멸이
나의 시력을 완강하게 비끄러매고 있다.

—《사상계》 69년 8월호

실어증

밤마다 나의 머리맡에
수천 톤의 운석들이 떨어진다.
삼십팔만 킬로미터의 꿈이
나의 궤도 위에서
초秒를 하나씩 두드리며 조심스레 건너간다.
죽은 마을의 우주비행사가
내 우주를 밀고
나는 옥스퍼드 천으로 뜨여진 베개만 안고
올 사이에 짜여진 공간과 진공을 뚫고 뛰어내린다.
오, 격리되어 있던 지극한 슬픔이
내 속에서 파라슈트를 펴고,
삼십팔만 킬로미터에서
나의 뇌의 파장에 와 닿는다.
꿈의 표면을 밟고
나의 이 교신할 수 없는 원거리 우수가
또 다른 운석이 되어
옆집 천문학자의 눈 속에 박힌다.

—《한국일보》 69년 8월 3일

밤의 핵

집집마다 악성의 오뇌를 실은 짐수레들이
자정의 메마른 풀빛을 타고
몰래몰래 빈사의 도시 바깥으로 빠져나간다.
모든 길은 어둠 속으로 트이고
밤새 나는 무의식의
컴컴한 여러 힘에 갇혀 있는 한 개의 떠는 초침,
빗장을 두 겹 지른 보수적인 꿈들이
골병든 시간의 등골뼈 위에
앙상한 등을 드러내고
가을내 품고 다닌 나의 지극한 슬픔이
한 줌 질흙으로 가슴속에 말라붙고
한나절 쌓여 있는 오염의 껍데기에
절망의 삽질 소리가 더욱 깊이를 가질 때
나의 질병은 더욱 황폐해진다.
헐벗은 북북서풍에
허리까지 묻혀 있는 마을 하나가
나의 대뇌 속에 문득 와 머문다.

—《신춘시》동인지 19집, 69년

나의감기

온몸에예감의비늘이돋는다.
살가죽의숨구멍마다극한極寒이와닿는다.
그리고빠져나간다.
몇알의아스피린을복용하고
나의이마에
조심스럽게자라나는하나님의
경험을열두번못질하고
바짝조인언어의속살에못질하고
몸져누워있는한낮의집중을얽어맨다.
깨어있는육감마다첫서리내리듯
흰그을음이앉는다.
나의관능에와닿는무분별,
나는그익숙한구멍마다사납게
박힌다.
길잘들인등피의
내밀한어스름처럼축축한미열이
모래톱처럼내면에깔려지고
반짝이는문장의갈피마다
순수의낱자가달아나고
옆구리에머문시간의통증을몰래털어낸다.

서툴게삼동을털어내고기웃거리다가
며칠간의무거운신열을
방속의아랫목에풀어놓고
시간의관절을묶어놓고
은종이같이가볍게말려있는호흡기장애를
하나씩꿰매고
온몸에풀어진탄력의태엽을감는다.

—《신춘시》동인지 16집, 69년

시각의 나사 속에서

나는 시계를 고치는
수리공이에요
날마다 몇 장의 지폐로 바뀌는 처세를
고장 난 분침의 내장 속에 끼워 두고
시간의 목이 달아난 사람들의,
생활의 안쪽을 하나씩 뜯어내요
그때마다 쇠약해진 뇌리의 시각 사이를
나는 추처럼 뛰어다녀요
떨어져 나간 언어의 잔뼈마다
의식의 핀을 꽂고
개인의 균형을 비끄러매요
나의 바른쪽 눈알에
정확히 들어와 앉아 있는 나사의 구조를
비집고, 비틀거리며 나가는 그의 질서
조그만 집과 아내를 가진 그의 골목은 기울고
류머티즘을 앓는 그의 가구 속에는
부러진 언어의 내출혈
죽은 기억의 모래
망가진 우상의 악몽
지쳐 있는 박테리아의 병상이 뒹굴고

내 눈에 확대되어 있는 그의 공동 속에서 나는
아직 획득되지 못한 노동의 일부를 집어내요
톱니바퀴의 관절마다 23.5도로 매달린
그의 일상의 규격을
나는 남몰래 플라스틱 영혼으로 갈아 끼워요
그러나 당신의 공복은 갈아 끼우지 못해요
건조한 일상의
어떤 7포인트 시력의 독서 중에
늘 보는 꿈의 일부가
나의 등 뒤에 돌아와 눕는 시각에
알 수 없는 어둠의 나사는
조금씩 나의 공동을 죄고 있어요

—《월간문학》 69년 5월호
—《못과 삶과 꿈》

비

나무들이
발바닥을 드러내고 걸어 다닌다.
음성陰性을 갖는 낱말의
발목 관절이 쑤셔 온다.
안경 속에 쪼그리고 앉아 있는
시간의 눈을 닦는다.
붉은 벽돌이 등을 떨면서
내 눈에 떨어진 뒤,
의식의 원자들 틈에 나는
분해되어 끝없이 하강한다.
시간의 핵이 거리마다
달음박질치고
일상의 왼쪽 손목에
돌고 있는 세 개의 외국산 철침을 끌어내고
웅성이는 전화번호 책의 활자,
빈 식기가 부딪는 흰 음향이
들끓는 빛의 살 속에
그 무게로 가라앉는다.
살아 있는 것들의 율동 속에서.

―《신춘시》 동인지 17집, 69년

나의 잠

뜰에 나가 삽으로 밤안개를 퍼내었다.
간밤의 불가해한 상형문자도 기어 나와
집집의 안 보이는 내분비선을 적시고
늘 보는 꿈의 눈까풀에까지 매어 달렸다.
어둠에서 어둠으로 통하는 나의 악몽은
십사 관 오백 근의 무게가 나간다.
골목에 빠져 있는 일상은
보이지 않는 경험의 이목구비에
밤이 되어 드러눕는다.
이천 피트의 자정, 내 꿈의 천장에
하나씩 작은 빗방울로 맺혀
온 집안을 가라앉히고
하나의 빗방울마다
수천의 우산이 웅성이며 걸어 나와
잠의 마룻바닥을 삐걱거린다.
하루의 죽음 위에는
금金 은銀 동銅 철鐵 목木 석石으로 만든
거리의 작은 신들이 거닐고
풀어 놓은 의식의 어디에나
어두운 삽질 소리에

뼈만 남은 절망이 불을 밝히고
불면에 타다 남은 새까만 자정을
잠든 도시의 하반신에
가득가득 채웠다.
밤새도록 어금니가 빠진 꿈의 공동을 밟고
밤 두세 시의 갖가지 도둑이
나의 중추신경을 잡아당기며
떼를 지어 내려가는 것을 나는 보았다.

—《현대시학》 69년 9월호

처녀 출항

그날 밤
25세의 고용 수부인 나는
길 잘 든 등피燈皮를 닦아 들고
조타실의 상황을 몇 번인가 익히고
늘 바지 단추 구멍마다 착실히 끼워 두웠던
네 개의 순결을 확신하고
그 여자의 묘령의 슈미즈를
처음으로 벗겼다
깨어 있지 않은 온전한 바다 하나가
나의 등 뒤에 돌아누웠다
깊어 있는 의식의 중절中絶에
소금기가 서걱이는 그 여자의 밤이
바다의 흰 뼈를 드러내고 거슬러 올랐다
나는 완강한 침묵이었다
선잠 깬 바다의 사나이들은
간혹 마른기침을 하기도 하고
파도의 흰 손톱이 돌아나 있는
젖은 언어의 모랫벌 위에
유년의 동정을
서너 가마니씩 운반하였다

그 여자가 갖는 항해 표지마다
캄캄한 모음의 바다가 하나씩 음각되었다
조심스러운 항해 일지에
발가벗은 어휘들의 피가
흘러내리었고
오오, 나는 헤매었다
그 여자의 돌아누운 해도 위에
덧난 시간이 그 여자의 허리를 안고 뒤척이었다
그날 바다는
고장 난 나침반을 안고 깊이 가라앉았다

―《현대시학》69년 9월호
―《못과 삶과 꿈》

바다 변주곡

해풍의 머리카락을 날리며
바다로 떠난 사내들의
신앙을 기다리며
집집마다 바다 꿈을 꾸는
여인들의 눈썹은 더욱 짙어진다
이미 여러 번 떠난 바다 사나이와
그들의 해신이 오래오래 돌아오지 않는다
모든 시간은 바다로 뛰어들고
한나절 그물코를 깁던 손들의 꿈이
한 장의 머플러를 두르고
겁 많은 바다새의 얕은 잠을 돌아서
흰 눈발이 내린다

그날 뒤척이는 사나이의 이물 위로
검은 운명이 뛰어오르고
시린 밤바다는
흰 뼈의 달빛을 한 배 가득 싣고
잠든 여인의 흰 꿈 위에 불쑥 떠올랐다
물에 빠진 오필리어의 관능 속으로
해묵은 육지인의 정결한 뼈가 서서히 가라앉을 때

보이는 것은 바다뿐
아무도 물의 진실을 말하지 않았다

서걱이는 척추의 겨울은
멀리 빠진 죽은 언어의 썰물 위에
돌아눕고
벌거벗은 겨울 사나이의 바다에
부풀어 터진 흉터 자국이 퍼렇게 떠돌고
파도가 일어서고
밤마다 죽은 혼들이
바다 깊숙이 떨어진
캄캄한 해를 하나씩 건져 올리고
오오, 죽음의 키는 돌아가고
익사한 바다의 사나이들은 잠들지 못한다

그날 사나이의 가슴속에 간직된
온전한 바다 하나가
상어 떼에 희게 뜯겨 있었다
바다새의
깃털을 뜯어 놓은 바다

매일 밤 부서진 바다의 폐허가
사나이의 사랑과 믿음의 전부를 움켜잡고
홀로 남은 집을 지키고
깊고 황량한 꿈들이 찍혀 넘어가고

퍼어렇게 찍혀 넘어간
절망의 바다에
처음과 끝의 믿음이 꺾어지고
메마른 겨울밤 천둥이
두 파도 사이에 가라앉고
노년과 죽음을 모두 다 잃으면서도
바다 사나이는 또 다른 바다로 떠나가고
홀로 남은 여인들은
뱃속에 죽음을 품고
사내들의 미신이 되어 남는다
해풍의 머리카락을 적시며
뜨개질을 하고
바다 꿈을 꾸고
오필리어의 맑은 꿈이 떠도는 날에
오오, 그 밤마다 나직한 바다 마을에

사나이들의 꿈은 잠들지 못한다

—《서울신문》70년 1월 1일
—《못과 삶과 꿈》

타종

한밤의 줄을 쥔 그 늙은이의 손은
잠자는 그의 외부의 귀를 열고 있었다
낡은 18세기의 어둠이
서걱이며 와 닿은 탑 안에서
탑종지기 그 늙은이가 깊은 밤에 깨어나
일련의 내란을 안고 그를 두드릴 때마다
청동이 되어 울렸다
밤마다 탑종의 거죽으로부터 떠나는
괴로운 변성變聲의 가련한 새
은처럼 깊고 고요한 그 늙은이는
까마득한 지하의 미로에서 잠을 깨우며
그의 안에서 깊은 내환의 줄을 잡아당기며
천상을 향해 귀를 모았다
그의 불면은 날마다 길어졌다
그 늙은이의 몸에서
맨발로 기어 오는 모든 것의 의식들이 살아
탑에 배어 돌 동안
탑종은 이미 그의 것이 아니었다
조용하고 부정할 수 없는 피안을 걸어 두고
푸른 종소리로 울고 있는

침몰한 그의 목인木人들은……

—《신춘시》동인지 13집, 68년
—《못과 삶과 꿈》

개인적인 문제

나는 이미 알고 있었다네.
죽어 있는 것들의 귀가 열린 깊은 야반夜半에서
밤의 깊은 촉수가 내려지고
의식의 종이 암흑의 공복 속을 채우며 흔드는 소리를.
이미 나의 영구靈柩에는 한 사내의
지난 22년간의 죽은 여름이 와서 지키고 있는 것을.
떡갈나무 관 속에 누워 있는 영원의 밑바닥을 밝히며
기어 다니는 무수한 의식의 야광충,
밤마다 나는 잃은 초원의 기억을 헤아리며
그것들의 눈과 감촉이 되어 기다렸었네.
사계의 톱질 소리가 멈추었고,
먼 잔잔한 초록빛 바다
그리고 여러 날의 고요한 소멸과
한 영혼의 내통內通하지 않은 깊이를 측정하고.
몇 개의 덧난 여름을 치열治熱하며
복음서도 온전히 읽어 보았네.
허나 나의 속에는 아직 타다 남은 몇 개의 불면이 뒹굴며
석탄질의 알 수 없는 문제들 속에서
나는 신음하며 지냈네.
나는 오래도록 나의 안으로 열린 미개지로부터

머물 집을 갖지 못했고
밤마다 내 곁에는
조금씩 소멸하는 사나이들의 야반이 조여져 있었네.
그때 나는 비로소 한 불우한 젊은 사내의
헌신을 보았었네.
미로에 빠진 그 수척한 얼굴이 나의 생애를
톱질하고 있었다네.
장례식의 종이 그의 죽은 청각의 줄에 떨리며 가 닿았을 때
고요를 향해 내려가는 떡갈나무 관의
거칠은 노동과 꿈의 침상 속에
그의 시대를 뚜껑 닫는 불면의 못질 소리가
아아, 젊은 우리의 것으로 도처에서 들려왔었네.
나는 밤마다 그의 부름을 받아
아무도 열지 않은 죽은 악기의 한가운데에서
그의 안식을 켠다네.
고요의 틀 속에 누워 있는 그 외로운 야반에서······

—《신춘시》 동인지 13집, 68년

귀가

그날 밤에도 깊고 고요한 통행의 한때를 밟으며
나의 내계로 잠기는 어두운 행적을 듣고 있었다.
회중전등이 밤의 귀로를 더듬어 갈 때
호젓한 나의 보행들은 홀연한 원광의 안내를 받았고
밤이슬에 젖은 나의 감식안은
밑 모를 깊이의 방향에 걸려 아무도 내다보지 않는
현관 층계에서 간밤에 떨어뜨린 예감을 찾았다.
그때 내 왼쪽 손목에선 스물세 시 사십 분이 빛나고
꿈의 통로에서 나를 반쯤 짊어지고 귀가하는
그 확신의 불빛 안으로 한 사내는 물러나 있었고
의식의 틈 사이로 하회下廻하는 전광電光의 한끝,
그 속의 나는 한 사내의 침울한 문제를 지켜보았다.
하루를 건너는 개인의 어두운 시절에
의식 바깥의 모든 집념이 나의 오른손 회중전등으로 기어 와
내 말 없는 밤의 가장 어두운 인식을 비칠 때
한 사내의 침해당한 비밀이
누설되어 비쳤고
그때 나는 알지 못하는
한 줄기 획득 사이로 인도되고 있었다.
밤마다 나의 우울했던 자유가

피로한 야영의 둘레에 집약되어 헤매고 있었을 때
내가 갖는 이웃의 주택마다
불면의 커튼이 드리워 있었고
그것들의 잠잠한 고요 가운데 날마다 그 시각에
만날 수 있는 이들의 야회夜會가 머물고 있었다.
그 속에 흐느끼는 많은 사람의 헤아릴 수 없는 침묵의 어휘가
나의 안으로 침전되어 왔었고 그날 밤에도 나는
그것들의 깊고 고요한 통행의 한때를 밟으며 걸어가고 있었
다.

─《신춘시》동인지 13집, 68년

공중전화

날마다 어두운 모음의 저편에서
거래하는 화제를 나는 엿듣는다.
홀로 생활을 계속하는 사람의
행방의 깊이를 측정하는 청각의 줄에 닿아서
일상의 남자들과 여자들이 참여하는 내용은
나의 의식의 맨 끝에서 빙글빙글 돌며 섰고
때로는 나의 감성의 긴 줄에 누전되어
나의 전신을 마비시켜 버리지만
저 깊은 나락을 향하여 이끄는
스물두 개 프리즘을 통과하는 무서운 모의가
말사스 시대의 기관지염으로 나를 고생하게 한다.
아직 떠나지 않은 회화의 내면을 기어 다니는
거리의 공복과 기침이
조용한 나의 예감에 무게를 실리고 내려앉는다.
나는 물체의 모양만 남은 여러 승객들과
붐비는 버스에 십오 관을 하회하는 체중을 실리고
돌아오는 나의 인식이 그것들의 귀를 열게 한다.
내가 채 못 더듬은 불과 2할 내지 3할의 질서 밖에서
개인의 통행의 한때를 일깨울 때
홀로 생활을 계속하는 사람은 피곤한 행방의 이마를 짚고

다른 어떤 내약(內約)의 뒷편에서
그의 먼 탐색의 수화기를 올리고
내 일상에 연결된 일대의 고요를 엿듣고 있을 것이다.

―《신춘시》 동인지 14집 · 68년

제2시집

오이도鳥耳島

문학세계사, 1984

덤으로 살아 본 삶

아버지 김재덕金載德님과 어머니 최이쁜 님 사이에 3남 1녀 중 막내로 세상을 어렵게 보게 된 셈이다.

막내동이는 그 무렵 혹은 그 전에 다 그러했는지 모르지만, 피임이 제대로 발달되지 못한 시절이어서 '덤'으로 바깥세상을 구경하게 된 것이다.

덤으로 들어선 핏덩이를 떼어 내기 위하여 나의 어머니는 조선간장을 석 되가량 마셨고 몸을 뒹굴기도 했지만 그 무렵의 가난은 더욱 허리를 조여 왔으리라.

어머니는 더욱 불러 오는 배를 안고 새로 태어날 아기의 이름과 꿈과 사랑을 갖기보다는, 생활에 짓눌린 가난에 못 이겨 매일 불편한 꿈과 현실을 가슴 아파했었다.

결국 가족과 이웃의 상의로 앞으로 태어날 아기를, 그 무렵 그런대로 재력은 있었지만 자식이 없어 외로워하는 집에 약간의 식량 같은 것으로 태내의 나를 뒷거래하기로 결정을 했었다.

원하지 않는 자식의 탄생을 세상 바깥에 먼저 나와 있는 태 밖의 사람들이 적당히 결정을 보았던 모양이다. 어쨌든 그 덕분에 나는 10여 개월의 달수를 제대로 채울 수 있었고 그렇게 어렵고 힘들게 태어났다. 나의 이야기는 이것이 첫 번째 이야기가 되는 셈이다.

내가 이 시집의 서문에 이 축복받지 못한 탄생을 기록하는 것은, 이제 내 나이가 불혹不惑이 가까워지고 또한 '덤'으로 살아갈 시간들이 아직까지는 조금 더 남아 있기에 이 글에서 밝히는 것이다.

세상을 덤으로 살아 본다는 것이 얼마나 부담 없고 좋은 것인가를 여러분들은 잘 모를 것이다.

그것은 때로는 포기된 희망이고 처음부터 바둑판에 잘못 둔 포석과 같은 것이기 때문이다.

물론 내가 시업詩業에 전념하는 것은 이러한 이유 때문만은 아니다. 어떤 방식이나 형태로든 세상에 바람을 쐬는 것은 그 나름대로 의미가 있는 법이다.

그런 면에서 내가 덤으로 살아왔고 또한 살아갈 시간들을 나는 누구보다 편안하게 지켜 나갈 수 있으리라 생각한다.

시집 제목을 '오이도'라 붙였다.

외롭고 추운 마음을 안고 한 번씩 자신으로부터 외출을 하고 싶을 때 찾아가는 섬이다. 이제 이 섬은 내 속에 들어와 나와 함께 덤으로 살아가고 있다.

작품 순서는 근작으로 비롯되어 있다.

이제부터는 좀 더 부지런해지고 그리고 좀 더 욕심을 내어 시작에 몰두해 볼 생각이다.

여태까지 써 왔던 모든 작품들을 다 버리고 비워 내는 마음에
서 여기 시집을 엮었다.

김종철

1

떠도는 섬

떠도는 섬

*

죽어 있는 바다와 살아 있는 바다
오오, 버림받은 자는 그의 눈물의 짐을
타락한 자는 그의 절망의 닻을
내려놓는 이 섬에
한 낯선 배가 새벽안개를 거두며
이 섬이 깨어날 시각에 당도하더라
한 낯선 배는 그대들에게
벌거벗은 땅과 그 슬픔을 보여 주러 왔더라
언젠가 기다렸던 그 배를 꿈꾸며
이 섬의 사람들은 모두 모여
잔 파도를 가슴속에 하나씩 풀어 놓더라
한번 밀리고 또 한번 쉽게 건너뛰는
오, 상처 받아 우는 작은 바다여
그대들이 읽은 몇 장의 책갈피 속에
버림받고 타락한 자의 꿈을 덮어 두더라
그대들이 매일 버리려고 떠난 바다에
새로와지지 못하는 내일과 소금 하나가
눈물 한 장과 함께 남아 떠돌고 있더라
죽어 있는 바다들만 떠도는 이 섬에

어느 굽이에 어느 모래들이
몰래몰래 그대들의 발밑에 쌓여 가고 있더라

*
하루씩 쌓여 가는
저 모래갓의 과거의 마을에는
아직도 우리 중의 하나가 살고 있었습니다.
그 하나는 여럿의 얼굴을 번갈아 쓰고
우리 중의 바보를 세어 보았습니다
땅의 상처가 퍼렇게 드러난 한 미래의 도시가
빈민가 아이처럼 웅크리고 있는 걸 보았고
서로 다투며 눈물을 훔치는 걸 보았습니다
'내 탓이오 내 탓이오 내 큰 탓이로소이다'
그 밤 그 시간의 상처를 씻겨 준 교회는
몰래 하나씩 더 늘어나고
풀숲의 달팽이는 더욱 단단한 껍질 속에 몸을 숨기고
매일 아침 눈을 뜨는 이 풀잎의 도시에
더욱 단단한 철근과 시멘트의 껍질이
우리 등에 붙어 있는 것을
서로 확인하고 감사합니다
도시 뒤에 있는 도시, 도시라는 풀잎의 씨만
가진 도시, 아무도 지키는 이 없는 도시
우리 중의 바보를 세어 보았습니다

*

그래그래 너희들이
무엇을 덜 보았다고 하더라도
너희가 알았던 하나가 나머지 것들보다 뛰어나리라
같은 길이라도
너희가 다시 눈을 감고 달리 봄으로
셋이든 넷이든 알 수 있으리라
다만 너희들 눈에 보이지 않는 것은
너희들이 각자 내어놓은 저주와 작은 무덤에
발부리 채여 넘어지는 것뿐이더라

*
우리는 늘 떠나고 옮겨 가며 살아왔습니다
해 뜨는 곳에서 해 지는 곳까지
우리들의 집은 늘 해를 등진 곳에 마련했습니다
오늘은 서쪽으로 기울고 있는 작은 한 장의 잎에
몰래 옮겨 와 삽니다
밤마다 잠든 우리의 이마 위에는
커다란 황야가 무심히 지나가고
어른이 되어 어린아이의 꿈을 잃어버린
우리와 세상 사이에는
스스로의 그림자에 흉터를 가리고 살 줄 아는
바람만 모여 삽니다
서로 등을 돌리고 잠든 잎은
저마다 차가운 이슬에 매달려 몸을 떨고 있습니다
오늘도 우리의 어둠의 끝물이
어떤 낯선 시간의 방울에 매달려 몸을 떨고 있습니다

*

한 떼의 물살이 이 섬의 눈과 귀를 가리더라
한 낯선 배가 실어 온 것은
이 섬의 눈과 귀를 가리는 것밖에 없더라
그대가 끌고 온 이 섬을
한 곳에서 다른 곳으로 옮겨 놓아도
그 두 지점 사이에 묶여 있는 목마름은
어디에서나 매일반이더라
이 섬이 그대 마음속에 없다면
어찌 목마름을 알 것인가
그대들은 그대의 섬을 하나씩 들춰 볼 때마다
너무나 똑같아 서로 얼굴을 돌리더라
별과 달과 바람과 절망도 똑같고
허영과 욕망과 눈물의 노예임도 똑같더라
각자 가진 섬을 약탈해도
나중에는 아무것도 잃은 것 없고
몰래 쌓아 둔 창고의 그것도
나중에는 저절로 되돌려 와 있더라
가거라, 가거라 가서 더 많은 것을
뺏고 빼앗겨라

그대 안에서 가장 소중하고 사랑한 것이 무엇이더냐
그대들은 님과 거짓말을 동시에 가지려 하더라
그대들의 절망의 손길까지
가거라, 가거라 가서 더 많은 것을 거두어라

*

형님은 깨어진 도시의 심장을 때우는
가난한 용접공입니다
푸른 쇳물을 녹이는 그의 말라빠진 팔뚝을
이 도시는 아직도 기억해 내지 못합니다
해머로 꿈의 껍질을 벗기고
그의 막힌 젊음을 아무리 두들겨도
이 도시는 더욱 견고해질 뿐입니다
저녁 술잔에 떨어지는 푸른 불똥의 분노,
그가 마시는 한 잔의 막소주만이
이제는 그의 유일한 섬인 것을 요즘은 알고 있습니다
비틀거리는 섬만 보아 온 형님은
무엇을 매일 저녁 담배 연기로 멀리멀리 품어
날려 보냅니다 걷는 사람과 같이 걷기 위해서 한 잔, 침묵하는
사람과 같이 침묵하기 위해서 한 잔, 잠드는 사람과 같이 잠자기
위해서 한 잔
　형님의 밥통에는 날아가지 못한 수많은 섬들이 추락하고
　밤마다 꿈속에서도 푸른 불똥으로 자신의 어둠의 관절을 하나
씩 용접합니다

*

너희 세상 사람들아

때가 되면 너희를 거두어 가는

또 다른 바람과 햇빛과 물이

너희를 바람으로 물로 햇빛으로 인도하리라

작은 풀꽃이 무심히 피고 지는 것을

너희들은 보고 또 보았으리라

배고프면 밥 먹고

졸리우면 잠자는 것

땅에 발을 딛고 사는 것이

허공에 외줄 타는 것보다 더 어려운 까닭을

이제는 뉘에게 물어볼까

너희 세상 사람들아

비 오면 너희 작은 발 적실까 봐

땅 딛기를 꺼려 하고

더러운 똥 내음을 맡으며 배설할 때는

두 발을 땅바닥에 받쳐야 시원함을

이제는 뉘에게 물어볼까

*

너는 무엇이냐, 사람입니다

너는 어디에 있느냐, 하나는 안에 있고 하나는 밖에 있습니다

안과 밖은 어디에 있느냐, 늙고 병든 섬에 있습니다

안과 밖은 왜 오가느냐, 두 길을 다 밟지 않고 사는 법이 서툰 까닭입니다. 가 보지 않았을 땐 한이 남고 가 보고 돌아오니 어려운 걸음이고 비와 안개만 다시 만납니다

너는 어디로 가느냐, 내가 나올 땐 바늘구멍도 능히 빠져나올 수 있었는데 세상 머무는 법을 잠시 배우다 보니 되돌아갈 수 없게 되었습니다 바닷물이 시내를 거슬러 오르지 못하는 이치만 깨닫다 보니 이제는 바다도 시내도 보이지 않습니다

*
오오, 보이지 않는 작은 물살이
너희들의 슬픔의 시가지 입구에 울며 와 있더라
너희 꿈꾸는 자들아
한 낯선 배가 너희를 부를 때는
너희를 닮은 모든 허물까지 다 내어놓고
너희 땅에 죽은 피와 살까지 다 내어놓고
배로 돌아가야 하리라
너희들 중 나이 먹은 노인들은
배에서 멀리 떨어져 서 있게 해서는 안 되리라
그러나 오직 하늘에 머리를 두고 살아가는 나무까지
귀가 뚫린 것들은 아주 드물고
까마귀가 울어서 너희를 다시 낳은
바다의 일박一泊까지 알려 주어도
이것을 다른 마을의 음성으로 거들떠보지도 않더라
내일을 다시 꿈꾸고 사는 것들은
너희들의 드러나지 않은 상처를 껴안고
눈물은 입으로 절망은 눈으로 노래하는 것밖에 없더라
새는 날개로 날아다니지만
너희들은 주기도문의 꿈 밖을 헛날고 있더라

*

아무도 꿈 밖의 당신을 찾지 않았습니다
목련은 손바닥만 한 그늘 한 장을 땅에 내려놓았습니다
산촌의 외가집 어머니의 것인 한 잎의 목련이
찬 몸 하나를 땅에 내려놓았습니다
옷을 벗은 당신의 빈 가지에
마흔이 가까와 오는 오늘 비로소 당신의 얼굴을
바로 바라보았습니다
초행길 날 저무랴 작은 산은
밤이슬에 채여 넘어지고 넘어지고
어느 날의 고향의 두 손이 지난겨울의 동상의 귀를 녹이며
당신 곁에 나를 열어 두었습니다
날마다 어린것들과 함께 커 가는
당신의 가슴에 손을 넣고
오늘에야 철이 든 나는 울었습니다
당신의 문밖에는 또 다른 바다가
우리를 낳고 있었습니다

＊

누가 저 낯선 배를 오래도록 묶어 두려 하느냐

누가 저 낯선 배를 사람의 혼으로 떠돌게 하느냐

저문 꿈의 눈썹 하나는 일어서고

다시 버려 두고 온 잠을 설친 섬들아

그대들의 여러 날 가운데 단 하루를

저 낯선 배는 이승의 흰 돛을 올리며 실어 나르는구나

우리를 엮는 푸른 용접의 불똥과

한 장의 작은 잎에 숨어 우는 흉터와

목련 한 잎에 먼저 당도한 어머니의 땅들은

아무 말 없이 물살따라 떠나가고 있더라

모래톱에 스러지는 흰 파도의 갈기가

그대들을 적시고 또 적시고

젖지 않는 한 낯선 배만

아무것도 낳지 못하는 그대들의 늙은 섬을 두고

떠나려 하더라

오, 상처 받아 우는 그대 작은 바다여

슬퍼하지 말지어다

이제 바람이 불고 또 바람이 불면

죽어 있는 바다와 살아 있는 바다가

나란히 함께 길을 떠나리라

오, 누가 그대들에게 저 낯선 배가

그대들 이승의 밤과 낮이라고 말하겠는가

섬에 가려면
— 오이도烏耳島 1

바람에 날아다니는 바다를 본 적이 있으신지
낡은 그물코 한 올로 몸 가린 섬을 본 적이 있으신지
이 섬에 가려면 황톳길 삼십 리 지나 한 달에 한두 번 달리는
바깥세상의 철길을 뛰어넘고 다시 소금밭 둑길 따라 나문재 듬
성듬성 박혀 있는 시오 리를 지나면 갯마을의 고샅이 보일 겁니
다
이 섬으로 가려면 바다를 찾지 마셔요 물 없이 떠도는 섬, 같은
바다에 두 번 다시 발을 담그지 않는 섬, 아무도 이 섬을 보지 못
하고 돌아온 것은 당신이 찾는 바다 때문입니다
당신의 삶이 자맥질한 썩은 눈물과 토사는 이 섬을 서쪽으로
서쪽으로 더 멀리 떨어뜨려 놓을 겁니다
십 톤짜리 멍텅구리배 같은 이 섬을 만나려면,
당신 몫의 섬을 만나려면,
당신은 몇 번이든 길을 되풀이해서 떠나셔요
당신만의 일박一泊의 황톳길과 바깥세상의 철길을 뛰어넘고
다시 소금밭 시오 리를 지나……

—《못과 삶과 꿈》

박군
— 오이도 2

이놈은 그날 처음으로 바다를 나가지 않았다. 십 톤짜리 멍텅구리배 하나가 섬의 어깨와 목덜미 사이에 머리를 묻고 잠들었다.

'저녁 무렵이었어. 한잠 자고 눈을 뜨니 머리맡에 시커먼 서너 놈이 소주잔과 생선회를 놓고 막무가내로 한잔하자는 거야. 그중 한 놈은 나한테 담뱃불까지 빌리려고 하지 않겠어? 에끼 이놈, 부모도 없냐고 호통쳤지. 그러더니 그놈들은 시비를 걸며 좌우지간 가자는 게야. 나는 영문을 몰라 버렸지. 그놈들은 억셌고 나는 자꾸 작아져서 그놈들의 물살에 쉽게 떠밀렸어.'

칠순 가까운 이웃 김씨 아저씨가 죽은 지 이틀, 그의 가족이 머리 풀고 곡哭하는 날 병풍 뒤에서 그는 깨어나 죽은 세상에서 보았던 시커먼 놈들을 찾았다.

이놈이 그놈인지 그놈이 이놈인지 이 섬에는 닮은 것이 많았다. 오후 다섯 시경이면 바닷물이 이 섬의 발목까지 차오른다. 멀리 빠진 개펄의 등허리가 시려 보였다. 시커먼 놈들 중의 한 놈, 이놈의 하루는 나보다 무거워 보이고 가난해 보이고 무식해 보이는데도 나보다 훨씬 가볍고 여유 있게 소주잔을 건넨다.

그놈이 잡았다는 산낙지를 소금에 찍어 씹었다. 시커먼 놈들이 마른 바다에서 건져 올린 것들은 내 눈에 산낙지, 피조개, 숭어로 보였다. 저마다 다른 바다의 이름을 달고 있었다. 그놈은 내 앞에서 수줍은 듯 담배도 돌아 피웠고 술잔도 돌아 마셨다.

그놈이 언뜻언뜻 돌아앉을 때마다 바다의 저쪽 세상에 깨어 있는 시커먼 놈들도 언뜻언뜻 보였다.

까마귀 두어 마리가 텅 빈 마을에 낮게 내려와 울었다.

가벼운 이 겨울 꿈 같은 날 이후 그놈이 나간 바다 하나가 염전 구덩이에 들어와 하얗게 소금이 되고 있었다.

보름과 그믐밤 사이
— 오이도 3

집집마다 아낙들은 새치를
뽑습니다
보름과 그믐밤 사이
까마귀 깃들이 집집의 눈썹 밑에
유난히 많이 떨어져 있습니다
바다 사내들의 등 굽은 하루가
키 작은 경기도 군자면 정왕5리의
몸을 가립니다
키 작은 오이도의 늙은 하반신에
어제의 물이 다시 젖습니다
젖은 사내들의 고장 난 나침반이
물살을 따라오며 다시 젖습니다
젖은 것들은 밤마다 섬으로 건너와
늙은 까마귀와 함께 웁니다
이 마을을 떠나지 못한 과부 아낙들이
밤마다 함께 웁니다
새벽 두 시의 염전 바닥이
눈물과 함께 조금씩 마릅니다

—《못과 삶과 꿈》

신굿하는 날
― 오이도 4

낚싯바늘 몇 개면 서로 얽혀 사는 섬
바다를 닮은 바다, 모래를 닮은 모래,
팽나무를 닮은 팽나무가 신굿하는 날
댓잎과 함께 우수수 일어선다
밀물이 한 섬을 통해 들어왔으니
썰물 또한 한 섬을 통해 빠져나간다
　　내가 세 살 때 전생에 죽어 나가 죽으니 우리 엄마가 나를
　　땅에 묻잖어, 우리 엄마 불쌍해서 까마귀도 따라와 같이 울
　　었어, 나는 까마귀 등에 업혀 날아갔어
무악이 울리면 오이도 무녀의 발뒤꿈치에서
죽은 파도가 마른 갯벌에 업혀 따라온다
죽음이 한 사람을 통해 들어왔으니
삶 또한 한 죽음을 통해 길들여지고 있다
　　불쌍한 우리 엄마 젖줄을 놓고 와서 나는 저승에 할아버지
　　용왕님께 애원했어, 그 후 나는 우리 엄마가 불쌍해서 매일
　　엄마 집 근처에서 까마귀와 함께 날아와 울었어, 엄마만 나
　　를 알아보았어
오이도의 모든 배와 뱃사람은 알고 있다
큰물의 울음을 알고 있다
큰물의 큰 울음을 알고 있다

큰물의 큰 파도가 하루하루 넘어지는 것을
　　엄마가 연꽃을 만들어 나를 좌정시켰는데 새아버지가 창
　　피하다고 발로 걷어차서 다시 쫓겨나 까옥까옥 엄마의 혀
　　끝에 앉게 되었어, 엄마가 나를 부르면 엄마의 손끝에서 어
　　깨로 올라가 혀끝에 앉아 까옥까옥, 돌아갈 때도 왔던 길을
　　되밟아서 까옥까옥
까마귀 등에 업혀 날아간 섬 하나를
오이도의 무녀는 불러내고 또 불러내었다
새벽마다 바다에 가서 바다를 맞으며
한 그릇 정화수에 떠 놓은
세 살박이의 섬을,
이 마을의 노인네는
숭어와 아가씨도 흔했던
그때의 한 작은 섬을 오래오래 기억한다

—《못과 삶과 꿈》

146

사람의 섬
―오이도 5

오이도는 신의 섬이 아닙니다
오이도는 까마귀의 섬도 아닙니다
이 섬의 팔뚝에는 큰 우두 자국이 있습니다
이 섬의 어머니와 아버지는 다 얽으셨습니다
오이도는 사람의 섬입니다
오이도는 사람과 사람 사이에
숨어 사는 작은 몸입니다
늙어 가는 그대들 밖에서
울며 낳은 자식을 울음으로 찾고 있는
어미가 보일 때
이 섬은 어디에서나 잘 보입니다
한 몸에 한 마음을 업어 키우는
이 작은 섬을
그대들은 뭐라고 부르겠습니까
마음 밖 어디에 숨겨도
그대의 아랫도리에 뻘을 묻히고
돌아오는 이 섬을
그대들은 왜냐고 왜냐고 묻지 않습니다

―《못과 삶과 꿈》

몸은 보이지 않는데
— 오이도 6

매일 밤 수의를 입은
어머니 꿈을 꿉니다
그때마다 나는 꿈속에서
눈물을 한없이 흘립니다
그러나 정녕 마음이 아프고 슬픈 것은
나의 몸은 보이지 않는데
내가 울고 있는 일입니다

―《못과 삶과 꿈》

바둑돌
—오이도 7

바둑을 둡니다
한 수 아래인 검은 돌은 언제나 내 차집니다
검은 돌 사이에 빼꼼 엿보는 흰 돌이
관자놀이에 정통으로 와 닿습니다
나는 집을 짓지 못해 쫓겨만 다닙니다
돌을 하나씩 놓을 때마다
한 번도 마음 편해 본 적이 없습니다

오늘도 사무실에서 하루의 그늘을 보았습니다
늘 부딪혀 오는 작은 삶에
검은 돌을 쥔 사람처럼 쫓기고 또 쫓겼습니다
이러다 집마저 날리면 하는 근심이
꿈 밖까지 쫓아왔습니다
흰 돌은 조금도 늦추어 주는 법이 없습니다
처음부터 포석을 제대로 하지 못한
삶의 한판을 이제 탓하지 않기로 했습니다

오늘도 막장에서 두고 있는 흰 돌과 검은 돌이
내 양손에 쥐어져
스스로 한 점씩 몰아붙이고 있었습니다

—《못과 삶과 꿈》

2

해 뜨는 곳에서
해 지는 곳까지

해 뜨는 곳에서 해 지는 곳까지

내 고향 한 늙은 미루나무를 만나거든
나도 사랑을 보았으므로
그대처럼 하루하루 몸이 벗겨져 나가
삶을 얻지 못하는 병을 앓고 있다고 일러 주오

내 고향 잠들지 못하는 철새를 만나거든
나도 날마다 해 뜨는 곳에서
해 지는 곳으로 집을 옮겨 지으며
눈물 감추는 법을 알게 되었다고 일러 주오

내 고향 저녁 바다 안고 돌아오는 뱃사람을 만나거든
내가 낳은 자식에게도 바다로 가는 길과
썰물로 드러난 갯벌의 비애를 가르치리라고 일러 주오

내 고향 홀로 집 지키는 어미를 만나거든
밤마다 꿈속 수백 리 걸어 당신의 잦은 기침과
헛손질로 자주자주 손가락을 찔리는 한 올의 바느질을 밟고
울며 울며 되돌아온다고 일러 주오

내 고향 유년의 하느님을 만나거든

기도하는 법마저 잊어버리고
철근으로 이어진 도시의 언어와 한 잔의 쓴 술로
세상을 용케 참아 온 이 젊음을
용서하여 주라고 일러 주오

내 고향 떠도는 낯선 죽음을 만나거든
나를 닮은 한 낯선 죽음을 만나거든
나의 땅에 죽은 것까지 다 내어놓고
물 없이 만나는 떠돌이 바다의 일박까지 다 내어놓고
이별 이별 이별의 힘까지 다 내어놓고
자주 길을 잃는 이 젊은 유랑의 슬픔을
잊지 말아 달라고 일러 주오

―《못과 삶과 꿈》

옥수수

키보다 높은 옥수수 밭 푸른 터널을 밟고 몰래몰래 걸어 나갔
다
갑작스런 설사를 참지 못해 옷에 갈겨 버린 부끄러움을
옥수수들은 뻐드렁니를 삐죽삐죽 드러내고 우우우 수런거렸
다
그날 누나는 나를 개울가로 끌고 가 볼기짝을 원수처럼 갈겨
대었다
나는 건너밭 옥수수의 작은 남근 같은 앞을 가리고 울었다

서울 근교 강둑에서 나는 27여 년 만에
숨 쉬고 있는 옥수수 밭을 만나게 되었다
제법 내 남근 크기만 한 옥수수들이 불룩불룩 알이 배어 두 손
으로 앞을 가리고 서 있었다
나는 옥수수를 마주하고 오줌을 갈겼다
시집간 누나는 딸을 여섯이나 두었고 이제사 아들을 낳아 뻐
드렁니를 드러내고 웃는 모습이 어디선가 본 듯한 것을 알게 되
었다

아내는 외출하고

아내는 외출하고
어린 두 딸과 잠시 빈방을 채우며 뒹굴다가
그들이 눈을 붙이는 사이
적막 같은 비가 한줄기 쏟아진다
두 딸년의 잠든 눈썹 사이로 건너뛰는 빗줄기
나는 적막이 되어
유리창 끝에 매달리고
한 방울의 물이 우리를 밖으로 내다 놓는다
한 방울의 물이 또 다른 한 방울의 물과 어울리는 동안
우리 집의 모든 물은 적막같이 돌아눕고
어울릴 수 없는 한 방울의 물만이
창턱을 괴고
외출한 한 방울의 물소리에 귀를 열고 있다

—《못과 삶과 꿈》

화초 일기

아내는 화초를 혼자서 가꾸기 좋아합니다.

화초의 하루와 몸은 모두 아내의 것입니다.

어느 날 나는 아내 몰래 화초의 몸 하나와 동침을 했습니다.

그 후 화초 하나가 시름시름 몸져 누웠습니다.

영문을 모르는 아내는 화초 곁을 떠나지 않고 자주자주 물을 주고 걱정을 했습니다.

나는 자정만 되면 화초의 몸을 열 수 있는 열쇠가 있었지만 창문을 열고 도둑처럼 들어가 새벽 무렵 돌아오곤 했습니다.

몇 개월이 지난 후 아내가 몸져 누웠습니다.

매일 밤마다 나를 하나씩 하나씩 벗어 놓고 온 화초의 몸 하나가

아내와 한 몸이 되어 몸져 누웠습니다.

나는 내 몸 하나가 떨어져 다시 자라나는 것을 보았습니다.

몸 1

나는 간혹 내 몸에서 빠져나와 있는 나를 만날 때가 있습니다

나를 닮은 몸 하나가 한밤에 가만히 나를 데리고 갔다가 다시 데려오곤 했습니다

간밤에는 단양의 물속에서 건져 낸 수석 두어 점의 얼굴과 함께 길을 떠났습니다

두 점의 돌은 나의 두 딸의 모습으로 나란히 손을 잡고 잠 속에서도 해가 질 때까지 길을 걸었습니다

그러나 간밤에도 여느 날과 같이 너무 멀리 나가진 않고 일박으로 되돌아왔습니다

멈춘 길들이 집에 와 있었습니다

어린 두 딸은 몸 밖의 외출에 익숙지 않아 잠자리가 몹시 어지러워져 있었습니다

머리맡 장식장의 수석들은 그때까지 물소리를 털어 내지 못하고 단양의 물을 건너고 있었습니다

우리는 또 다른 꿈속에서 제각기 집으로 돌아가 눈썹을 달고 몸 바깥으로 나와 있습니다

잠에서 깨어난 두 딸은 꿈속에서 아빠를 보았다고 즐거워했습니다

나는 문득, 밖을 적시는 것이 비인 것을 알았습니다.

몸 2

나의 몸은
8할이 물입니다.
몸에 하나하나 쌓아 올려져 있는
8할의 물방울이 떨어져 다한 뒤에는
빈몸 어느 곳에서나
이승의 가을이 안 보이는 곳이 없습니다
물속에 몸을 담그면
나의 몸은
나의 밖에 있는 것도 아니며
중간에 있는 것도 아니며
그냥그냥 흐르고 있음을
요즘은 조금씩 깨닫습니다.

몸 3

우리 집 낡은 아파트의 벽은 귀를 가지고 있습니다.

창문은 눈을 가지고 있습니다

그것은 하루 종일 집 주위를 뱅뱅 도는 우리 집 아이들의 신발 속에 들어가 있기도 하고 아내의 시장바구니에 덤으로 얹혀 온 생선 한 마리의 무게이기도 합니다

우리 집 아이들의 머릿속에는 인화된 기억의 필름이 제각기 몇 마일 분량만큼 감겨 있습니다

큰딸년은 유치원에서 새로 배운 언어와 실로폰 하나와 돼지 저금통 같은 꿈들이 되풀이되어 들어가 있고 둘째 딸년은 텔레비전 CF용인 아이스크림과 장난감과 투정이 우글거리고 있습니다

그러나 우리 집 낡은 아파트의 머릿속에는

무심코 마주 앉은 옆 동의 불빛 하나와 아내의 자궁 같은 변기통만이 차지하고 있습니다.

기차를 타고

옛 역장의 비애가 선로 위에 와 닿습니다
누가 슬픈 얼굴을 하고 줄곧 유리창에 붙어 서 있습니다
터널의 고통스러운 비명이 몸속에서 빠져나가고
작은 마을 낡은 역사의 무릎이
바람과 함께 비켜섭니다
차창에 오려져 나와 있는
늘 보는 꿈의 일부
내 안경 안에서 뒷걸음질하는 무심 하나
늙은 물푸레나무의 얼굴로 옷을 벗습니다

—《못과 삶과 꿈》

비의 가출
― 목월 선생을 생각하며

그가 임종했던 날 밤에 내린 비가
오늘 다시 내렸다
나는 초인종을 다시 확인하고
그가 누워 있는 한 자락의 산을
입김으로 유리창에 그려 본다
산이 발바닥을 드러내고
천천히 걸어와서 이를 맞추었다
잠든 머리맡에 펼쳐 둔
성경 몇 귀절이 속살로 나와
산을 마주하며 같이 젖는다
젖지 않는 것은
내가 갖는 이 밤의 몇 날의 빗소리와 주기도문뿐
나는 라스트 서머를 나직이 부르며
산이 하나씩 뛰어넘을
비애의 빗방울을 헤아린다
어서 떠나거라 떠나거라 떠나거라
빗방울은 산의 일박과 함께
생전의 눈물의 가슴 가까이로 모여들고
아무도 하산한 한 장의 잎이
급한 물소리로 떠돌고 있음을 보질 못한다.

집만 나서면

집만 나서면 잊어버리는 여자가
아내다
매일 한 번씩 떠나고, 잊어버리고
그리고 익숙하게 만나는 여자가 아내다
아내는 우리 집 벽시계 초침의
오른쪽 혹은 왼쪽에서
추가 움직일 때마다
내 몸속에 1밀리미터의 가시가 되어 와 박히고
나는 칼에 베인 고통 이상으로 확대되어 오는 초침 위를 뛰어
다닌다
1밀리미터의 가시와 1밀리미터의 물과 1밀리미터의 애정이
매일 한 번씩 나를 익사시킨다
나는 1밀리미터의 남편,
집만 나서면 쉽게 잊어버리는 여자가
나의 아내다.

3

가을 가출

딸에게 주는 가을

딸아, 이담에 크면
이 가을이 왜 바다 색깔로 깊어 가는가를 알리라.
한 잎의 가을이 왜 만 리 밖의 바다로 나가떨어지는가를 알리라.
네가 아끼는 한 마리 가견家犬의 가을, 돼지 저금통의 가을, 처음 써 본 네 이름자의 가을, 세상에서 네가 맞은 다섯 개의 가을이
우리 집의 바람개비가 되어 빙글빙글 돌고 있구나.
딸아, 밤마다 네가 꿈꾸는 토끼, 다람쥐, 사과, 솜사탕, 오뚝이가
네 아비가 마시는 한 잔의 소주와 함께 어떻게 해서 붉은 눈물과 투석이 되는가를 알리라.
오오, 밤 열 시 반에서 열두 시 반경 사이에 문득 와 머문 단식의 가을
딸아, 이날의 한 장의 가을이 우리를 싣고 또 만 리 밖으로 나가고 있구나.

속續 딸에게 주는 가을

딸아, 잠시 후면 바람 불고
잠시 후면 날이 기울고 그림자가 갈 때
이 젊은 아비가 붙들고 있는
거친 들을 보게 될 것이다.
아직 세상의 아무 이름도 갖지 않은 딸아,
네가 가질 바다와 숲과 땅에
어찌 북풍으로 그 품을 채우겠느냐
가을은 언제나 노루와 들사슴으로
우리에게 부탁하더라
오직 우리의 살이 아프고 마음만 슬플 뿐이더라
딸아, 빛은 어두운데 가깝다 하는구나
이 아비가 너와 함께 어느 때까지 말을 찾겠느냐.

곰 인형

우리 집에는 곰 인형이 살고 있어요. 둘째 처제가 졸업 바자회에서 사 가지고 온 곰 인형은 조금씩 우리 식구를 닮고 있어요. 아내와 내가 어쩌다가 곰 인형을 한 번씩 손질하던 날, 한강 근처 우리가 살고 있는 아파트에는 산그늘이 한 번도 내려오지 않는 것을 알게 되었어요.

지난 여름 56동에서 앓던 한 산모가 흰 영구차에 실려 나간 후, 나의 아내는 그 이튿날에 딸을 분만했어요. 인형이나 소리나는 장난감이나, 기저귀들이 우리에게는 처음으로 딴 세상의 말들이었음을 알게 되었어요.

아비라는 말, 어미라는 말. 아기라는 말, 56동이 찾을 말까지 우리 집의 눈을 다 보고 우리 집의 귀를 다 듣고 있어요.

우리 집에는 곰 인형을 닮은 세 사람의 곰이 살고 있어요. 한강의 살얼음 터지는 소리에도 깜짝깜짝 놀라는 곰만이 살고 있어요. 목책만 두르면 제격이지요.

명동을 지나며

명동은
위궤양의 골짜기다
흔들림, 부서짐,
무너짐이 관 속에 들어앉은 영혼과 함께
마주 앉은 골짜기
명동의 한쪽 주머니에는
언제나
고장 난 나침반과 내일을 낳지 못하는 자궁이
웅크리고 앉아 있다.
겨울도, 허깨비도, 낮달도 비켜 가는
바람이 모여 사는 마을,
이 마을에는
한 마리 짖는 개도 볼 수 없음을
왜냐고 왜냐고
비정한 그대들은 묻지 않는다.
명동의 썩어 있는 사랑니는
멀리서 뵌다.

겨울 주말

서울의 겨울보다 한 달 늦은 찬비가
내가 사는 이촌동의 머리를 적시고
편지마저 오질 않는
적막함이 드문드문 엎드린
우리의 늙은 아파트를
모두 적시고
두 발을 오그리고 잠드는
55동과 56동 사이를
무심코 지나가는 주말,
겨울의 측면으로 굽어 서 있는
벌거숭이 겨울나무마저 얼어서 얼어서
잠드는 이 겨울날
거듭거듭 되풀이되는 사막 위의 잠,
꿈꾸지 않는 아파트의 뒤척이는 헛소리만 허공을 맴돌고 있구
나.

일기초

지금은 자정
바람 불고 있음
지금은 자정이라는 또 다른 고별과 확신
활엽수와 침엽수의 차이
한 시간 전과 한 시간 후의 차이
지금은 드문드문 바람 불고 있음
매일 밤마다 얼핏 보았던
두세 편의 꿈
활엽수와 침엽수의 초침들이
하나씩 만남

자정이라는 알코올
자정이라는 문자판
자정이라는 알몸
그것들의 작은 톱니바퀴의 엇물림
하루에 조금씩 늦어지는 왼쪽 손목의 시보
공업용 외 사용 금지라는
붉은 활자의
주의 사항 같은 시보
지금은 자정

바람 불고 있음.

스케치

가을이 왔다고 사람들은 말한다
어디에선가 조금씩 무너져 가는 그것들을
가을이라고 한다
공기와 흙과 허무를 하나씩 건너뛰어
우리 눈썹에 와 맺히는 그것들을
모두 가을이라고 한다
가을에는 아내와 딸과 가구까지
가을이라는 '말',
가을이라는 '눈'을 갖는다

가을은 떡갈나무와 자작나무 머리 위에서
붉은 얼굴로 넘어다보고 있다
한 개의 나뭇잎이
오래오래 바다를 가린다
헐벗은 숲들의 헛기침에
깊은 도끼 자국이 선명히 찍힌다
어둠이 어둠을 벗고
빛이 빛을 벗고
눈물이 눈물을 벗고
소리가 소리를 벗고

오늘
누가 검둥이 시몬 가리바리요의 가을을
기억할 것인가?

가을 가출

간밤에 우리 집 늙은 개가
집을 나갔다
뜰 아래 돌아누운
그놈의 커다란 우수
한 개의 산그늘만이
붉디붉게 물들어 가고
이젠 짖지 못하는 그놈의 성대에
갇혀 있는 몇 개의 어둠과
실의의 눈물 껍질이
깊어 가는 우리 집의 가을을 지켜 주고
종일토록 앓는 실어증의 골짜기를
가을 사냥꾼들이
또 다른 죽음의 낯선 발자국을 따라 헤매고 있구나.

가을 비가

그대가 기도와 눈물로 기르는 산과 바다,
해가 뜨는 곳에서 해가 지는 곳까지 실어 온
우리의 황무지,
풀잎 한 장의 땅,
소나기의 땅, 햇빛의 땅을 거둬들이는
그대의 기도와 눈물을
오오, 우리는 거절하고
수천 번이나 돌을 던져 숨지게 하였구나
이 가을, 그대는 우리 투신의 돌 하나하나에
우리의 이름을 새기고
축복하는 이름으로 다시 잔을 채우는
그대의 기도와 눈물을 듣는다
어두운 밤이면 마을 밖으로 떨어져 나가는 잎들 위에
저주와 탄식의 돌팔매는 쌓이고
이 가을, 우리가 안고 잠드는 산과 바다는
이를 영영 깨닫지 못한다.

소나기

몇 포기의 배추와 무를 흥정하다가
성큼 지나가는 소나기를 만났다
배추와 무청은 두 팔을 들고
와아 하고 뛰어올랐다
바보같이 우리들도 두 손을 저으며 달아났다
소나기가 지나고 난 다음
채소 장수와 함께 다시 돌아왔을 때
배추와 무는 어디론가 가 버렸고
채소 장수와 흥정꾼만
배추 잎사귀를 한 장씩 벗기우듯
서로가 하나씩 벗기워지고 있었다.

숨바꼭질

어둠이 잎사귀 뒤로 숨는다
잎사귀는 어둠이 된다

다시 잎사귀가 어둠 뒤로 숨는다
어둠은 잎사귀가 되지 못한다

잎사귀는 잎사귀대로
어둠은 어둠대로
서로서로 넘지 못한다

동구 밖 바람 하나가
뚝뚝 지고

우리가 붙드는 거친 들이
한 장의 잎에 업혀서 돌아온다

병사와 아버지와 그리고 나
— 창군 서른세 돌에

조국을 잃은 자는 참 조국을 압니다.
고향을 빼앗긴 자는 고향을 결코 잊지 않습니다.
반쪽의 조국, 반쪽의 고향을
이 땅의 모든 이들은 가슴 깊이 새겨 두고 있습니다.
어머니
오늘 아침에 철모를 다시 한 번 손질해 두었습니다.
수통과 배낭도 다시 챙기고
일등병인 나는
북녘 하늘을 바라보았습니다.
길과 마음은 잘려 있지만
파아란 하늘은 조금도 색깔이 바래져 있지 않았습니다.
일등병인 이 아들이 보초를 서야 할 두만강과 압록강가에는
지금쯤 무심한 철새들만이 자리를 털고
남녘을 찾아들고 있을 뿐입니다.

　　창군 당시 일등병이었던 아버지는
　　백마고지의 포화 속에서 팔을 잃으셨다.
　　갈대꽃이 무성한 보름밤에
　　소금 간이 배인 주먹밥 하나
　　뺏고 빼앗긴 이 땅의 슬픔 위에 한쪽 팔을,
　　반쪽의 조국을 내놓으셨다.

보잘것없는 개인 병기에
단검을 꽂고
육탄으로 잘도 버텨 낸
이 시대의 비극을
우리는 때때로 M16 총구의 가늠쇠를 통해
바라볼 수 있었다.

어머니, 당신의 땅에
삼십삼 년간의 포복으로 이룩한
우리들의 자랑스런 위용을 바라보십시오.
깨어진 땅에 우리 손으로 만들어 낸 이 땅의 넉넉함을 지켜보
아 주십시오.
내 나라에 바치는 오늘의 이 의식은
통일 조국의 한뜻을 예비케 함입니다.
155마일의 철책 망 속에
눈 감지 못한 이름 없는 병사의 넋들이
간밤에도 고지에서 우리와 함께 밤을 새웠지만
오, 어머니
오늘은 당신의 품속에서
그들은 비로소 고향 소문에 귀를 기울일 것입니다.

새날의 바람이 분다
— 경신년 정월 초하루 아침에

바람이 분다
있음과 없음의 또 다른 바람이
문밖에서
우리를 낳고 있다
우리가 지켜 온 몇 날의 양심과
국어의 뿌리까지 불러 모아
저 문밖에서 서성이는 또 다른 바람이
바람을 낳을 때까지
어머니 땅에서 부는 바람
해 뜨는 곳에서 해지는 곳까지 부는 바람
우리를 낳아 준 바람이 바람을 낳을 때까지
오오, 구도의 바람이 분다
구도의 길이 달려 나간다

깨어 있는 시간의 길이 가깝게 보인다
이농의 농부들은 다시 돌아오고
새 씨앗의 꿈을 가슴에 안은
깨어 있는 길이 보인다
보이는 것마다
산과 강은 거듭거듭 곧고 고르게

우리를 나누어 준다
어머니 땅의 사제들은
한 번뿐인 태어남을 거두고
한 번뿐인 거둠을
제날이 돌아올 때까지
다시 누구에게나 돌려준다

바람이 분다
목자들이 기르는 바람
동서에서 부는 바람
남북에서 부는 바람
세상의 바람개비들아
어느 바람이 우리를 낳고
어느 바람이 우리를 싣고 만 리 밖으로
떠날 채비를 하여도
세상의 바람개비들아
우리가 남겨 둔
이루지 못한 작은 약속의
몇 가마니의 껍질들은
언제나 네 들판에서 빙글빙글 떠돌겠구나

이제 다시 새날의 바람이
우리를 데리러 왔다
밝음을 밝음이라 말하고
어둠을 어둠이라 말하는
이 땅의 새로운 약속과 꿈을 위해
한 번뿐인 예비된 바람의 아침을 위해
경건히 새 아침의 잔을 채우자
다 같이 빛을 모아 새해의 새 잔에
축배를 드는 눈부신 이 아침.

새치를 뽑으며
― 현충일 29돌 아침에

이 땅의 사람들은
누구나 보이지 않는 무덤을
가슴속에 안고 있습니다
어떤 사람은 꿈 밖에 하나
꿈속에 하나
두 개씩 안고 다닙니다
저 바람 끝에 서 있는 망우리나
이름 없는 야산에서
흔히 볼 수 있는 무덤이 아닙니다
그 무덤의 묘비명은
묵은 김치에 배인 맛을 아는 자에게만 읽혀질 수 있습니다

간밤에는
스무아흐레 전의 젊은 미망인이었던 어머니들이
마디 굵은 흰 머리카락의 새치를 뽑으며
한잠도 이루지 못했습니다
중년에서 노년으로 돌아앉는 길목에서
시름의 새치를 하나씩 뽑으며
지아비를 그리는 꿈속에서는
적어도 젊은 새댁 같은 수줍음과 부끄럼으로

당신의 강을 건너가곤 했습니다
그때마다 먼 곳에서
포성이 드문드문 울리고
깊게 파인 땅의 상흔이
지아비와 지어미의 꿈을 더욱 멀리 떼어 놓고
늘 실의로 울며 되돌아왔습니다

오늘 아침
흰 소복의 어머니는
장성한 아들을 지팡이 대신 의지하고
가슴에 검은 리본을
당신의 훈장으로 바꿔 달고
무덤 앞에 다소곳이 앉아 있습니다
지난날 무수한 그 밤 새치를 뽑듯
하나씩 돋아 있는 씀바귀를 뜯어내며
이제는 눈물 감추는 법을 알고 있습니다
어머니는 이날이면
늘 두 개의 무덤이
하나가 되는 것을 알고 있습니다

여기 한 작은 가슴의 조국이 누워 있습니다
한낮의 젊음을 묻고
오열하는 소총의 가늠쇠에 겨냥된
조국의 운명을 위해
초개같이 쓰러져 간 젊음이 있습니다
언제나 신록과 함께 찾아오는
당신의 이름 없는 기일에
우리는 나무 그늘에 앉아
연필로 또박또박 지어 눌러쓴
당신의 마지막 편지를 읽습니다
'내일은 빼앗긴 땅을 찾기 위해 북쪽으로 다시 반격할 참입니
다'
　오오, 당신들은 이곳에 말없이 누워 있고
　장성한 우리는 북쪽으로 가는 길을 잃었습니다
　당신은 오늘도 전 생애로 포복하고 있지만
　당신의 지어미와 아들은
　당신 곁을 한시도 떠나지 못하고 있습니다

　이 땅의 사람들은
　누구나 보이지 않는 무덤을

가슴속에 안고 있습니다
이 땅의 무덤의 묘비명은
묵은 김치에 배인 아픔의 맛을 아는 자에게만
읽혀질 수 있습니다

제3시집

오늘이 그날이다

청하, 1990

우리는 공범적인 비극의 시대를 살아왔다.

우리 등 뒤에 남아 있는 한 시대의 역사는 이제 발길질을 받으며 다른 시간이 물굽이를 바꾸는 동안 숨죽이며 멈춰 서 있다. 시커먼 썩은 물에 지나지 않은 역사와 추억이 사물의 여러 진실을 틀어막고 눈을 감고 있을 뿐이다.

이것은 결코 무슨 상징이 아니다.

오늘도 내가 이곳을 걸어 다니는 것은 그것이 나의 질서이기 때문이다. 길들여진 그 질서 속에서 내가 일어서야겠다는 것은 그저 아무것과도 닮고 싶지 않다는 작은 자각에서 비롯된 것이다.

그러한 작은 자각이 창문을 열었을 때 나는 불혹의 나이를 지나 있었고 나와 함께 젊었던 모든 사물의 얼굴들이 오늘은 모두 중년의 문턱에서 허리를 굽히고 있었다.

남의 것처럼 낯설은 나를 보는 것은 어쩌면 불행일지 모른다.

생텍쥐페리는 '나는 내 시대를 증오한다'고 죽기 전에 썼다. 그러나 나는 그럴 용기가 없다. 아직까지 나는 이 시대의 한쪽밖에 보질 못했기 때문이다. 그래서 나는 이 시대의 공범자요, 가해자요, 피해자가 될 수밖에 없는 것이다. 이제 비로소 '사람이 살지 않는 비극'은 내 것이 될 수 없음을 깨닫게 되었다.

세 번째 시집을 상재한다. 살아가며 만나는 모든 것이 내 시의 전부다. 이제는 세상을 바라보는 눈이 조금씩 자리 잡힘이 보이고 시를 무겁지 않게 쓰는 법이 열렸다. 시를 여는 마음이 요즘은 따로 있는 듯 생각된다.

1990년 1월
김종철

제1부

어린 왕자를
기다리며

어린 왕자를 기다리며 1

하느님을 그려 줘,
주일학교 아이들이 보챘습니다
하느님을 본 적은 없지만
이러려니 하고 그려 보이자
십자가가 너무 크다고 했습니다
다른 걸 그려 보여 주니
너무 늙고 힘없어 보인다고 했고
또다시 그린 그림은
이웃 아저씨 닮았다고 투정 부렸습니다
나는 귀찮아 그냥 별 하나 그렸습니다
아이들은 눈부시다고 박수를 쳤습니다
어떤 아이는 망원경으로 자세히 살피고
어떤 아이는 자기 또래라고 좋아하고
어떤 아이는 쉿!
하느님을 깨우지 말라고 했습니다
별은 누구나 쉽게 그릴 수 있어
여간 다행스럽지 않습니다
내가 그린 별 그림 속에서
정작 아무것도 만나지 못하고 나올 때
등 뒤에서 누군가 말을 걸어 왔습니다

양 한 마리만 그려 줘, 응?

—《못과 삶과 꿈》

어린 왕자를 기다리며 2

뱀 얘기는 정말 싫습니다
그러나 보아 구렁이는 예외입니다
속이 보이는 보아 구렁이와
속이 보이지 않는 보아 구렁이 그림을 보고 있으면
웃음이 나와 참지 못할 것 같습니다
중절모 하나와
수줍은 코끼리 한 마리가
어른과 아이를 너무 쉽게 구분시켰기 때문입니다

붕붕 달리는 버스를 보고 있으면
보아 구렁이 속에 들어가 있는
수줍은 코끼리가 문득 떠오릅니다
달리는 코끼리 옆구리에
창문을 여러 개 그려 놓고
사람들이 조롱조롱 매달려 있습니다
정류장마다
코끼리 복부에서 우르르 쏟아지는
작은 사람을 보고 있으면
차라리 행복해 보입니다
그것이 더구나 그림 동화라면

오늘도 아침 출근길에
만원 버스 속에서 구두가 짓밟히고
윗옷의 단추가 떨어져 나갔습니다
보아 구렁이 속도 이처럼 갑갑했을 것입니다
코끼리를 삼킨 무서운 보아 구렁이가
아직도 모자로 보이는 시대에
우리들의 만원 버스 속의 지옥과 인생도
언제까지나 모자를 쓰고 다닐 것입니다

—《못과 삶과 꿈》

어린 왕자를 기다리며 3

바오밥나무는 나쁜 나무라고 들었습니다
게으름뱅이가 살고 있는 별 하나는
바오밥나무 세 그루에 몸이 묶여
쩔쩔매는 것을 우리는 보았습니다
아침마다 게을러 이불도 개지 않고
세수도 하는 둥 마는 둥
책가방을 찾다 보면 지각하기가 예사였습니다
그때 선생님이 회초리를 들고 계셨는데
어쩌면 그것이 바오밥나무일 거라고 생각했습니다
어린이들아, 바오밥나무를 조심하라!
우리는 그 경고를 무시했기 때문에
퉁퉁 부은 종아리를 가리기 위해
여름 내내 긴바지를 입고 다녔습니다
어른이 된 내 친구 몇은
사기, 협박 혹은 폭행 등으로
지금도 어두운 작은 방에 갇혀 있습니다
바오밥나무 세 그루가 그들의 별을
꽁꽁 묶어 두었습니다

어린 왕자를 기다리며 4

오늘은 정말 슬픈 날입니다
만나지 말아야 할, 영영 책 속에 있어야 할
몇 페이지의 작은 활자들이
드디어 오늘이라는 옷을 입고 나타났습니다
그것은 우리 집에서 가장 게으른 막내딸이
기어코 바오밥나무를 보았기 때문입니다
시멘트처럼 단단하고 묵묵한
귀신이 붙은 것 같은 이상한 나무의 사진이
발단이 되었습니다
게으름뱅이 별에서 자라는 환상의 나무가
아프리카의 버려진 사막에서 걸어 나와
들통나게 한 것입니다
아침마다 이불도 개지 않고
양치질도 건너뛰는 게으른 딸을
이제는 책망하기가 민망스럽습니다
막내딸은 이제부터
어린 왕자를 기다리지 않을 것입니다
수영장에서 만난 철수가
더 늠름해 보일 것입니다.
그럼 나는 뭐가 되는 것입니까?

어린 왕자를 기다렸던 삼십 년 전의 한 아이를
어른이면서도 아이의 꿈을 갖고 있는 이 아비를
우리 집 막내딸은
얼마나 측은히 생각할까요?

어린 왕자를 기다리며 5

K89/5 별에 온 것은 우연이었습니다
이 떠돌이 별은 역사와 전통을 뽐내었습니다
먼저 와 있는 제비 한 마리와 인사를 나누었습니다
홀로 둥지 틀기를 하다가 시름에 젖은 제비는
나를 붙들고 울며 하소연을 했습니다
내말좀들어보소농촌에는해충번식을막는다고
불임제다소화중독제다잔뜩뿌려먹이없어몇날
굶주렸고허기진몸으로도시에오니아파트나빌
딩에는둥지틀틈새없고시멘트그늘에잠시쉬니
이무슨날벼락인가요자동차배기가스나매연은
참는다하더라도재채기콧물눈물이앞을가리는
최루탄은또웬말이요동료마저보이지않으니어
찌하면좋겠소
제비는 먼저 온 자기만 또라이 되었다고
날개깃에 눈물을 자주 찍었습니다
나는 이 가엾은 별이
올해도 제비 한 마리 때문에
소동이 일어난 것을 알게 되었습니다
여보게, 어쩌자고 자네만 왔는가,
이 별은 본시 제비 한 마리만 보아도

천하의 봄이 왔다고 소란 떠는 젊은이와
봄을 어찌 한 마리 제비에 노래할 수 있겠느냐는
늙은이와의 잦은 다툼이라네
나는 제비가 딱하기는 했지만 꾸짖지 않을 수 없었습니다
우리가 말하는 사이에도
최루탄과 화염병 몇 개가 머리 위를 날아다녔습니다
다른 별에서는 새들이
자유롭게 날아다니는 것으로 보였습니다

그날 밤 1

그날 밤
내가 보이지 않았습니다
잊고 있었던 것 갖지 못했던 것
볼 수 없었던 것들이 모두 모여
나를 찾고 있었습니다

그때 누군가 담을 타고 살짝 들어왔습니다
우리 집은 눈을 감고 모른 체했습니다
도둑놈이었습니다
아끼던 것들만 모두 챙겨 갔습니다
나는 텅 비었습니다

그날 밤 처음으로
그물을 던져
사람 하나를 끌어 올렸습니다

—《못과 삶과 꿈》

그날 밤 2

그날 밤
닭이 세 번 울었습니다
세 번이나 몸을 감추었던 내가
누구인지 알게 되었습니다
신새벽은 언제나 닭이 울고 난 후에
몸을 드러냅니다

어머니는 오늘도 작은 공터에서
닭을 칩니다
사료와 물을 주고 닭장을 손질합니다
닭똥 냄새가 정말 지독합니다
어머니는 이 많은 닭들이
언젠가 일제히 울 것을 두려워합니다

아니에요 아니에요 아니에요
그날 밤
첫애를 가진 아내는
횃대 위에 올라가 몸을 틀고
물을 데우던 어머니와 나는
빨리 닭이 울기를 기다렸습니다

—《못과 삶과 꿈》

그날 밤 3

그날 밤
처음으로 그녀의 속옷을 벗겼습니다
벗어 내린 흰 달빛을 따라
해안의 하반신까지 내려갔습니다
누가 작은 바다에
몸을 숨기고 있었습니다
그날 나는 한 가지 귀중한 사실을 알게 되었는데
입 밖에 내어서는 안 된다는 것입니다

고해소에 무릎을 꿇었습니다
신부님은 목소리만 들어도
누군지 눈치챕니다
때로는 남의 동네 성당을 이용하지만
양파는 벗겨도 벗겨도 똑같습니다
속을 보려다 모두 잃어버립니다
오늘도 누군가 고해소에서 몸을 벗고 있습니다

못에 대하여 1

못을 뽑습니다
휘어진 못을 뽑는 것은
여간 어렵지 않습니다
못이 뽑혀져 나온 자리는
여간 흉하지 않습니다
오늘도 성당에서
아내와 함께 고백성사를 하였습니다
못 자국이 유난히 많은 남편의 가슴을
아내는 못 본 체하였습니다
나는 더욱 부끄러웠습니다
아직도 뽑아내지 않은 못 하나가
정말 어쩔 수 없이 숨겨 둔 못대가리 하나가
쏘옥 고개를 내밀었기 때문입니다

못에 대하여 2

오늘도 못질을 합니다
흔들리지 않게 삐걱거리지 않게
세상의 무릎에 강한 못을 박습니다
부드럽고 어린 떡잎의 세상에도
작은 못을 다닥다닥 박습니다
그러나 익숙지 않은 당신들은
서로 빗나가기만 합니다
이내 허리가 굽어지기도 합니다
그때마다 굽어진 우리의 머리 위로
낯선 유성이 길게 흐르는 것이 보였습니다

못에 대하여 3

어린 시절 나는
영어 알파벳의 TTTTT가
못으로 자주 바뀌어 보였습니다
T 자로 시작되는 단어 가운데
가장 마음에 드는 것은
TIME이었습니다
TIME은
못의 가장 가까운 사촌처럼 보였습니다

오늘도 크고 작은 톱니바퀴가
서로 맞물려 돌고 있는 몸 안에서
TTTTT는
기쁨 하나 슬픔 하나 뛰어넘고
기쁨 하나 슬픔 하나 잡아먹고
보릿고개 문둥이처럼
누런 얼굴로 올라오고 있습니다

못에 대하여 4

못을 모아 둡니다
큰 못 작은 못 굽어진 못 짤린 못
녹슨 못 몽톡한 못 방금 태어난
은빛 못까지 한자리에 모아 둡니다

재개발 지역 사람들은
한자리에 모여 토론을 합니다
걱정뿐입니다 걱정과 회합 뒤에는
으레 술도 마시고 화투도 칩니다
아낙네는 해묵은 이야기로 입씨름하고
골목길은 아이들의 울음으로 더욱 좁아집니다
떠나기 전에 들어와야 쓰것는디
늙은 어머니는 집 나간 아들놈 때문에
매일 조금씩 우십니다

못은 못일 뿐입니다
한번 박힌 못은
박힌 대로 살아야 합니다
뽑혀져 나온 못은 못이 아닙니다
굽은 것을 다시 펴고 녹슨 것을 다시 손질해 두어도

한번 뚫린 못자리는
언제나 내 자리입니다
한번 비끄러매 두었던 길과 사람과 인정이
더 이상 크지 않고 늙지 않는 소인국으로
우리 꿈속에 남아 있기 때문입니다

못에 대하여 5

해미 마을에 갔습니다
낮에는 허리 굽혀 땅만 일구고
밤에는 하늘 보며 누운 죄뿐인 사람들이
꼿꼿이 선 채 파묻힌 땅을 보았습니다
요한아 요한아 일어나거라
이조 시대의 천주학쟁이들은
아직까지 요를 깔고 눕지 못했습니다
꼿꼿한 못이 되어 있었습니다
못은 망치가 정수리를 정확히 내리칠 때
더욱 못다워집니다
순교는 가혹할수록
더욱 큰 사랑을 알게 합니다
겨자씨만 한 해미 마을에서
분명히 보았습니다
십자가의 손과 발등을 찍은
굵고 튼튼한 대못을
겨자씨보다 작은 이 마을이
두 손으로 들고 있었습니다

밥에 대하여 1

'사람 살고 있음'
표어가 집 밖에 크게 붙어 있었지만
공룡을 닮은 포클레인이
지붕을 사정없이 걷어 내 버렸습니다
밥상에 둘러앉은 아이들은
어머니 품속으로 팔짝 뛰어들며
자지러지듯 울어 댑니다
철거반원은 욕설을 하며
아버지를 질질 끌고 나갑니다
'사람 살고 있음' 표어가
우리나라 글씨가 아닌지 모릅니다

집을 가진 사람들은
몸을 숨기고 구경을 합니다
저런 죽일 놈 하고 말을 하다가
씩씩거리는 철거반원과 눈 마주치면
먼지가 많이 나는군 하고
딴전을 부립니다
집집의 내장에서 쏟아지는
김치 냄새 된장 냄새 밑반찬 냄새가

부끄럽고 창피스러워집니다
낯모르는 이웃인 것이 여간 다행스럽지 않습니다

신부님은 단식을 했습니다
물만 한두 번 마셨습니다
저들을 용서하소서
기도도 했습니다
우리 신부님을 보고 있으면
헐벗고 집 없어 걱정하는 것이
훨씬 나은 것 같습니다
성당의 첨탑 위에 꽂혀 있는
'여기 사람 살고 있음'이라는
구원의 십자가를 보고 있으면
우리 신부님이 더욱 불쌍해 보입니다

—《못과 삶과 꿈》

밥에 대하여 2

옛날에 한 젊은이가
밥을 소중히 여겨 가난한 이에게
나눠 주려고 노력했습니다
그 후 젊은이는
밥만으로 사는 것이 아니라
당신의 말씀으로 살아야 하며
사람이 만든 밥에 너무 집착하지 않도록 일깨웠습니다
그는 스스로 밥이 되었습니다
먹지 않아도 배부른 밥입니다
아니, 그럴 리가 있느냐구요?

한 젊은 노동자가
밥을 얻기 위해 일터로 나갔습니다
그의 밥그릇은 늘 작았습니다
등이 휘도록 막일을 해도
그의 밥그릇에는 국물보다도
땀이 더 많이 고였습니다
그 후 젊은이는 밥만으로 살 수 없음을 알았습니다
붉은 띠를 머리에 매고
인간답게 살기를 희망하며 투쟁을 했습니다

그날부터 그는
자신이 밥이 되길 스스로 택했습니다
매일 저녁 아홉 시 TV 화면에
그들이 외치는 구원의 주먹을
우리는 너무 쉽게 만납니다

오늘도 옛날의 그 젊은이는
십자가에 매달려 있었습니다
아무것도 먹고 마시지도 않은 채
그는 살아 신음하며
우리 모두 함께 앓고 있습니다
그것은 밥 이야기가
아직도 끝나지 않았기 때문입니다

호박에 대하여 1

호박을 심었습니다
며칠 후, 떡잎이 나와
두 손을 모으고 서 있었습니다
제 몸보다 큰
흙과 돌멩이가 굴러떨어져 있었습니다

그러고 보니 며칠 전 선잠 속에서
내 머리 위에 큰 바위가 닿아
흔들 몸 떤 것이 예사롭지 않다 했는데
아아 밤마다 큰 돌 굴러가는 소리가
예사롭지가 않다고 생각했는데

호박에 대하여 2

호박이 자랐습니다
아침마다 조금씩 발돋움하는
호박순이 하늘을 꼭 쥐고 있습니다
하늘로 오르는 것을 누군가 눈치채면
호박은 부끄러워
담장에 눈꺼풀을 내리고
몸 비비 꼬며 모른 체합니다

못생긴 호박의 거친 손바닥만
유난히 크게 눈에 뜁니다

호박에 대하여 3

호박잎 뒤에
밤이 와 있습니다
어떤 손바닥이 이 별의 반을 가렸는지
아무도 알려고 하지 않습니다
여름 내내 입덧만 하는 당신만
간혹 별이 몸을 틀고 있음을 압니다

오늘 밤
호박이 덩굴째 굴렀습니다

호박에 대하여 4

호박꽃이 피었습니다
호박꽃 하면 노란색이 보입니다
빨간색, 흰색 어쩌면 하늘색 호박꽃을 생각해 봅니다
그러나 호박답지 않아 생각을 멈춥니다
치장을 해도 잘 보이지 않는 덤덤한 마누라처럼
우리 뒤에 누워 있습니다
그래도 꿀벌은 어김없이 찾아옵니다

호박에 대하여 5

무서리가 내렸습니다
하얀 모자를 쓰고 누군가 왔습니다
추위를 느낀 호박은
하얀 솜털 사이로 몸을 움츠립니다
머리통에 꽉꽉 배어 있는
큰 절망의 덩어리를
누군가 끙끙거리며 들고 갑니다
가을이 모가지를 떼 갈 줄
정말 몰랐다고 수군거립니다
호박은
며칠이 지난 후에야
뚝! 하고 떨어지는 하늘을
처음 보았습니다

제2부

오늘이 그날이다

만나는 법

어린 시절, 어머니에게 물었습니다
내일은 언제 오나요?
하룻밤만 자면 내일이지
다음 날 다시 물었습니다
오늘이 내일인가요?
아니란다 오늘은 오늘이고 내일은
또 하룻밤 더 자야 한단다

고향에서 급한 전갈이 왔습니다
어머니 임종의 이마에
둘러앉은 어제의 것들이 물었습니다
애야 내일까지 갈 수 있을까?
그럼요 하룻밤만 지나면 내일인걸요
어제의 것들은 물도 들고 간신히 기운도 차렸습니다
다음 날 어머니의 베갯모에
수실로 뜨인 학 한 마리가 날아오르며 물었습니다
오늘이 내일이지?
아니에요 오늘은 오늘이고
내일은 하룻밤이 지나야 해요

더 이상 고향에서 급한 전갈이 오지 않았습니다
우리 집에는
어머니는 어제라는 집에
아내는 오늘이라는 집에
딸은 내일이라는 집에 살면서
나와 쉽게 만나는 법을 알고 있기 때문입니다

—《못과 삶과 꿈》

시법

1

'사람' 글로 쓰고 읽어 봅니다
사람이 보이지 않습니다
'풀잎' 하고 소리 내어 읽어 보면
초록색과 얼굴까지 보입니다

그것은 내가
사람이기 때문입니다

2

풀잎은 풀잎을
사람은 사람을
서로 부르고 찾습니다
저것들은 시도 때도 없이
서로 찾아 헤매입니다
풀잎은 풀잎에게
풀잎의 내가 대답하고
사람은 사람인 내가 대답하고

나의 밖에서는
나 아닌 것이 없습니다

낙타를 위하여

낙타를 한 마리 사야겠다
이 도시에서는
아무도 낙타를 타고 다니지 않는다
아무도 낙타에게 관심을 가지지 않는다
낙타는 먼 나라의 사막이나 동물원의 것으로 안다
그러나 아무래도 낙타를 한 마리 사야겠다
사람들은 손가락질을 할 것이다
냄새가 난다며 키우지 못하게 할 것이다
끝내는 낙타보다는 나를 고발할 것이다
그러나 나는 낙타를 사고야 말겠다
너희들이 천국에 들어가는 것이
낙타가 바늘구멍에 들어가는 것보다 어렵다고
성경에 씌어 있질 않았니?
우리는 모두 부자다 욕심쟁이다
낙타가 바늘구멍에 들어가는 법을
나는 꼭 배워야 한다
천만에 하고 고개를 흔들지 말아라
바늘구멍에 들어간 낙타는 두 번 다시
'천만에' 하기 위해서 목을 내밀지 않을 것이다
천국으로 가는 길을 배우기 위해서

아무래도 낙타를 한 마리 사야겠다

—《못과 삶과 꿈》

편한 잠을 위하여

벼가 잠을 이루지 못했습니다
벼가 꿈을 꾸지 못했습니다
벼가 쪼그리고 앉아 있다는 것은
걱정이 많다는 것입니다
벼는 눕지를 못했습니다
결국 벼꽃이 피지 않았습니다
사람들은 왜냐고 묻지도 않았습니다
도심의 가로등 불빛이
이 바보들을 재우지 못했기 때문임을
그들은 알고 있습니다

이 마을의 철거민은 알고 있었습니다
잠을 잘 수 없었던 것은
그들의 꿈이 쉽게 헐리기 때문이었습니다
녹슨 못 하나까지 간직했던 작은 길들이
재개발의 발부리에 채여 넘어질 적마다
잠은 아무에게나 있는 것이 아님을 알게 되었습니다
잠을 잘 자는 사람은
밤새 안녕하셨냐고 인사도 잘했습니다

벼꽃이 피지 못한 그해 가을
철공소 박씨는
서울특별시 철거반과 심한 몸싸움을 하고
청산가리를 마셨습니다
이 땅의 모든 불빛을 마셔 버렸습니다.

길

고희를 넘기시고
자주 노환을 앓는
어머니 곁에 누운 오늘 밤
천장 벽지의 무늬결 따라
우리는 말없이 걸었습니다
나는 어머니 손을 잡고
어머니는 길 끝을 잡고
나란히 걸었습니다.
너무 걸어 어머니가 눈 붙이면
창밖에서 수염도 깎지 않은
희뿌연 새벽 하나가
종철아 하고 불러내었습니다.
누고?
어머니가 먼저 눈뜨시며
잠자는 나를 흔들어 깨웠습니다

밖에서는 또 쓸데없이
개가 짖기 시작하였습니다

앉은뱅이꽃

상주군 모동면 반계리 살던
사촌들이
동대문 시장에서 행상하며
돈도 꽤 많이 모았답니다
그들을 보고 있으면
머리 푼 무성한 잡초가
선인의 묘소에 어른거리고
어릴 적 잠시 머문
상주군 모동면 반계리
그 작은 들길에
사촌이 몰래 눈 똥을 밟고
잡풀에 신발을 닦고 또 닦던
노오란 앉은뱅이꽃이
얼핏 보였습니다
그들을 다시 만난 오늘
똥 묻은 신발을
나는 아직도 벗지 못하고 있었습니다

컴퓨터를 치며

인공수정을 합니다
모니터에 나타나는 당신은
남자도 여자도 아닙니다
손가락 사이에
자꾸만 걸려 넘어지는 걸림돌 하나가
예, 아니요,
하고 되묻습니다
기쁨 하나 슬픔 하나
입력되어 있는 저 시간의 골목길에
누군가 지팡이를 짚고 지나가고 있습니다

컴퓨터와 함께

오늘도 나는 깜박 잊고
모니터 자리에
내 머리통을 놓고 나와 버렸습니다
다방에서 그녀를 만나
차도 마시고 잡담도 나누었지만
끝끝내 사랑한다고 말하지 못했습니다
모니터가 얹혀 있는 내 얼굴을
그녀는 눈치채지 못했지만
그녀가 내 몸의 어느 부분이든
키를 두드려 주었으면
예, 아니요, 하고
몸이 달았을 것입니다
내 몸 뒤쪽에
전기 코드가 빠져 있어도.

컴퓨터 바둑

작가 김원일 선생은 바둑을 좋아합니다
매일 그가 죽이고 죽은 돌들은
작은 무덤 하나 정도 됩니다
그는 평소 양보를 잘하지만
바둑만큼은 턱도 없었습니다
바둑에 지면 하루 종일
얼굴이 벌겋게 상기되곤 했습니다
작가 김원일 선생은 오늘
바둑 상대가 없어 컴퓨터와 둡니다
그가 속기로 바둑돌을 두드리면
컴퓨터는 자꾸만
기다려 주십시오 하며
푸른 자막을 보여 주었습니다
장고長考하는 것은 컴퓨터였습니다

오늘은 컴퓨터가 턱을 괸 채
얼굴이 창백해져 있었습니다

하나 혹은 여럿
— 시간 여행 1

시간은 앞으로 갑니다
시간은 하나입니다
어저께 하나가 오늘 왔다가 내일로
뉘엿뉘엿 걸어갑니다 집들이 앞으로 나란히
걸어가고 나무가 앞으로 걸어가고 별이 앞으로
걸어가고 들개가 앞으로 걸어갑니다
오늘 내가 너를 낳았다고 풀잎의 말씀 하나도
앞으로 나란히 걸어갑니다

시간은 거꾸로 갑니다
시간은 여럿입니다
어저께 얼굴이 엊그저께를 뛰어넘고
엊그저께의 어깨가 빨갛게 부어오른 것이
보입니다 기차가 거꾸로 따라가고
가로수가 거꾸로 빠른 걸음질하고
떨어진 사과 한 알이 다시 나무에 매달리고
물새 떼가 차례로 곤두박질칩니다

나는 시간입니다
나는 스스로 쪼개지는 몸입니다

나의 몸은 하나 혹은 여럿으로 자주 부서집니다
그때마다 시간은 서로서로 나누어 나를 가졌습니다
시간은 굶주리지 않는 꿈을 꾸었지만
늘 시장기를 느꼈습니다
나의 시간은 열린 손으로 빵 다섯 개와
물고기 두 마리가 되길 빌었습니다
그런데 왜 당신은 가지도 않고 오지도 않는데
나는 가기 위해서 오고 또 왔기 때문에 가야 합니까
왜 오늘의 시계에는 바늘이 없는 까닭을 묻지 않습니까

―《못과 삶과 꿈》

시간을 찾아서
— 시간 여행 2

시간은 옷을 입지 않습니다

바람도 옷을 입지 않습니다

하늘에서 내려오는 하이얀 눈마저

옷을 입지 않습니다

별님은 별님 그대로

해님은 해님 그대로

어둠은 어둠 그대로

옷을 입지 않습니다

만약에 이들에게 옷을 입힌다면

우리는 과거라는 옷, 현재라는 옷, 미래라는 옷을 입힙니다

그러나 우리는 만약에라는 이 말을

자주 사용할 수 없음을 잘 알고 있습니다

그것은 만약에라는 한 천사를

우리는 알고 있기 때문입니다

우리가 꿈꾸는 천사는 언제나 '만약에'라고 했을 때

우리 생각보다 먼저

우리 마음보다 빨리

시간의 옷을 입고 왔습니다

오늘도 우리가 꿈꾸어 왔던 천사는

길거리 가게에서
알사탕이나 초콜릿의 옷을 입기도 하고
터미널 구석 쭈그리고 앉아 있는
자동판매기 속에서 동전을 입에 물고
콜라 한 잔과 몸을 바꾸기도 하고
자꾸만 누르고 또 누르는
자동판매기 내장 속으로
요술처럼 바뀌어 나오는 사랑
또 한 번 바뀐 눈물
그러나 우리의 천사는
가난해진 마음을 단 한 번도 바꾸진 못했습니다

이제는 다시 '만약에'라고 하지 맙시다
우리는 벽돌이나 나무로 만든 집에서
커다란 시계를 바라보며 살아가면 됩니다
우리 중의 이씨는 비만증의 집
박씨는 고혈압의 집, 김씨는 심장병의 집
서씨는 당뇨병의 집, 최씨는 암의 집을
날마다 짓고 있습니다
우리가 지은 비만증이라는 감옥 고혈압이라는

감옥 심장병이라는 감옥의 철창 사이로
먼 길 하나가 오늘도 졸고 서 있습니다
안녕하세요? 어머니, 내일은 일찍 깨워 주세요

시간은 무엇입니까?
시간은 바보입니다
시간의 몸은 무엇으로 만들어졌습니까?
시간의 몸은 물, 불, 흙, 공기로 나뉘어 있습니다
시간이 가는 곳은 어디입니까?
시간은 낮은 곳에서 높은 곳으로, 작은 것에서 큰 것으로
시간이 가장 잘 보이는 곳은 어디입니까?
그곳은 서울역과 고속버스 터미널입니다
이곳에는 고향에 두고 온 한 장의 커다란 산그늘이
그리운 사람들로 자주 붐빕니다
수수밭머리에서 흔들리는
철새의 울음 같은 우우우우우 하는 소리도
이곳에서는 너무나 가까이 들려서 좋습니다
잡초처럼 듬성듬성 뿌리박혀 살던 사람들도
이곳에 오면 떠도는 작은 별로
초롱초롱 맺혀 서로의 체온을 나누어 줍니다

슬픈 사람은 슬픔의 등불을 하나 켜 들고
기쁜 사람은 희망의 등불을 하나 켜 들고
시간은 언제나 기쁨 하나 슬픔 하나
골고루 옷을 입고 실려 가고 실려 오는
그러나 아무도 시간의 얼굴을 직접 본 사람을
우리는 아직 찾지 못했습니다

꿈의 시간 공장에서
하루하루 뜨여 나오는 시간의 옷감을
사람들은 누구보다 더 많이 사기 위해서
어떤 이는 평생을 노래 부르고
어떤 이는 평생을 글만 쓰고
어떤 이는 평생을 돌만 줍고
어떤 이는 평생을 밥만 먹고
어떤 이는 평생을 남만 헐뜯고
어떤 이는 평생을 용서 빌고
어떤 이는 평생을 고기 잡습니다
그들은 꿈의 시간 공장에서
늙은 것과 젊은 것들의 낟알을 골라내고
늙은 희망과 젊은 절망을 낱낱이 골라내고

썩지 않은 한 알의 밀알의 시간만을
보물처럼 아껴 둡니다
그러나 보물은 늘 위험합니다
시간의 보물을 가진 자는
누구나 빼앗고 또한 빼앗기지 않기 위해서
잠을 이루지 못합니다
어제도 오늘 밤에도
우리의 인생 갑판 위에는
보물섬 절름발이 선장의 목발 짚는 소리가
가까워졌다 멀어져 가는 것을 자주 들을 수 있습니다
(위엄 있게 걸어 다니는 목발 소리
보물섬 몇 페이지의 공포를 단숨에 읽고
그날 우리는 이불을 뒤집어쓰고 얼마나 숨죽여 왔던가)
보물은 감출수록 더욱 밝게 빛나고
부족함과 모자람은 드러낼수록 더욱 충만함을
우리의 시간들은 잘 알고 있습니다

어제의 그 새는 우리를 버리려고 산으로 갔습니다
어제의 그 나무도 오늘 우리를 버리려고 산으로 갔습니다
우리를 버리려고 산으로 간 것은

어찌 어제의 것들뿐이겠습니까?

산은 산을 보지 않습니다

산은 산에 있는 산으로 갔습니다

그렇습니다 이제 우리도 시간을 보지 않게 됩니다

시간이 시간을 보지 않듯이

시간은 시간 속으로 흐르기 때문입니다

왜 시간이 옷을 입지 않는지

왜 바람이 옷을 입지 않는지

그것은 시간 여행을 떠난 자만이 알고 있습니다

자, 갑시다 우리의 시간 여행을

이곳에서도 차표를 끊고

시간을 기다리게 될 줄 누가 알겠습니까?

—《못과 삶과 꿈》

시간의 집

이곳에 오는 손님이
어찌 너희들뿐이랴
세상을 뜨는 일이
꿈보다 가벼운 것을
어찌 모를쏘냐
하느님도 잠시 이곳에서
사흘을 머무셨고
날으는 새들도 이곳에서
몸을 잠시 바꿔 입는 곳
이곳에서는 먼 마을의
다듬이 소리도 잘 들리고
다듬이 소리에 하나씩 하나씩 떠오르는
먼 마을의 불빛들이
눈물처럼 맑게 트이는구나
마을 개 짖는 소리에도
불빛은 깜빡깜빡 속눈썹을 떨고
드문드문 서 있는 잡목 사이로
바람 한 장이 무심히 지워진다
오늘도 이곳에 오는 길들이
바람처럼 서서

바람처럼 서서.

오늘이 그날이다 1

그렇다, 오늘이 그날이다
우리가 태어나고 죽고 슬퍼하고
눈물짓는 그날이다
사랑하고 기도하고 축복받는 그날이다
오늘이 어저께의 어깨를 뛰어넘고
내일의 문 앞에 당도했을 때
우리는 꿈만 꾸었었다
오늘이 그날임을 알지 못했다

나를 거둬 가는 그날인 줄을
내 낟알을 털어 골라 두는 그날인 줄을
나를 넣고 물을 부어 밥솥에 끓이는 그날인 줄을
나를 숟가락으로 떠먹으며 씹는
그날인 줄을 알지 못했다
그리하여 어떤 이는 소리 내어 울고
어떤 이는 술 마시며 욕질하고
어떤 이는 무릎 꿇고 연도하는 그날인 줄을

언제 우리가 오늘 이외의 다른 날을 살았더냐
어째서 없는 내일을 보려 하였더냐

어제는 오늘의 껍질이요 내일은 오늘의 오늘이다
모든 것이 오늘 함께
팔짱 끼고 가는 것이 보이지 않느냐
오늘이 그날이다

                                        —《못과 삶과 꿈》

오늘이 그날이다 2

장님은 볼 수 없음을 한탄한다
눈을 원망하지 않는다
앉은뱅이는 걷지 못함을 안타까워한다
발을 핑계 대지 않는다
귀머거리는 듣지 못함을 탄식한다
귀를 탓하지 않는다
벙어리는 말하지 못함을 답답해한다
입을 가리키지 않는다

오늘이 그날이다
길이 아니면 가지 말고
한눈팔지 말고
한 귀로 흘리지 말고
침묵하라
오늘 우리의 손바닥 위에
이만큼, 요만큼, 저만큼 하며
기도하고 사랑하고 노래하는 것이
부끄럽고 부끄럽다

저물녘 어머니가 장터에서 돌아와

둥기둥기 내 사랑
뽀뽀하고 어를 때
어느 누가 보고 듣고 걷고
말하는 법을 보여 주지 않았더냐
오늘이 그날이다

—《못과 삶과 꿈》

오늘이 그날이다 3

입학 날이다
새 가방, 새 신발, 새 옷,
모두 새것으로 가득 찬 날이다
선생님은 하나, 둘
우리는 목 터져라 셋, 넷
오늘이 그날이다
미리 배워 둔 송아지
산토끼 노래 거침없이 잘 나간다
우리는 모두 똑같다
뽐낼 필요가 없다

친구들은 하나씩 떠났다
내가 기억하는 만큼 그들도 기억할 것이다
그러고 보니 장난감과 마음만 맞으면
세상이란 별것 아니었다
시시한 만화를 보고 웃기까지 하였던
어린 마음은 어린이만 안다
그러나 상급 학교 진학하면서
우리는 잠시 헤어지는 것으로 알고 있었다
그것으로 정말 헤어진 것은

한참 후에야 알게 되었다

오늘이 그날이다
헤어진 친구들이 하나씩 모였다
상가의 불빛 아래 누군가 울고
우리 중의 누군가 상여를 메고 떠날 것이다
인기척 없는 외딴 곳을 이런 곳에서 만날 줄이야
소풍 전날 밤잠 설치고
보물찾기에 길 잃어 목 놓아 울던 곳이 이곳일 줄이야
오늘이 그날이다

—《못과 삶과 꿈》

오늘이 그날이다 4

사람들이 몰려왔다
안면이 있기도 하고 그렇지 않기도 한 사람들이
머리, 배, 손, 발 위에 올라와
치수를 재었다
엄지손가락 둘레도 재었다
내 키만큼 운반하기 수월한
넓은 관도 뚝딱뚝딱 맞추고 있었다
나는 소인국에 온 것을 깨닫고 피식 웃었다
이미 걸리버 여행기를 읽었기 때문에
조금도 의심스럽고 두렵지 않았다
안간힘을 다해 바른쪽 양말을 벗기는 놈이
가장 재미있어 보였다
꼬마 친구들이 다가와 무슨 말을 했지만
알아듣지 못했다
건성으로 고개만 끄덕이고
귀찮아 그냥 눈을 감고 있었다
깜박 잠이 들었다가
다시 눈을 떴을 때
나에게 놀라운 일이 벌어졌었다
너무 세게 결박되어 있었고

온몸이 움직여지질 않았다
좁은 상자에 누워 있는 꼴이

무덤의 관 속에 있는 것 같았다
같았다가 아니라 무덤, 무덤 속이었다

사람들은 슬퍼하며 향을 사르고 술을 부었다
오늘이 그날이라고 탄식을 했다

오늘이 그날이다 5

사람들은 참 이상했다
부산으로는 내려간다고 하고
서울로는 올라간다고 했다
비탈길도 아닌데 우리는 그냥 오르내렸다
사람들은 또 아무도 가 본 적 없는
천당은 올라간다 말했고
지옥은 내려간다고 했다
사람들은 제각기 이곳이 마음속, 꿈속
어느 별 속에 있다는 걸 미루어
아마 비탈길은 아닌 모양이었다
내려가는 것은 쉽고
올라가는 것은 어려워서일까
오르면 오를수록
발아래 놓여 우쭐해지지만
아래에 두고 온 어린 마음이 걸려
하느님은 늘 마음 아파하셨다
오늘부터 나는 흙을 머리에 이고
발은 하늘에 두어야겠다
나무도 강아지도 자전거도 나의 것은 모두
오르내리는 것을 멈추어야겠다

오르내리는 몸과 마음만 멈추면
서울과 부산은 같은 자리고
천당과 지옥은 한곳 한 얼굴인지 모른다
오늘이 한 얼굴인 그날인지 모른다

제3부

사람이
소로 보이는
마을에서

별을 세며

요 며칠 사이 별 몇 개가 없어졌습니다. 밤마다 미루나무 둥걸에 오줌을 누며 봐 두었던 별이 사라져 버렸습니다 나는 며칠을 두고 기다리고 기다렸지만 그 별들은 끝내 내 머리 위에 머물지 않았습니다 그 후 나는 무식하고 무식함을 알게 되었습니다 내 눈에 보이던 그 별들은 몇십 년 몇백 년 혹은 몇천 년이 걸려 내 눈 속에 온 것을 알게 된 것입니다 지금 나의 머리 위에 돌고 있는 별들 중에서도 몇백 년 몇천 년 전에 없어졌던 별들임을 알게 된 것입니다 오늘따라 나의 하늘은 더욱 적막하고 캄캄하였습니다 늦은 밤 아이들이 잠든 방을 가만히 들어가 이불을 다독거려 주었고 아내의 옆자리에 누워 잠을 청했습니다 우리 집 식구가 갖는 이 별자리도 벌써 몇백 년 몇천 년 전의 별들로 여기 와 있는 것을 잠든 아내의 기척으로 알 수 있었습니다.

나무 기러기

지난해 가을 벼룩시장에서 나무로 깎은 기러기 두 마리를 샀습니다.

나는 그것을 잘 손질해서 늘 머리맡에 두었습니다.

그런데 간밤에는 무슨 날개 푸득거리는 소리가 들리는 성싶다가 은수저 부딪는 소리로 우리 안방을 날아다니는 소리에 잠을 설쳤습니다.

아침에 머리맡에 둔 나무 기러기를 다시 보았지만 꼼짝하지 않고 엎드려 있었습니다.

이것은 나무다 기러기가 아니다 하고 나는 손으로 집었습니다.

그러나 나는 나무토막을 산 것이 아니고 오직 기러기를 샀지 하며 제자리에 두었습니다. 그 순간 창틀에 걸려 있는 산이 보였습니다.

한 번도 보지 못한 산이 내려와 있었습니다.

산을 보면서 산이 없다고 말하겠느냐 그 산은 이사 올 때부터 있었던 산이란 것을 나는 그때 알았습니다.

나무 기러기는 산을 보았고 나는 보질 못한 것입니다.

오늘따라 나무 기러기의 등 위로 유난히 먼 산맥이 굽어져 내려오는 것이 보였습니다.

우리 시대의 산문

오늘 우리는 화투를 치고 포장집 불빛 속에 어깨를 맞대며 소주를 마셨습니다.

낯선 얼굴들이 서넛 모여 서로 소주잔을 건네고, 술을 마신 포장집은 비가 됩니다.

빗방울이 된 우리 중의 하나는 레코드의 낡은 소리 같은 유행가를 감동 없이 되풀이 부르고 우리 중의 하나는 요사이 눈독 들인 한 여자의 자궁 속에 갇힌 젖은 밤을 기다리고 우리 중의 하나는 소주잔 위에 내린 빗방울을 건너뛰어 밤과 함께 집으로 돌아가 있었습니다.

우리가 매일 밤 머문 곳에는 어디에도 동서남북이 머물지 못함을 잘 알고 있습니다.

우리가 잠시 입을 열면 상처투성이로 되돌아오고 말과 생각이 끊어지면 서로가 통하지 않은 곳이 없음도 잘 알고 있습니다.

우리가 갖는 현재의 시간마저 포장집에서는 고작해야 단 하룻밤으로 줄어들고 소주 한잔으로 줄어듭니다.

한잔으로 줄어든 포장집의 불빛은 이 도시의 하늘로 올라가 별이 되어 있다가 별똥별을 제각기 하나씩 안고 돌아갑니다.

솜

호주머니에 손을 넣고 다니는 버릇이 생겼습니다.

그러다가 호주머니에 솜을 넣고 다니는 버릇이 생겼습니다.

해 질 무렵 이 집에서 한잔 저 집에서 한잔 내 밖에 살고 있는 그것들과 한잔으로 잠시 바꾸어 돌아앉기도 하다가 나는 아무도 몰래 솜으로 귀를 틀어막습니다.

근심이 어디 있고 눈물이 어디 있고 사랑이 어디 있는가를 자주자주 귀를 틀어막는 작은 솜덩이는 알고 있습니다.

고민하는 벌레 한 마리를 알고 있습니다.

내 몸속의 피가 날마다 하늘로 달아나는 것도 알고 있습니다.

나의 그림자가 닳아 없어지고 있는 것도 알고 있습니다.

오늘도 나는 솜을 틀어막은 귀에 비껴가는 낮달을 보았습니다.

어릴 적 돌아가신 아버지의 코와 귀에 틀어막은 솜덩이를 빼다가 들켜 울고 섰던 그런 낮달을 오늘 보고 또 보았습니다.

갈보 순이는

나의 친구 감 군은 시를 쓰지 못해 쩔쩔매는 나에게 '갈보 순이'라는 제목을 주며 한번 써 보라고 했습니다.

거기다가 친절하게 첫 구절까지 지어 주었습니다.

'갈보 순이는' 이렇게 말입니다.

그 후 한동안 이 농담 같은 것을 잊고 지내다가 정말 갈보가 무엇인지 알게 되었습니다.

갈보는 양갈보 왜갈보 또는 똥갈보 정도로만 불리는 줄 알았는데 안성에 살고 있는 한 은둔자를 만난 다음부터 또 다른 갈보가 있는 것을 깨닫게 되었습니다.

그 집의 처마 끝에 매달린 마른 시래기 다발에 숨어 있는 햇살을 헤아리다가 누구는 글갈보 하는 소리에 아하 글갈보도 있고 정치갈보 경제갈보도 있고 역시 걸레는 빨아도 걸레구나 하는 것을 알게 되었습니다.

오늘 밤에도 이 땅의 어느 어두운 뒷골목에는 나이 어린 소녀가 철도 선로를 건너고 난로에 몸을 쪼였다가 옷을 벗고 있겠지요.

'갈보 순이는' 감 군이 말한 시의 첫 구절처럼 그 뒤가 필요 없음을 우리가 잘 알고 있는 바와 같이 말입니다.

순이에게

어디를 만져야 너의 별이 잡히느냐
네가 열어 주는 그만큼 숨어 우는
별들의 어저께를 보겠느냐
그 어저께의 이쪽은 네 살던 수수밭, 저쪽은 네온사인의 밤
두 길이 슬프게 굽어져 너를 따라오는 것을 보겠느냐
이른 저녁마다 눈썹을 다시 그리고
붉은 매니큐어를 칠한 손톱 같은 골목길이
슬프게 슬프게 굽어져 너를 따라오는 것을 보겠느냐
네게 보이는 것들은
모두 나의 걸음을 더디게 해 주고 있구나
풀잎을 풀잎이라 말하고
바다를 바다라고 말하고 싶은 나는
풀잎이나 바다 너머 가 보지 못했다
그것들이 슬프게 벗고 있는
네가 보여 주는 것만 보고 돌아온 날 밤
세상의 별들은 모두
지붕 위에 앉아 소리 내어 울었다

―《못과 삶과 꿈》

풍경

모내기를 서둘러 끝낸 농군이
먼 산을 보며 오줌을 눕니다
먼 산의 정수리에 박혀 있는
송전탑 하나가
윙윙 소리 내어 웁니다
이름 모를 새들이
흩어졌다 모이고 흩어졌다
모이곤 합니다

서울의 찬가

모처럼 남산에 올라
밤의 서울을 본다.
서울의 얼굴은
몇 잔의 소주로 붉게 취해 있다
사람들은 붉게 취한
나를 비껴 서서 걸어간다
흔들리는 저 거대한 시간의 자궁을 보아라
도처마다 솟아오른 저 거대한 시간의 공동묘지를 보아라
전라도의 공동묘지 경상도의 공동묘지,
공동묘지가 이제 모자를 벗고 있구나
여보게, 저곳은 캄캄한 곳의 손끝은 재개발 지역이네
철거민들의 눈물로도 끝내 뽑아내지 못한
녹슬고 구부러진 못 하나가 추위에 떨며
서울의 구부린 몸속에 깊숙이 박히고 있네
그래그래 저 뒤쪽은 스타킹 한 장으로
하룻밤을 맞는 미스 박의 가라오케가 보인다, 보인다.
웃통 벗은 누이들이 슬픔의 몸을 떨 때
사람들은 그녀의 벗은 눈물을
다시 사랑하며 박수를 친다
자, 오늘의 우리의 무덤 어디에서나 빈 술병이 넘쳐나고

남산의 소나무들도 일제히 머리 숙이고
붉게 취한 우리에게 경배한다
서울의 지붕에는
오늘따라 너무 많은 십자가들이 올라가
붉은 얼굴로 두 손을 모으고 있다.

사람이 소로 보이는 마을에서

'옛날에' 하고
어머니가 말씀하시더라
아주 먼 호랑이 담배 피우는 시절에 사람이 사람을 보는데 이
따금 소로 보이는 때가 있었다더라 소로 알고 때려잡고 보면 사
람이라 제 어미 제 아비 제 아우가 서로 때려잡아 먹기도 하니
이런 환장할 일이 어디 있다더냐 이미 엎질러진 물이라 사람이
소로 보이지 않는 곳을 찾아 한 사람이 울며 떠났더라 어느새 나
그네는 얼굴에 주름살이 접히고 머리는 새하얗게 세었구나 파란
바람이 부는 한 마을에 당도하니 이곳은 사람을 소로 알고 잡아
먹는 일이 없더라 마을 어귀에서 나그네의 사연을 들은 한 노인
은 껄껄 웃더라 이곳도 한때 그러했지만 파를 먹고 나서는 눈이
맑아져 사람은 사람 소는 소로 보인다고 파밭으로 데리고 가더
라 파 씨를 얻은 나그네는 고향으로 돌아와 자기 집 텃밭에 씨를
심더라 마침 이웃 친구들이 오는지라 일어서서 맞이하는데 친구
들의 눈에는 그가 소로 보이는지라 도끼로 소를 잡더라 며칠 후
텃밭에서는 파 씨가 싹을 틔워 향기롭게 자라나니 향기에 이끌
려 이를 뜯어 먹었더라 파를 먹은 사람들은 눈이 맑아져 사람이
소로 보이는 때가 이제는 옛날이라 말하더라.

'옛날에' 하고

270

어머니가 또다시 말씀하시더라
구두닦이는 사람이 구두로 보이고
택시 기사는 사람이 짐짝으로 보이고
버스 운전사는 사람이 토큰으로 보이고
식당에서는 사람이 찌개백반으로 보이고
술집에서는 사람이 술병으로 보이고
음녀는 사람이 남근으로 보이고
탕아는 사람이 걸레로 보이고
승려는 사람이 잿밥으로 보이고
공장에서는 사람이 기계로 보이고
도둑놈은 사람이 장물아비로 보이고
바보는 사람이 얼간이로 보이는 때가 있었다더라
구두는 구두를 보고 토큰은 토큰을 보고 술병은 술병을 보고
기계는 기계를 보고 서로 멱살을 쥐니
이런 미치고 환장할 일이 어디 있다더냐
사람이 돈이나 잿밥으로 보이지 않은 곳을 찾아 한 사람이 울
며 떠났다 하더라
아무도 그의 향방에 대해서는 알지 못한다 하더라
이 마을의 이야기가 아직도 끝나지 않은 까닭이 거기에 있다
하더라

'옛날에' 하고.

낚시법

낚시를 합니다
찌를 한참 바라보면
찌는 온데간데없고
바다 속에 고개를 처박은 내가
미끼가 되어 있습니다
세상의 수천 수만의 물결 사이에
세상의 수천 수만의 사람 중의 나 하나와
세상의 수천 수만의 물고기 중의 한 마리가
서로의 인연을 맞추어 보고 있습니다
사람 사는 곳은 사람 법이
물고기 사는 곳은 물고기 법이 있음을
낚싯줄이 없었다면 서로 알지 못했을 것입니다
요즘은 강태공 그 사람 낚시 법이 생각나는데
아마 사람과 물고기 중간쯤 넣고
하늘을 보고 있은 게 아닌가 짐작됩니다

그건 아니다

도다리와 광어는 비슷해서 구별하기 어렵습니다. 도다리와 광어는 눈알이 오른쪽 혹은 왼쪽으로 기운 것을 보고 어시장 사람들은 쉽게 판별하지만 우리 같은 사람은 그놈들만 보면 혼란이 생겨 오른쪽인지 왼쪽인지 잊어 먹고 맙니다.

하루는 반월半月의 사리라는 조그만 포구에서 생선회를 시켰습니다. 무턱대고 광어를 시켰는데 어느 놈이 광어고 도다리인지 구분하기가 곤란해 횟집 주인이 수족관에서 건져 올린 생선을 광어가 아니고 도다리라고 무조건 우겼더니 주인은 실수했다며 다른 놈을 잡아 주었습니다.

우리는 우격다짐의 덕분으로 제대로 생선을 구별할 줄 아는 사람으로 인정받게 되었는데 나는 그 버릇이 이제는 세상 사는 법으로 바뀌게 되었습니다. 걸핏하면 아니다 그건 아니다 하는 부정적인 어투로 횟집 주인 비슷한 사람을 어디서나 만날 수 있어 짭짤한 재미를 보기도 하였습니다.

오늘은 종로 3가를 걷다가 반월의 생선횟집 주인을 문득 마주쳤습니다. 그는 눈을 껌벅했습니다. 도다리와 광어가 서로 마주쳐 지나갔습니다. 종로 수족관에는 작살 꽂힌 물고기도 서넛 걸어 나와 다녔습니다.

잔을 들며

소주야 소주야
제발 우리를 좀 놓아주렴
너를 비우면
빈 병 속에 우리만 가득하구나
너와 함께 젓가락을 두들기면
시간의 사닥다리는
요술처럼 자꾸만자꾸만 오르고
한 십 년 만나지 못한 친구놈도
사닥다리의 그쯤에서는 모두 만나고
오르지 못한 탁자 위의 안주만
까마득한 아래쪽에 슬픔처럼 식어서
우리의 눈물이 되어 있구나
소주야 소주야
마흔 살을 넘긴 이쯤에서
우리를 집으로 보내 다오
새벽이면 땅바닥에 박살 나 있는
우리의 꿈이 두렵다
날마다 추락하는
은총과 고향과 말라빠진 삶이 두렵다
한강가에서 예프뚜센꼬는

너가 싱겁다고 투정 부렸지만
싱거운 너가 우리를 얼마나 주눅 들게 하는지
이 땅의 시인은 안다
이 땅을 비운 박정만 군은 더욱 잘 안다.

삶이 뭔지 말한다면

오늘 밤
네가 누운 곳은
죽음의 침대였다
여느 날 밤과
다를 바 없이 뉘여 주고
편한 잠으로 감싸 주었다
오늘 밤은 조금도 달라지지 않았지만
너는 분명 아침을 볼 수 없을 것이다
오늘 밤 네가 조금도 달라진 것을 보지 못한 것은
바로 네가 달라져야 하기 때문이다
왜냐하면
네가 삶이 뭔지 말할 수 있다면
내가 죽음이 뭔지 말했을 것이다

어머니

어릴 때 나는
밤에 변소 가는 것이 제일 싫었습니다.
어쩌다 설사를 만나는 밤에는
큰일이었습니다.
우리 집 변소는 옥수수 밭 너머 있었습니다
어머니는 잠결에 마당 한구석에서
볼일을 보게 해 주셨는데
그때마다 나는
헛기침을 크게 세 번 하는 것을 잊지 않았습니다
어쩌다 보채어 어머니가 따라 나와 준 날에는
어머니가 헛기침을 세 번 해 주고
아직 멀었느냐 자주 물었고
나는 부지런히 힘을 주지만
옥수수 밭 사이로 우수수 바람이 빠져나와
불알이 시렸습니다
그날 밤에도
서 있는 어머니가 심심할까 봐
이것저것 얘깃거리를 궁리하는 동안
어머니가 또 밑을 닦아 주었습니다.

사진첩에서

머리에 기름 바르고
정장을 하고
하객 앞에 서서
당신 맞을 준비를 끝냈습니다
왠지 자꾸만 부끄러워졌습니다
웨딩 마치 선율에
하얀 면사포 쓴 당신이 보였을 때
나는 너무 부족하고 가난함이 마음 걸렸습니다

오늘 낡은 사진첩에서
꿈같은 그때 그 모습이 보였습니다
남루함이야 아직도 벗어나지 못했지만
새신랑의 궁색함이 보이는 듯하여
딸 둘 둔 마누라 눈치 보입니다
그날 신부의 가슴에 안겨 있는 꽃은
흰 카네이션이었습니다

겨울 나그네

빈손으로 그대를 찾으려 함은
나의 꿈을
몇 장의 지폐와 밥으로 바꾸려 함이다
내가 가득 찬 손으로 그대를 가까이하려 함은
그대의 꿈을
절망과 시간의 노예로 바꾸려 함이다
오늘 밤 그대가 내 마음속에 숨는다면
그대를 찾는 일은 머리카락의 한 올 새치 같은 것
그러나 그대가 그대의 껍질 속에 숨는다면
나는 울며 돌아서리라
그대와 나는 취하기 위해서 술을 마셨지만
그 술은 언제나 먼저 깨어 있고
잔 속에 잠든 것은 눈물뿐이었다
오늘 밤에는
우리 이웃의 어떤 사람이 죽어 가는 오늘 밤에는
바람이 분다
만 리 밖의 한 장의 바람이
그대와 나 사이에 상처 난 몸을 숨기는 것을
오늘도 본다.

가교

사람과 사람 사이
섬과 섬 사이
바람과 바람 사이
눈 감아도 보이는 그것을
당신은 무엇이라고 부르셨나요

바둑판 위에
검은 돌과 흰 돌이 하나씩 놓이고
사는 법과 죽는 법이 나란히 놓이고
다시금 돌이 지는 오늘
당신은 무엇을 보았나요

우리가 하나씩 넘어갔던
오늘의 이마 위에
흉터처럼 남아 있는 그것들을
당신은 왜냐고 묻지 않나요

물푸레나무는 물푸레나무끼리
가문비나무는 가문비나무끼리
어디에 사느냐 묻지 않습니다.

오늘 우리는
서로 묻기 위해서 한자리에
뿌리를 갖지 않습니다.

그런데 당신은 무엇 때문에
오늘도 우리의 걸음걸음에
헛발질하지 않도록 못질하고
길을 두드리며 지나가고 있나요

콩나물 기르기

물을 줍니다
빼곡하게 머리를 내밀고 있는
시루의 콩나물은 모두 똑같습니다
서로 잘 보이기 위하여
저마다 발뒤꿈치를 들고 서 있습니다
물은 언제나 쉽게 빠져나갑니다
물은 그냥 얼굴과 발등을 적시고
눈을 감습니다

아내는 매일 기도를 합니다
신앙이 자라지 않는다고 짜증을 냅니다
아내의 기도는 물처럼 빠져나갑니다
한 번도 고여 있질 못합니다
흰 미사포를 쓴 아내가 때로는 가엾어 보입니다

나는 늘 물소리를 듣습니다
새벽마다 물 떨어지는 소리에 눈을 뜹니다
오늘도 우리 집 콩나물은
흰 미사포를 머리에 이고
하루가 다르게 쑤욱쑥 올라와 있습니다

—《못과 삶과 꿈》

줄타기

맨발로 한 남자가 줄타기를 합니다
사람들은 아슬아슬하여 눈을 가립니다
다음에는 자전거를 타고 건너갑니다
손에 땀을 쥐게 했지만 재미있었습니다
이어서 그는 자전거 위에다 짐까지 싣습니다
이제 우리는 그를 믿습니다
열렬한 박수와 환호로 우리는 좀 더
스릴 있는 곡예를 연출해 주길 바랐습니다
그다음에 그는
자전거의 짐 위에 사람을 태우겠다고 했습니다
자, 누가 오르겠습니까?
그를 믿고 열광했던 사람들은 침묵했고
아무도 나서지 않았습니다
어떤 이는 슬금슬금 뒷걸음질 쳤습니다

사는 일이 어찌 이와 다르겠습니까?
당신의 믿음이 어찌 이와 다르겠습니까?
새벽 미사 때
줄타기 비유를 든 신부님도
맨발이었습니다

—《못과 삶과 꿈》

284

보이지 않을 때

시를 쓰지 않으면
친구들은 나를 볼 수 없었다고 합니다

기도를 하지 않으면
하느님은 내가 보이지 않는다고 합니다

시도 짓고 기도를 열심히 한 날
밖을 나가 보았지만
친구도 하느님도 만날 수 없었습니다.

사순절 아침에

거 누가 서 있느냐
거 누가 숨죽이며 울고 서 있느냐
어제의 빗방울을 가슴속에 담고
거 누가 귀 기울이고 있느냐
봄날에는 기침도 해롭다
봄날에는 강물도 짧게 흐른다

오늘 누가 저것들을 너희의 바람이라 하더냐
오늘 누가 저것들을 너희의 사랑이라 하더냐
오늘 누가 저것들을 너희의 어머니라 하더냐

너희가 바라보고 있는 저것은 한 잎의 풀잎이다
너희가 바라본 것은 한 잎의 풀잎의 이슬이다
너희가 바라보고자 한 것은 한 방울의 눈물 자국이 남은 상처
의 그루터기다

문밖에는
간밤에 잠을 설친 별들이
퉁퉁 부운 얼굴로 떨고 서 있구나
누가 너희들의 등 뒤에 서 있는

그를 묻거든
너희 같은 물음은 백 년도 더 되고
이제 이천 년이 되었다고 하여라.

신부님

신부님을 만나기로 했습니다

마흔 살에 그를 만난다는 것이 쑥스러운 노릇이지만 하느님이 외로워하실 것 같아 찾기로 했습니다

마흔 살에는 귀신도 보인다는 미당의 속기俗氣처럼 정말 사십이 되니 귀신도 보이고 여자도 보였습니다

언젠가 어릴 적에 어머니가 동전을 잃었다가 등불을 켜고 애써 찾은 적이 있었습니다

기억 안에서 밖을 찾는 곳이 어디에 있을까요

내 속에 남아 있는 부분이 다른 부분을 찾고 있습니다

오늘따라 빈 아궁이 앞에 장작불을 지피는 어머니의 젖은 얼굴이 유난히 돋보입니다

이십여 년간 내 마음속에 흩어져 있는 어둠의 씨를 낱낱이 헤아려보니 헤아려지지 않는 어둠의 모래가 더 많았습니다

어떤 바다가 이 모래를 모두 실어 나를지 신부를 만나고 바다로 가 봐야겠습니다

나는 이 길이 다만 멀어서 가고 싶을 뿐입니다.

해미를 떠나며

우리는 해미에서 죽었습니다
나는 당신에게 묻혔고
당신은 나에게 묻혔습니다
한때 양 떼를 몰고 다니다가
야훼께 잡힌 사람이
해미성 호얏나무에 목이 매인 채
당신을 불렀습니다
'네가 정말 하느님의 아들이거든,
어서 십자가에서 내려와 보아라'
해미를 떠날 때까지
아무도 십자가에서 내려오지 않았습니다
바다 해, 아름다울 미,
우리 무덤 이름은 썩 괜찮았습니다

말씀에 대하여

옛날에 한 옛날에

한 사람이 깊디깊은 큰 산에 가서

말씀 하나를 받아 가지고

우리 세상에 내려왔습니다

말씀의 집을 짓기 위해서

그는 재목을 자르기 시작했는데

이상하게도 말씀의 기둥을 켜는 것도 아니고

문장의 서까래를 다듬는 것도 아니고

몇십 년 몇백 년을 한결같이 말이란 말들은

모두 하나씩 풀어 놓기만 했습니다

그러던 어느 날 풀어 젖힌 언어를 세고 또 세더니

눈물을 흘렸습니다

말과 글은 있되

길이 없음을 탄식하였습니다

지금도 우리 세상에는

길이 보이지 않습니다

열쇠 꾸러미가 보일 때

길을 가다가 운명을 만났습니다.

되돌아오는 길에서도 운명을 만났습니다.

서로 그냥 지나쳐 버린 것들을 우리는 한 번도 운명이라고 말하지 않았습니다.

운명의 얼굴을 사람들은 누구나 한 번은 똑똑히 들여다볼 수 있습니다.

운명의 얼굴을 본 사람은 언제나 우리보다 먼저 먼 길을 떠났거나 두 번 다시 돌아오지 않았습니다.

운명은 어느 골목에서나 어느 시간에서나 어느 꿈속에서나 그 자리에 말뚝을 박고 완강하게 지켜 서 있습니다.

오늘은 오이도의 늦은 저녁을 보고 되돌아오다가 한 낯선 운명을 보았습니다.

내가 운전한 차가 헛발을 디뎌 염전 갯벌 바닥에 깊게 드러누웠습니다.

온몸이 까만 달로 한없이 떠오르고 서둘러 떠난 길들이 모두 되돌아와 눕고 나는 이 섬의 낯선 자궁에 갇혀 두려워 몸을 떨었습니다.

있음과 있었음과 있겠음이 동시에 몸을 떨었습니다.

그때 운명은 나에게 한순간의 작은 삶을 보여 주었습니다.

오래전부터 기억을 더듬어 찾던 나의 집 아파트 열쇠 꾸러미가 아이들 방 장난감 보석함에 넣어 둔 것이 순식간에 보였습니다.

나는 죽음의 여행 속에서 한 시간의 공포와 일 년 만의 화석을 동시에 보았습니다.

오이도를 떠나며

사람들은 다 어디에 있나
포장마차 불빛 속에 고개를 떨구고 있는
한 낯선 작은 섬만 보아도
꺼억꺼억 목 울던 너는 떠나고
이 겨울날 염전 구덩이에 한 움큼의
소금으로 가라앉아 있는 지난날의 술잔마다
너의 눈물은 어디서나 얼비치는구나
사람 속에 사람을 찾는 너는 어디에 있나
오늘은 모든 물도 단단히 굳어서
한곳에 사흘 이상 머물지 않는 너의 섬에
목선 하나가 머리를 풀고 있구나
사람들은 다 어디에 있나

금연법

담배를 끊었다
손가락 사이에 무심결 끼워지는 담배 하나가
오늘은 걸림돌이 되어
자주 나는 넘어졌다
나를 태우는 것은 마음이지만
마음마저 담배가 태워 버린 오늘
비로소 나를 멀리할 수 있었다

제4시집

못에 관한 명상

시와시학사, 1992

네 번째 시집이다.
삼 년간 구도적인 묵상을 통해서
내 자신을 찾아 울며 헤맸다.
굽은 못 하나가, 가장 하찮은 녹슨 못 하나가
내 기도였다니!

이제부터 못을 소재로 평생 시를 쓸 것이다.
《못에 관한 명상》은 좀 부끄럽기는 하지만
내 시의 참회록이자 명상록이며
못 연작시 제1부작에 해당된다.
제2부작《못의 사회학》을 비롯하여
전 5부작을 끝맺는 날
나는 시와 못을 내 손에서 놓을 것이다.
이 말은 나와 내 시와의 계약이다.
못의 사제로서.

김종철

1

사는 법

고백성사
— 못에 관한 명상 1

못을 뽑습니다
휘어진 못을 뽑는 것은
여간 어렵지 않습니다
못이 뽑혀져 나온 자리는
여간 흉하지 않습니다
오늘도 성당에서
아내와 함께 고백성사를 하였습니다
못 자국이 유난히 많은 남편의 가슴을
아내는 못 본 체하였습니다
나는 더욱 부끄러웠습니다
아직도 뽑아내지 않은 못 하나가
정말 어쩔 수 없이 숨겨 둔 못대가리 하나가
쏘옥 고개를 내밀었기 때문입니다

—《못과 삶과 꿈》

오늘도 못질을 합니다
— 못에 관한 명상 2

오늘도 못질을 합니다
흔들리지 않게 삐걱거리지 않게
세상의 무릎에 강한 못을 박습니다
부드럽고 어린 떡잎의 세상에도
작은 못을 다닥다닥 박습니다
그러나 익숙지 않은 당신들은
서로 빗나가기만 합니다
이내 허리가 굽어지기도 합니다
그때마다 굽어진 우리의 머리 위로
낯선 유성이 길게 흐르는 것이 보였습니다

— 《못과 삶과 꿈》

TIME
— 못에 관한 명상 3

어린 시절 나는
영어 알파벳의 TTTTT가
못으로 자주 바뀌어 보였습니다
T 자로 시작되는 단어 가운데
가장 마음에 드는 것은
TIME이었습니다
TIME은
못의 가장 가까운 사촌처럼 보였습니다

오늘도 크고 작은 톱니바퀴가
서로 맞물려 돌고 있는 몸 안에서
TTTTT는
기쁨 하나 슬픔 하나 뛰어넘고
기쁨 하나 슬픔 하나 잡아먹고
보릿고개 문둥이처럼
누런 얼굴로 올라오고 있습니다

—《못과 삶과 꿈》

소인국의 꿈
— 못에 관한 명상 4

못을 모아 둡니다
큰 못 작은 못 굽은 못 잘린 못
녹슨 못 몽톡한 못 방금 태어난
은빛 못까지 한자리에 모아 둡니다

재개발 지역 사람들은
한자리에 모여 토론을 합니다
걱정뿐입니다 걱정과 회합 뒤에는
으레 술도 마시고 화투도 칩니다
아낙네는 해묵은 이야기로 입씨름하고
골목길은 아이들의 울음으로 더욱 좁아집니다
떠나기 전에 들어와야 쓰것는디
늙은 어머니는 집 나간 아들놈 때문에
매일 조금씩 우십니다

못은 못일 뿐입니다
한번 박힌 못은
박힌 대로 살아야 합니다
뽑혀져 나온 못은 못이 아닙니다
굽은 것을 다시 펴고 녹슨 것을 다시 손질해 두어도

한번 뚫린 못 자리는
언제나 내 자리입니다
한번 비끄러매 두었던 길과 사람과 인정이
더 이상 크지 않고 늙지 않는 소인국으로
우리 꿈속에 남아 있기 때문입니다

—《못과 삶과 꿈》

해미 마을
— 못에 관한 명상 5

해미 마을에 갔습니다
낮에는 허리 굽혀 땅만 일구고
밤에는 하늘 보며 누운 죄뿐인 사람들이
꼿꼿이 선 채 파묻힌 땅을 보았습니다
요한아 요한아 일어나거라
조선 시대의 천주학쟁이들은
아직까지 요를 깔고 눕지 못했습니다
꼿꼿한 못이 되어 있었습니다
못은 망치가 정수리를 정확히 내리칠 때
더욱 못다워집니다
순교는 가혹할수록
더욱 큰 사랑을 알게 합니다
겨자씨만 한 해미마을에서
분명히 보았습니다
십자가의 손과 발등을 찍은
굵고 튼튼한 대못을
겨자씨보다 작은 이 마을이
두 손으로 들고 있었습니다

—《못과 삶과 꿈》

사는 법
— 못에 관한 명상 6

마흔다섯 아침 불현듯 보이는 게 있어 보니
어디 하나 성한 곳 없이 못들이 박혀 있었다
깜짝 놀라 손을 펴 보니
아직도 시퍼런 못 하나 남아 있었다
아, 내 사는 법이 못 박는 일뿐이었다니!

—《못과 삶과 꿈》

눈물 골짜기
— 못에 관한 명상 7

나는 못으로 기도한다
못 박는 일에서부터 못 뽑는 일까지
못이 하는 일을 순례하는 동안
당신 외에는 누구에게도 들키지 않았다
그런데 저 눈물의 골짜기에
이제 비로소 못이 된 유다가 보였다
유다는 못이었다
그래그래 밤마다 굶주린 내 머리 위에
떨어지는 폭포가 바로 너였구나!
내가 못 속에서 너를 찾을 수 있다니!

—《못과 삶과 꿈》

일곱 악령
— 못에 관한 명상 8

마태복음 십이 장 악령 하나가 하루는 어떤 사람 안에 있다가 그에게서 나와 물 없는 광야 쉴 곳 찾아 헤매다 전에 있던 집으로 다시 돌아갔다

돌아온 악령은 그 집이 그대로 비어 있을 뿐 아니라 말끔히 치워지고 잘 정리되어 있는 것을 보고 다시 나와 자기보다 더 흉악한 악령 일곱을 데리고 들어가 자리 잡고 살기 시작했다

나는 마태복음 십이 장 악령 이름을 못이라고 지었는데 나머지 일곱 악령의 이름을 제대로 짓지 못하고 있다

그 흉악한 악령 일곱은 내 속에서 한 번도 대가리를 내민 적이 없기 때문이다

애기똥풀꽃

못들이 서럽게 울고 있다
굽은 못의 길들이 서럽게 따라가며 울고 있다
울지 마라, 테오야
네 눈 속의 들보가 어찌 못 하나뿐이랴,
금식 기도에서 간혹 버렸던 몸 하나가
쉽게 지워지지 않는 못 자국을 절뚝이며 따른다
애기똥풀꽃 같은 못 자국이 지워질 때까지
오늘은 애기똥풀꽃 하나 남기로 한다

―《못과 삶과 꿈》

굴뚝과 나일론 팬티
— 못에 관한 명상 10

삼십여 년 전 보릿고개 시절, 우리들의 국정 교과서에는 잘사는 나라 소개하는 글 가운데 선진국 산업 지대의 글과 사진이 실려 있었다. 커다란 공장 굴뚝들이 하늘 찌를 듯 수없이 세워져 있고, 검은 연기가 힘차게 뻗쳐 나오는 모습이었다.

대낮에도 연기에 가려 태양을 볼 수 없음을 부러워하는 선진 공업화의 혁혁한 사례를 선생님은 힘차게 가르쳤다. 그 후 우리는 한 끼 죽도 변변히 먹지 못하고 도시로 공장으로 앞다투어 들어갔다.

큰 굴뚝을 하나씩 세울 때마다 우리는 증산 수출 건설이라는 페인트 글씨를 굴뚝 따라 내려오며 크게 써 두었다.

거리의 포스터에는 굴뚝에서 내뿜는 검은 연기는 더욱 시커멓게, 푸른 하늘은 잿빛에 흐려져 있을수록 잘 그린 그림으로 누구나 인정했다.

나일론 팬티가 질겨서 좋다는 그때는, 새벽마다 대못처럼 굴뚝처럼 빳빳하게 발기도 잘되는 그때는.

드라큘라
— 못에 관한 명상 11

밤마다 나는 드라큘라처럼 관 뚜껑을 열고 나갔다
더운 피가 흐르는 여인이 그리웠다
이 밤도 창을 열듯 그녀의 몸을 쉽게 열 수 있었다
새벽이 오도록 우리는 포옹을 풀지 않았다
또 봐요, 안녕
어둠만이 존재하는 묘지로 돌아가야 할 시간이 왔다
그런데 이 어찌 된 일인가?
믿겨지지 않을 굵은 대못 하나가
우리 둘의 심장을 가로질러 못질되어 있었다
창밖은 뿌우옇게 동터 오는데
오, 이놈의 못대가리! 개새끼

너는 누구냐?

— 못에 관한 명상 12

막장에서도 너를 보고야 말았다

인생은 오십부터라고,

너무도 쉽게 놓친 모차르트와 유리알 같은 유년의 꿈을

내 그날부터 새로 살리라 겁 없이 기도하며

모세의 지팡이로 가슴을 열어 두었는데

탐내지 마라 당신의 율법이 없었다면

탐욕이 죄 되는 줄 몰랐을 텐데

오늘 막장에서 기어코 너를 보게 되었다

오, 너를 보면 더 자주 파계하고 싶구나

연자방앗돌에 비끄러매인 당나귀같이

온종일 기도 속을 빙빙 돌고

마음의 방앗간에서 한 발짝도 걸어 나간 일 없는 나는

지붕 위에 올라간 닭을,

장닭 같은 큰 십자가를 보며 얼마나 성호경을 그었는 줄 아느냐?

그런데 너는 지붕 위에서 고작 참새 떼나 쫓고

고해소에서 음란한 고백을 엿들으며 수음을 하고

추수가 끝난 들판에 두 팔 벌리고 허수아비 시늉을 하다니!

서울의 막장에 십자가로 서 있는 너를 보면

서울은 유럽의 공동묘지를 옮겨다 둔 것 같구나

참새 떼나 쫓던 네가, 새대가리 같은 어리석은 자를 불러 모아
묘지 같은 교회에 하나씩 가두어 놓더니
보이지 않는 하느님을 보인다고 하더니
오, 너를 보면 내가 씻긴다 하더니
막장을 나온 검은 너는 누구냐?
빌라도도 살지 않는 서울에서
망치를 들고 두드리는 자
너는 누구냐?

못
— 못에 관한 명상 13

1

네 속에서 문득문득 뽑혀지는 그것,
그것이 못이라면 어찌 두렵지 않겠는가!

2

네가 사람을 찾는 것은
사람이 너를 찾는 것보다 어렵다
그러니 어찌 네가 십자가를 내려올 수 있겠는가?

3

네가 몸속에 박히니
내 살이 되고 내 피가 되는구나
내가 못으로 기도하고 연명하는 일이
밖에서는 하나밖에 없는 목숨 끊을 줄이야!

4

내 뼈 중의 뼈,
살 중의 살, 여인아
네 몸속의 못을 뽑고 또 뽑는다
독 오른 붉은 못대가리 하나가 오늘은 너무 깊구나

오, 시온의 딸들아,
독 오른 못대가리가 여지껏 네 치마 속
가랑이 사이에 숨겨져 있었다니!

　　　5

죄고 박고 두들기고 비틀고
그렇게 해서 들어간 세상을
이제 와서 다시 빠져나와야 한다니,
형제여, 이 굽은 몸을 어디에 쓴다던가?

　　　6

프란치스코 형제는 가난으로 하느님을 보았고
나는 못으로 하느님을 보았다
프란치스코 형제는 청빈을 실천하여
손발 옆구리에 못 자국을 남기고
나는 증오와 슬픔을 실천하여
내 육신에는 남루가 때처럼 끼었으니
청빈의 어머니, 이 일은 오직 나만의 것이 되도록!

316

7

네 몸을 스스로 '형제인 당나귀'로 불렀다
추운 땅에 떨며 지내게 해도
온종일 노동의 먼 길을 걷게 해도
'형제인 당나귀'는 울지 않았다
그러나 별빛 치렁치렁한 밤에
'형제인 당나귀'는 늑대처럼 홀로 서서 울었다
몸 벗지 못하는 꿈을 울었다
'형제인 당나귀'가 너를 태우고 떠돌았던
눈물의 골짜기가 밤길처럼 깊어 울었다

오냐, 오냐, 오오냐
네 몸에 비단을 감겨 줘도
네 몸에 향유를 뿌려 줘도
네 몸에 입맞춤을 해 줘도
'형제인 당나귀'가 너를 태우지 않으면
너는 돌, 너는 물, 너는 풀, 너는
사랑을 구하지 못한다
'형제인 당나귀'가 스스로 십자가임을

8

못 하나 박으면 못 하나 걸어 나오고
못 둘 박으면 못 둘 팔짱 끼고 나오고
못 셋 박으면 못 셋 나란히 어깨동무하고
그러고 보니 그날 바라바 혼자 걸어 나간 것도
우연이 아니었구나!

9

오래전 어느 한 분이 지상에 오기 전
사람 하나가 못 속에 살았다
못인 그는 한 번도 못 밖을 나온 적이 없었다
어느 날 그가 그분의 몸에 못으로 박힐 때
그는 비로소 못으로부터 해방될 수 있었다
그런데 그 못은 못 박힌 자의 고통을 따라
하늘에 올라 별이 되었지만
못 속에서 나온 그 사람은 지상에 남아
아직도 죽지 못한 채
세상에 서툰 망치질을 하고 있다
우리는 그를 그냥 바라바라고만 불렀다

10

바라바는 밤마다
먼 별들을 못질했다
손바닥에 박인 굳은 못 자국
잔손금 같은 별 길이 어디서나 잘 보였다
어쩌다 별똥별이 흘러와
우리의 이마 위를 지나갈 때
바라바는 단숨에 별똥별 뒤를 따라나섰다
작은 구유에 누워 있는 아기와 어린 양을
못 하나와 몸을 바꾼 그 사람을 찾고 또 찾았다
쇠사슬에 발목 묶인 그 밤이 이제는 얼마나 그립던가
천만 번 그 밤이 찾아와 베갯잇을 적시고
꿈도 꾸었지만
오늘 바라바는 또 헛걸음이다
새벽이슬로 돌아누운 땅에
누가 그를 못질하겠는가
누가 그의 별로 데려다줄 것인가
날마다 썩은 도시의 가랑이에서는
수천의 아기들이 찢겨져 나오고
피 묻은 자궁을 핥고 있는 저 낯선 개 옆에

불임의 교회가 또 하룻밤 사이에 섰구나

이제 어느 여인이 너를 낳을 것 같더냐
못의 사람, 바라바여
죽어도 죽지 않은 바라바여
차라리 다시 못 속으로 들어가
녹슨 못으로 썩고 싶은 바라바여
녹슨 쇠만이 제 몸 갉아먹는 것 이제야 알았으니
누가 못으로 몸을 입히리
못의 사람, 바라바여
죽어도 죽지 않는 바라바여
밤마다 먼 별을 못질하고
어쩌다 빗나간 불똥을 찾아 헤매다
굽은 못에 잠시 쉬는 바라바여
아, 아직도 가야 할 무수한 별이 남아 있구나

—《못과 삶과 꿈》

나는 못이다
— 못에 관한 명상 14

나는 못이다

너의 지옥으로부터
매일 누군가 부르짖었다
사람 살려!
사람? 그는 정말 누구인가?

누가 내 뒤통수를 내리치며 물었다
무엇이 보이느냐?
나는 죽어서 말했다
죽은 것은 하나도 없다!

하필이면 오늘, 굽은 못만 골랐다
지옥에 버리려 한 것들은
이미 네 마음과 허리에 굽어져 있는데
굽은 나를 뽑아 허리를 굽힌 당신은?

네가 무서워
— 못에 관한 명상 15

네가 무서워
무작정 도망만 다녔다
늘 한 발짝 앞서 일어나고
꿈속에서도 멀리 떨어져 있기 위해
빨리빨리 걸었다
이제 나이 들고 사는 데 지쳐
네가 잡아먹든 말든
천천히 걷고 천천히 숨고 천천히 숨쉬었다
"네가 잡아먹든 말든"
너도 늙었는지 천천히 따라왔고
천천히 생각해 주는 것 같았다
그래 이제는 네가 누군지 보고 싶었다
너·를·보·기·위·해
오늘 처음으로 뒤돌아보았다
한평생 그토록 무서워 달아났던 내가!
오, 내 뒤로 숨는
비겁하게 등을 돌리는 너는?

—《못과 삶과 꿈》

간음했다는 이야기를 읽다가

— 못에 관한 명상 16

지옥조차 외면하는 폭류 같은 충동이여!
누가 너를 적대할 수 있겠는가
언제 한 번이라도 말라붙어 본 적이 있는가
네 꿈의 큐피터가 벼락 치고 간음했다는 이야기를 읽다가
또 네 물결 속에 휩쓸려 갔다더냐?

두드려라 열릴 것이다
— 못에 관한 명상 17

두드려라 그러면 열릴 것이다 그래 나를 앞세워 두드려라 내 이마에 저항해 오는 어둡고 캄캄한 저것들이 마지못해 조금씩 양보하는 아, 내 이마를 긁으며 지나가는 저 별똥별 그래 한 번 더 힘껏 박아라 계집은 놀라 고모라에 숨고 사내는 놀라 소돔에 숨고 숨은 살 속에 내 살 박으니 어떤 놈은 감쪽같이 속기도 하고 살이 맞지 않아 온몸이 퉁퉁 붓기도 하고 그러다 내 굽어져 뽑혀 나가면 굽은 네 아랫도리의 지옥을 또 누가 두드리랴!

큰 돌
— 못에 관한 명상 18

못을 박는다
독버섯처럼 쉽게 지어지는 사람의 집,
회칠한 무덤을 흉내 낸 작은 교회도
기도하는 곳이라니
못을 박는다
매일 밤 큰 돌로 막아 둔 무덤 입구에
망을 보던 그들도 요즘은 오지 않는다

무덤을 지키던 병사들은 이 사실을 대사제에게 보고했다. 대
사제는 많은 돈을 주며 그들이 잠든 사이에 제자들이 시체를 훔
쳐 갔다고 이르게 했다. 아, 이 이야기가 아직까지 유대인들 사
이에 널리 퍼져 있다니!

밤새껏 네온으로 만든 붉은 십자가가
소문을 전해 주었다
만삭의 도시에 아비 없는 자식 보듯
십자가가 너무 많기도 많지만
아이를 밴 어머니처럼
큰 돌을 가슴에 안고 있었다
배 속 아이 걱정에 어디 좋은 음식 먹을까마는

아이가 부모 가려 태어나지 못할 바에야
지옥에 가는 기도라도 귀를 기울인다
그래, 이제야 알겠다
더럽히는 것은 그 입에서 나오는 것임을
날마다 성전의 이름 앞으로 등기되는
지상의 많은 땅과 재물이 큰 돌보다 무거워졌으니
그래 네 믿음이 너를 낮게 하겠구나!

나를 지나서 너희는 간다
— 못에 관한 명상 19

버림받은 여인의 뱃속 아이가
젖줄 한 번 물지 못하고 핏덩이 되어
하수구를 흘러 넘쳐도 평화롭다고 말하겠느냐
사랑하는 형제가 죽으면
너희는 사흘을 슬퍼하지 않았더냐
세상살이에 정을 들먹이는 자들아
사람 사는 법이 어찌 눈에 뜨이는 것만 법이라 하더냐
눈에 보이지 않는 도둑질과 계집질
남 속이는 일이 네 마음 밖에 있다고
언제까지 마음 밖에 눌러앉아 있겠느냐
들짐승도 제 새끼를 낳는데
누가 너희들에게 뱀을 낳으라 하더냐
너희를 양이라 부르고 그 털 깎는 목자를 경계하여라
너희에게 죄로 사망이 온다는 자도 경계하여라
죽음의 못이 네 관을 두드리지 네 몸을 박지 않는다
몸은 때가 있는 자가 씻게 마련이다
살기 위해 못질하는 자들아
'나를 지나서 너희는 간다 슬픔의 고을로
나를 지나서 너희는 간다 영겁의 가책으로
나를 지나서 너희는 간다 멸망의 무리에게'*

* 단테의《신곡》지옥편〈노래 3〉에서 지옥의 문에 새겨진 글귀

2

몽당연필

천막 학교
— 못에 관한 명상 20

작은 등대 하나 오또마니 서 있는 바다

갈매기 부리에 찍혀

먼 수평선이 활처럼 휘어졌다

다시 펴지는 바다

푸른 파도가 기슭에 부서지면

까만 자갈돌이 와르르 손뼉 치며

물가로 내닫는 유년의 맨발

질경이와 강아지풀 위에 세워진 천막 학교에서

우리는 갈매기와 바다만 지겹게 그렸다

그러다 어느 날

미군이 사용하다 철수한 건물로 이사 가게 되었다

낡은 책걸상을 들고 왁자하게 산등성이 오를 때

낯익은 갈매기도 따라왔고

바다는 조금도 멀어지지 않았다

다만 그날 우리 앞을 가로막은

미군 부대 기름 탱크가 새카만 얼굴로

철조망을 가리고 있었고

폭발물 주의! 붉은 글자와

흰 해골바가지 그림이 우리를 놀라게 하였다

선생님은 조례 첫날부터 이상한 물건을 보면

못이나 망치로 두들기지 말라고 당부하였다
우리는 그보다 더 무서운 것이 있었다
어쩌다 재수 없이 똥 마려운 날
미군 놈 변기통이 얼마나 깊고 컴컴한지
허리춤 쥐고 밖으로 나오면
그때사 철버덩 하는 소리에 기겁한 적이 한두 번 아니었다
비만 오면 군용 트럭 지나간 운동장은
물웅덩이를 이루었고
어떤 것은 무릎 위까지 빠졌다
지네처럼 교정을 슬슬 기어 다니는
바퀴 자국 따라 우리는
갈매기와 함께 나는 꿈도 꾸고
헬로 껌! 헬로 껌!
신작로까지 걸어 나간 꿈도 한두 번 아니었다

—《못과 삶과 꿈》

몽당연필
— 못에 관한 명상 21

아이들과 시비가 붙었다
미국 놈 좆이 팔뚝만 하다고
한 애가 말하는 바람에 온 교실이 시끌벅적하였다
어떤 애는 너무 길고 커서
허리에 칭칭 감고 다닌다고 하였다
어디서 봤니?
서울서 피란 온 애가 물었다
완월동에서 봤데이!
키 작은 주팔이가 말을 거들었다
'서울내기 다마네기 맛 좋은 고래 고기'
경상도 머스마들은 환호성 올리며
피란 온 아이들을 놀렸다
그날 수업 끝나고 화장실에서 오줌 누며
내 것을 살짝 재어 보았다
엄지손가락 한 마디밖에 되지 않았다
옆줄에 서서 오줌 누던 아이 하나와
눈이 마주치자 나는 부끄러워
슬그머니 웃으며 도망쳤다
허리에 질끈 동여맨 책보 속에는
작은 몽당연필이

딸가닥 딸가닥 필통 안을 구르며
요란하게 소리를 내었다

―《못과 삶과 꿈》

완월동 누나
— 못에 관한 명상 22

학교로 가려면
우리는 완월동을 지나다녀야 했다
작은 양철 지붕 집에 살다가
기와로 지은 이층집들이 쭉 들어서 있는
이곳을 지나면 나는 왠지 우쭐해졌다
적산 가옥인 일본 놈 동네 골목에 들어서면
뭣하는 사람들인지 알 수 없지만
입술은 물론 손톱 발톱까지 예쁘게 칠한 누나들이
떠들고 웃고 싸우는 것이 정말 보기 좋았다
골목 뒤편에는 쩍쩍 껌을 씹는 미군 놈이
부릉부릉 지프차를 울리고 있었다
우리는 흰 가솔린 연기에 코를 박았다
횟배를 앓는 사람은
이 냄새를 많이 맡으라고 어른들이 말했다
회충약 먹고 코피 흘리며
하루 종일 누렇고 멍한 하늘을 바라보는 것보다
이 냄새가 훨씬 좋았다
그때마다 검은 미군 놈은 자꾸 갓뎀! 갓뎀!
눈을 부라렸다
그들은 왜 여기서만 만날 수 있을까?

우리는 골목 하수구에 떨어져 있는
흰 고무풍선을 주워 힘껏 바람을 넣었다
미국 놈의 풍선은 입이 너무 커
풍선 주둥이에 코까지 다 들어갔다
그때 키 작은 주팔이가 말했다
봐라, 미국 놈 꺼 안 큰 게 어딨노!

—《못과 삶과 꿈》

서양 귀신
— 못에 관한 명상 23

한문 시간이다
미국이라는 글자도 배웠다
아름다운 나라, 미국美國
우리나라를 도와주는 고마운 나라라고 한다
밀가루 포대에 그려져 있는
굳게 악수하는 나라
별이 유난히 많은 나라
초콜릿과 껌의 나라
그들의 똥도 먹을 수 있다고
키 작은 주팔이가 말했다
U.S.A.의 U 자가
완월동에서 보았던 주둥이가 넓은 풍선을 닮았다
우리는 꼬부랑 말을 흉내 내다가
복도에서 걸상을 들고 또 벌을 섰다

저녁에는 아버지가
이장집에서 구제품을 받아 왔다
나는 알사탕이 제일 좋았다
그리고 몇 장의 그림엽서가 있었는데
처음 보는 총천연색이었다

십자가에 못질된 한 남자의 슬픈 눈빛과
처음으로 마주쳤다
가시관 사이로 피가 진짜처럼 흘러내렸다
아버지는 그 알몸의 남자가 서양 귀신이라고
벽장 깊숙이 감추었는데
이상하게도 그 서양 귀신이 애처로워
못을 빼 주고 싶었다
나중에 안 일이지만
어떤 집에는 서양 귀신 때문에
콩가루 집안이 되었다고 동네가 수군거렸다

—《못과 삶과 꿈》

주팔이와 콘돔
— 못에 관한 명상 24

키 작은 주팔이 꿈은
해군이 되는 것이었다
내 사랑하는 부하 주팔이는
언제나 내 책보를 들어 주고 말이 되었다
나는 주팔이를 말처럼 부렸다
내 말을 듣지 않는 아이들 집 장독대를
우리는 밤마다 돌을 던져 모조리 깨어 버렸다
어른들은 주팔이 소행으로 알고 있었다
내 충실한 부하 주팔이는
알몸으로 집에서 쫓겨나
밤늦도록 옥수수 밭에 숨어 울었다
나는 그때마다 누룽지를 훔쳐 건네주었다
동네 아이들이 모두 중학교에 들어갈 때
주팔이는 이발소 시다로 취직을 했다
주인 없는 날 주팔이는 내 머리에
물을 끼얹고 박박 문질러 주었다
주팔이가 완월동에서 콘돔을 사용해 보았다고
더듬거리며 말한 그날 밤
나는 한잠도 자지 못했다
그러다가 주팔이는 외항선 청소부가 되어 어디론가 떠났다

바다 기슭 한 작은 학교에는
아직도 아이들이 왁자하게 떠들고
교정 유리창에 얼비친 바다 하나가
눈물처럼 매독처럼 번지고 있었다
내 사랑하는 친구, 살짝곰보 주팔이는

—《못과 삶과 꿈》

요셉 일기
― 못에 관한 명상 25

.

그날 아내의 배가 불러 오르는 것을
눈치챈 나는
아무것도 손에 잡히지 않았다
아무리 손꼽아 헤아려도
나와는 상관없는, 어쩜 나를 만나기 전
한 남자의 씨앗인 것만은 사실이었다

아내의 입덧은 더욱 노골적이었다
신 것을 찾고
나와의 잠자리를 멀리하였다
뻔뻔스럽게 허리를 주물러 달라고 할 때는
망치나 대패로 머리통을 갈기고 싶었지만
어쩌나요, 하느님의 아들이라 우기니까요

나는 낙태를 하지 않기로 했다
어느 놈을 닮았는지 그놈을 찾아내어야 했기에
대팻날에 벗겨져 나가는 나뭇결 냄새가
그놈의 정액처럼 역겨웠지만
내가 배운 일은 이 짓뿐이니
나는 그놈을 벗기듯 자꾸 벗겼다

그런데 이상한 일도 다 있었다
아내는 열 달이 다하도록 해산하지 않았다
내가 그놈의 정체를 벗기고자 마음먹은 날부터
아내는 아기 낳기를 포기해 버렸다
오, 하느님 정말 당신의 아기라면!

계엄령
― 못에 관한 명상 26

마을 사람들이 수군거렸다
그러나 나만 나타나면 입 다물고
딴청을 부렸다
그래그래 내가 어리숙하고 바보 같다구!

김장철이 되면 김치를 보내오고
동짓날에는 팥죽을 쑤어 보내 주던 이웃이
요즘은 너무 냉담해졌다
내가 먼저 줄 것이 없나 아무리 집 안을 뒤져도
배부른 아내밖에 없었다

아내를 내어놓기보다는
나도 함께 가기로 했다
고향에 호적을 올리려고 소문을 챙기다가
베들레헴, 그곳에도 계엄령이 내려져 있다고 했다

삼등칸 차표 같은 별 하나가
그날 밤 쫄랑쫄랑 따라왔다

죄를 묻다
― 못에 관한 명상 27

예루살렘을 떠나고 난 다음
마을의 아기들은
무참히 살육을 당했다
아기 예수와 같은 또래
세상의 말 한마디,
작은 들짐승, 풀 한 포기, 비 한 방울
젖지 않은, 젖을 옷도 없는 아기들이

오늘은 너희들 손에
어린 피가 묻어 있구나
가랑이를 벌린 도시의 하반신에
어머니 젖꼭지를 한 번도 물어 보지 못한
도시의 작은 천사들이 이처럼 많을 줄이야,
쾌락 뒤에 오는 지옥을 보면서도
지옥을 믿지 않으니

그래그래 이제 내가 떠나면
내 또래 너희들 차례가 곧 오리니!

대리모
— 못에 관한 명상 28

대리모가 늘어나고 있다
정자은행에 비밀 구좌를 개설하고
아버지와 어머니는 가면을 쓰고 드나든다
너희들은 말한다
김천댁이 박씨 문중의 대리모라면
마리아는 하느님의 대리모라고,
흰한 박덩이 같은 아들, 떡두꺼비 같은 아들
하나 낳은 마리아를

그러나 나는 그날 바람난 마리아를
용서할 수 없었다
인간적인 면에 있어서는

매형 요셉
— 못에 관한 명상 29

매형은 목수 일을 삼십 년 가까이 해 왔다
매형이 요셉을 닮은 것은
구레나룻 수염이 아니고
나무 다루는 기술이 아니고
다만 그가 지은 집에서는
한 번도 살아 보지 못했기 때문이다
집이 완성되면 또 다른 집을 지어야 하기 때문에
요셉이 그날을 가장 슬퍼하듯이
매형은 그날 깡소주를 가장 많이 마신다

매형은 자식을 위해서
집 한 채 짓는 것이 소원이었다
비가 오나 눈이 오나 바람이 부나
튼튼히 땅 붙들고 있는 지상의 집 한 채를

오늘도 요셉은
재개발 지역 혹은 달동네 어느 곳에서
그때 그 어린 예수가 지은 작은 집을 그리며
대팻날을 퍼렇게 세우고 있다
목수의 아들인 그 청년은

이 겨울날 일자리 없어 소주잔을 비우는데도

돋보기를 쓰며
— 못에 관한 명상 30

글자가 크게
똑똑하게 보인다
잘 보이는 만큼
세상은 흠집투성이다
오늘은 중늙은이 하나
돋보기 속에 들어가 기침을 한다
등잔 밑 어두운 것을
발밑이 천길 낭떠러지인 것을
이제야 보다니!

황혼을 보며
— 못에 관한 명상 31

안경이 자꾸 코허리로 흘러내린다
몇 번씩이나 눈가로 쓸어 올려도
산비탈길을 내려갈 때처럼
유년의 검정 고무신이 자꾸 벗겨진다
키 작은 주팔이와 나는
탱자나무 울타리에 숨어
고추를 끄집어내어 누가 더 크나
탱 탱 탱
누나의 주름치마 같은 산비탈의
돌밭들이 그날은 왜 그리 숨차는지
산허리에 걸린 석양이
오늘은 문득 눈시울을 붉힌다

책을 읽으며
— 못에 관한 명상 32

허리 굽은 세상 하나 건너와
잠 못 이룰 때가 많아졌다
그런 밤에 누군가 돋보기 쓰고
책장을 넘긴다
책장 문턱에 이마를 부딪히지 않기 위해
사람들은 고개를 숙이고 지나간다

플랫폼에 도착했다. 플 · 랫 · 폼 · 에 · 플 · 랫 · 폼……

눈까풀이 활자를 뛰어넘지 못해
잠시 눈 붙이면
나 아닌 것들은 모두 안경 벗고
뒷걸음치고 있었다
오늘 무엇을 보았는가?
오가는 길밖에 보질 못했소
그렇다면 눈을 빼 버려라!
깜짝 놀라 눈 뜨고 책 읽으면
주인공은 벌써 기차에서 내려
한때 우리가 살았던 도시의 폐허로
걸 · 어 · 가 · 고 · 있 · 었 · 다……

카드 놀이
— 못에 관한 명상 33

고백하라고? 하나씩 카드를 내밀듯 내 죄를 탁자 위에 펼쳐 보이라고? 일기장에는 흐림 혹은 약간 비라는 긴 날씨로 표시해 둔, 그래, 날씨도 애매하게 반복되듯 어떤 놈의 죄라는 것은 트리플되는 것도 있고 포 카드까지 가는 것도 있어 유리하게 판을 이끌 수 있었지.

오른손이 왼손 몰래, 몰래 움직인다. 나는 먼저 킹을 올려놓았다. 새 카드 한 장이 내 앞에 왔지만 나는 서둘지 않고 상대의 눈을 보았다. 손이 하는 짓이란 믿을 게 못 돼! 그녀는 가볍게 잔을 들고 목을 축였다. 나는 숨도 쉬지 않고 카드 끝만 살짝 보고는 무표정하게 카드 한 장을 더 받았다. 좋아, 과감히 두 장을 버렸다. 버린 카드까지 기억해 말하라고? 그날 밤새 버린 카드를! 그날 날씨가, 그러니까 그날 밤 날씨가 몇 번 뒤집혀졌는지 기억할 수 없었다. 오른손이 몇 번 뒤집었는지 뒤집힌 계집의 엉덩이를 킹 하나로 바꿔 내놓은 이 화려한 고백을 당신은 뒤집을 수 있는지!

명상법
— 못에 관한 명상 34

사과가 먹고 싶었다
절대로 손 대어서도 먹어서도 안 되는
금단의 과일이
불현듯 내 머리 속에 한 알 붉게 열려 왔다
저 한 알의 사과를 따 먹으면
두 번 다시 네가 생각나지 않을 것 같았다

그날 밤
나는 사과를 몰래 따 먹었다
흔적을 남기지 않기 위해서
사과 씨까지 송두리째 삼켰다
그날 밤은 이상하게도 눈이 밝아 와
한잠도 이루지 못했다

그런데 이 어찌 된 일인가
하루가 가고 또 하루
잊고 있었던 내 머리 속에
낯선 사과나무가 자라나
오늘 밤에는 주렁주렁 열매까지 열렸다
네 모습을 지우다 보니

이처럼 많은 사과가 내 머리 속에 꽉 차다니!
오오, 세상의 여자 모두가 알몸으로 보이다니!
밤새도록 사과나무 밑둥을 톱질하느라
중년의 무릎만 다 해어졌다

3

청개구리

청개구리
— 못에 관한 명상 35

어머니 유해를 먼바다에 뿌렸다
당신 생전에 물 맑고 경치 좋은 곳
산화처로 정해 주길 원했다
그런데 이게 어찌 된 일인가
비 오고 바람 불어 파도 높은 날
이토록 잠 못 이루는 나는 누구인가
저놈은 청개구리 같다고
평소 못마땅해하셨던 어머니가
어째서 나에게만 임종 보여 주시고
마지막 눈물 거두게 하셨는지 모르지만
당신 유언대로 물명산을 찾았는데
오늘같이 비만 오면 제 어미 무덤 떠내려간다고
자지러지게 우는 청개구리가
이 밤 내 베개맡에 다 모였으니 이를 어쩌나
한 번만 더, 돼지 발톱 어긋나듯
당신 뜻에 어긋났더라면
비 오고 바람 부는 날
이처럼 청개구리가 되어 울지 않아도 될 것을

—《못과 삶과 꿈》

엄마 엄마 엄마
— 못에 관한 명상 36

나는 어머니를 엄마라고 부른다
사십이 넘도록 엄마라고 불러
아내에게 핀잔도 들었지만
어머니는 싫지 않은 듯 빙그레 웃으셨다
오늘은 어머니 영정을 들여다보며
엄마 엄마 엄마, 엄마 하고 불러 보았다
그래그래, 엄마 하면 밥 주고
엄마 하면 업어 주고 씻겨 주고
아아 엄마 하면
그 부름이 세상에서 가장 짧고 아름다운
기도인 것을 이제야 깨닫다니!
내 몸뚱이 모든 것이 당신 것밖에 없다니!

—《못과 삶과 꿈》

조선간장
— 못에 관한 명상 37

어머니는 새벽마다
조선간장을 몰래 마셨다
만삭된 배를 쓰다듬으며
하혈을 기다렸다
입 하나 더 느는 가난보다
뱃속 아이 줄이는 편이 수월했다
그러나 아랫배는 나날이 불러 오고
김해 김씨 가마솥에는
물이 설설 끓기 시작했다

그날 누군가 바깥 동정을 살폈다
강보에 싸인 아기는
윗목에서 마냥 울기만 하였다
아랫마을 박씨는 아직 오지 않았다
고추 달린 덕에 쌀 몇 가마니 더 받게 되었다
그러나 핏줄과 인연이 무엇인지
눈치챈 누나는 아기를 놓지 않았다
굶어도 같이 굶고 살아도 같이 살자는
어린 딸이 눈물로 붙들어 매었다
어머니는 젖을 빨렸다

어머니 젖에서는 조선간장 냄새가 났다
어머니,
지금도 그 가난이 나를 붙들고 있는 것은
조선간장 때문만이 아닙니다
지금도 그 핏줄이 나를 놓지 않는 것은
눈물 때문만이 아닙니다
그것은 어머니만 아십니다
오늘 내가 당신 영정 앞에 남몰래 흘리는 눈물이
조선간장보다 더 짜고 고독한 것을!

―《못과 삶과 꿈》

어머니
— 못에 관한 명상 38

오늘은 어머니 사십구재다
염불로 어머니 영혼을 불러내고
목욕을 시켜드렸다
저녁 무렵 어머니는 종이배 타고
반야바라밀다 강을 건너갔다
이를 본 적은 없었지만
아무도 이를 부인하는 형제는 없었다
보이지 않는 것은 보이지 않는 것끼리
나란히 서 있었다
우리 사 남매는 이제야
어머니 한 분씩을 각자 모실 수 있었다

솔거의 새

― 못에 관한 명상 39

신라 시대 솔거는 황룡사 벽에 소나무를 잘 그려서 날아가는 새가 진짜 나무인 줄 알고 앉으려다가 떨어졌다는 얘기를 어릴 적부터 수십 번 들었습니다

그 후 나는 세상을 오가다 보니 보이지 않는 벽이 더 많은 것을 알게 되었습니다

그런데 중년이 된 이즈음 내가 키운 새 한 마리가 황룡사 벽에 그려진 노송에 가뿐히 내려앉는 걸 보았습니다

탱화 속의 나무라도 진짜, 가짜 가려서는 안 되는 법을 알게 되었습니다

말하는 새
― 못에 관한 명상 40

새 한 쌍을 키웠다
모이와 물을 자주 넣어 주었다
새는 날마다 몸을 털고
부리로 깃털을 문질렀다
우리 집 새가 조롱에 사는 까닭은
날개가 있기 때문이다
새는 말하지 못하지만
나는 그들의 말을 다 알아듣는다
모이와 물을 넣을 때마다
"나는 것을 잊고 사마!"
"모이와 물이 있는 동안만!"

새가 되는 법
— 못에 관한 명상 41

겨드랑이에서
작은 깃털이 자라나기 시작하였다
부끄러워 뽑아내기도 하고
몰래 감추기도 했다
간밤에는 나는 꿈도 꾸었다
뒤뚱거렸던 꿈을
아무에게도 말하지 않았다

아아, 아침이 왔다
누군가 모이와 물을 넣어 주었다
내가 새라는 것을
한참 후에야 겨드랑이가 말했다

빈 새장
— 못에 관한 명상 42

새를 날려 보냈다
저희 사는 세상으로
저희 말과 꿈과
저희 노동과 내일이 있는 곳으로
빌어먹을, 내가 이제야 새장을 열다니!

발 씻을 물 나르지 않아도 된다
그놈을 가까이 보기 위한 대가로
하인처럼 얼마나 시중을 들었던가,
모이를 깜박 잊은 날에는
측은해서 나도 한 끼 굶었다
그놈 때문에 나를 하루 이상 비우질 못했다

잠들기 전에 시국 사범으로 독방에 들어가 있는
조카에게 편지를 썼다
조금 덜 먹고 덜 자고 덜 생각하기로 했다고
빈 새장을 보니 네가 생각난다고
아니, 네가 날아간 빈 새장 앞에
조간 신문과 우유 배달부가 다녀갔다고!

눈사람
― 못에 관한 명상 43

눈이 온다. 눈·이·온·다·눈,
눈발이, 성긴 눈발이
마을의 발을 묶는다
빌어먹을, 겨울 허수아비 두엇
훠어이 훠어이 눈발을 쫓는다
마을 밖까지 내려간 등고선이
팽팽히 조여들고
발목 묶인 길들이 둑길 위로 올라가
발뒤꿈치 들고 기웃거린다
먼 산 끼고 돌아앉은 강 하나가
나룻배를 묶다가
잠시 언 이마를 보인다

설녀
— 못에 관한 명상 44

간밤 꿈속에서 관계한 한 여자가 나를 닮은 아기를 안고 와 몰
래 버리고 가 버렸다

지난봄 그녀는 수줍게 노오란 유채꽃으로 몸을 숨기더니 여름
에는 강으로 내려가 불어난 몸을 풀고 가을에는 산이란 산을 온
통 불질러 놓고 눈 오는 겨울밤 장롱을 뒤져 숨겨 둔 날개 옷을
찾아내어 기어코 도망가 버렸다

문밖 흰 강보에 싸인 아기를 안으니 눈물이 하염없이 가슴을
적신다

킬리만자로의 눈
— 못에 관한 명상 45

    1848년 적도 부근에 눈 덮인 산이 있다고 독일인 한 선교사가
보고했으나 사람들은 그가 풍토병에 걸려 정신 이상이 생긴 것
으로 아무도 믿지 않았다

    원주민 언어인 스와힐리어로 희게 번쩍이는 산, 해발 오천팔
백구십오 미터, 별똥별에 자주 이마를 긁히는 산

    한때 아무도 믿지 않았던 킬리만자로에 간밤에도 누군가 등짐
지고 혼자 올라가는 것을 보았다고 원주민들은 수군거렸다

    새까만 그 눈사람은,

걸리버와 함께
— 못에 관한 명상 46

치아를 면밀히 조사한 그들은
나를 육식 동물로 단정 지었다
내가 곤충을 날것으로 먹지 않는 것을 보고
무엇을 먹고 사는지 모르겠다고 갸우뚱거렸다
코끼리 네 마리에 해당하는 몸집 큰 개보다는
어릴 때 참새나 토끼, 강아지에 짓궂은 것처럼
아이들이 가까이 오는 것이 가장 겁이 났었다
그들은 나의 신체에 대해서도 토론을 했다
손톱이나 발톱은 무용지물이고
성냥갑 같은 건물을 짓고 빌딩이니 문화니 하며
이성을 사용하기에는 부적합한 동물로 평가되었다
더구나 지구 표면에서
가장 유해한 해충으로 결론지을 때가 두려웠다
걸리버라는 이름과 함께

핵겨울
― 못에 관한 명상 47

머지않아, 너희들이
'아직은' 하고 안심하고 있을 때
겨울 꽃도 피지 않았을 때
모두 눈사람이 되어 있을 것이다
왜, 무엇 때문에
탄식과 울부짖음이 끝나기 전에
너희들이 애써 가꾼 땅은 싸늘히 식고
핵겨울이 너희 이마를 하얗게 덮을 것이다
일진광풍이 살아 있는 것들의 뿌리를 뽑아내고
너희들은 죽음의 눈덩이가 되어 한없이 불어날 것이다
그 잘난 문명, 유구한 전통이 찬 돌덩이로 변할 줄이야
붉게 충혈된 달만이 너희들의 증인이 될 것이다
생명의 책에 이름이 오른 자나 오르지 않은 자
심판의 날에는 모두 눈사람이 되어 있을 것이다
불바다와 불벼락이 우박처럼 옷깃에 떨어져도
너희들의 영혼에는 상처를 주지 않지만
영원한 겨울은 너희들을 잠들지 못하게 한다
'아직은' 하고 고개를 젓는 허상의 형제들아!

알라딘 램프의 겨울

― 못에 관한 명상 48

알라딘 램프의 등피를 몰래 닦고 싶은 밤입니다
바람 불고 창문이 흔들릴 때
내 꿈꾸는 별은 멀어지고
사는 법도 멀어지고
이른 나이에 죽은 친구 시 구절만
별똥별처럼 머리 속을 밝히는 밤입니다

　　주인님, 부르셨습니까?
이럴 수가! 터번을 두른 웃통 벗은 거인이
허리 굽히며 분부를 기다렸습니다
나는 사막 한가운데 서 있었습니다
꿈의 램프를 문지른 기억이 없는데
아라비안나이트가 온라인 아라비아 숫자처럼
선명히, 기막히게 펼쳐져 있었습니다
　　주인님, 말씀만 하십시오
　　원하는 것, 무엇이든!

그래, 그럼. 좋다 황금이나 보석? 그건 너무 통속적이야
주안상과 무희? 그래 그것도 괜찮은 것 같지만 너무 유치한
생각이 드는군, 그래그래 생각난다 정말 이것이

실제 상황이면 꿈 아니길 바란다고 말해야지

　　주인님, 꿈 아닌 것 어디 있습니까?
　　제가 저 작은 램프에 갇힌 것도 꿈에 일어난
　　일이지요 저는 영원히 꿈을 벗어나지 못합니다

꿈, 모든 것이 꿈이라고, 그렇다면 집으로 데려가라!
내 꿈은 어째서 때리면 아프고, 춥고, 지루하고
눈물 흘리는 장면이 많으냐?

알라딘 램프는 꿈이 아니었습니다
그것은 시간의 모래바람에 덮였다가
매일 하나씩 드러나는 멀고 먼 사막입니다
이 겨울밤 이불 속에서 자주 꿈의 등피를 닦는 어린이들을
아라비아 사막에서 만나는 것은 어렵지 않습니다
아침, 그들의 신발을 털면 모래가 수북이 떨어질 것입니다
다만 그들과 마찬가지로 우리는 무관심합니다

2월의 끝
— 못에 관한 명상 49

그녀가 동정녀인 줄 차마 몰랐습니다
뭇 여자와의 사랑을
우리는 일회용 대일밴드 같은
중국집 짜장면 젓가락 같은 것으로
쉽게 바꾸고 버렸습니다

그날 밤 캐럴이 울려 퍼지고
X마스 카드에 반짝이는 별 마주 보며
뜬눈으로 서 있다 눈사람 되어
눈사람처럼 녹아 버린 그 사랑이
이토록 짐 될 줄이야,
그날 밤 그녀의 굴뚝 속으로 내려가
산타클로스 흉내만 내지 않았어도,
— 내싸마, 부끄러워 죽겠는 기라예
　　우째, 그날따라 빵꾸 난 양말밖에 없는 기라예

삼 개월이 되었답니다
하나아 두울 세엣
마취된 순록의 방울 소리가 점점 멀어져 가고

여인의 태중에 아아 눈은 멎고
금속성의 가위질 소리,
집게로 집어낸 구멍 난 양말,
귀여운 아가로 오는 당신의 2월을
오오, 용서하소서
당신은 우리의 사랑의 죄를 묻기 위해
2월의 끝을 주시지 않은 것을

장승 이야기
— 못에 관한 명상 50

천하대장군과 지하여장군이 몸 섞었다는
소문이 삽시간에 퍼졌다
절대로 그럴 리 없다고 천하대장군은 펄쩍 뛰었지만
지하여장군의 만삭된 몸을 보면 믿지 않을 수 없었다
"하긴 그래, 저 청맹과니 같은 놈이 아비일 리 없어"
"그렇다면 누가?"
이 말에는 아무도 답변하지 못했다

밤낮 아랫도리를 파묻고 서 있기만 한
천하대장군은 이 낌새에 몇 달을 끙끙 앓았다
정말 어떻게 손대는 것인지 몰랐고
그렇다고 지하여장군이 자기 몰래 나들이한 적이 없기 때문에
이를 입 밖에 낼 처지가 못 되었다

어느 날 밤 지하여장군은 쩌렁쩌렁 산이 울리도록
울부짖고는 아기를 분만하였다
천하대장군은 누굴 닮았나 이를 확인하고는
놀라워 입을 벌린 채 그냥 굳어 버렸다
못 박힌 남자의 아이가 음각되어 있었다
그날 이상한 별 하나가

종일 이 산의 머리 위에 머물고 있었다

4

개는 짖는다

개는 짖는다!
― 못에 관한 명상 51

저녁 한때, 포장마차에서 씹히는
노가리나 산낙지
더러운 세상 탓하며
소주 한 병으로 씻고 또 씻어도
씹히지 않는 울분을 너는 모른다
Y세무서 소득세과에서 나온 노가리와 산낙지
지난가을 폐업 신고한 손때 묻은 장부 들추며
협박과 회유로 다섯 장을 요구하는 그의 손바닥에
나는 비굴하게 고개 숙였다
그 순간 내 가슴에 질려지는 새파란 대못 하나!
온라인 번호에 씌어진 가명
그래, 결국 나는 그 가명 앞으로 죄 없이
죄지은 사람처럼 몰래 돈을 보냈다
대한민국 만세!
썩은 민주주의를 짓는 한보종합건설 만세
나는 폭탄선언이나 양심선언 할 것 없어
포장마차 뒷전에 밀린 안주처럼
울지 않고도 술을 마신다
짖지 않는 개는 아무도 거들떠보지 않는다

목어에 대하여 1
— 못에 관한 명상 52

인사동 토담이라는 술집에서
한 그림을 만나게 되었습니다
커다란 목어 아가리에 중놈이 머리를 처박고
있는 판화였는데, 깨알 같은
글씨로 해설이 붙어 있었습니다

'어느 날 하두 비바람이 몰아쳐 목어에게까지 근심 미친 큰스
님이 사미승을 내보내 알아보게 하니 사미승은 목어 이곳저곳
살펴보다가 아예 뱃속까지 들여다보았습니다. 큰스님은 그래 목
어는 잘 있던가 물으니 예 잘 있습니다 하니 에키 이놈 어떻게
잘있던? 하니 뱃속까지 봤는걸요 했답니다.'

해설 읽기 전에는 분명히 목어가 중놈을 잡아먹는 형국이었는
데, 다시 보니 사미승의 머리가 목어였습니다

그날 거나하게 취해 인사동 골동품상을 지나오다 머리통 없는
불상을 보고 깜짝 놀랐습니다

머리통을 따먹힌 중들이 한둘 아니었습니다

목어에 대하여 2
— 못에 관한 명상 53

나무로 빚은 물고기가 있습니다
살지도 않으니 죽을 턱도 없습니다
어중간하게 세상에 매달려 눈만 껌벅이는데
아무도 눈치채는 이 없습니다
어쩌다 천둥 치고 큰 비 올 요량이면 크게 우는데
그 소리 듣는 것은 바다뿐이랍니다
목어의 뱃속은 텅 비어 있습니다
잘 두들긴 북어가 살이 연하고 맛있듯이
목어는 두들겨 줘야 배가 부릅니다
아침저녁으로 목어를 두들겨 주면
바닷속의 고혼孤魂은 자장가 듣는 듯 조용해집니다
그러나 매일 목어를 두들기는
스님은 허기져 있습니다
나무통 소리에 마음이 멀었기 때문입니다

본다는 것은 보는 사람 속에 1

— 못에 관한 명상 54

밤마다 그대 만나기 위해
우주 정거장으로 나간다
내 잠시 머문 은하수 나변에
아내와 아이 함께 작은 집 짓는 것
이제 보니 먼 하늘 별자리로
서로 모였음을 알게 되었다
그래그래 우리가 본 세상 이름과
우리 그리던 형상 끊어 버리니
깨달은 바 다른 경지 아니구나
우주의 언 이마에
허상의 별빛만 초롱초롱 맺힌다

본다는 것은 보는 사람 속에 2
— 못에 관한 명상 55

ㅌ이 조심스레 헤더를 열고
우주 밖으로 나가고 있었다
진공 속으로 천천히 떠오르며
우주 끝을 발로 젓고 있었다
배꼽에 연결된 하얀 줄이
거추장스러워 보였다
잘 가라,
누군가 탯줄을 몰래 끊어 버렸다
ㅌ이 눈물 한 방울만큼 멀어져 보일 때
우리는 우주복을 벗고
손수건을 꺼내 눈물을 닦았다
그날 밤 행성 저편에서는 누군가 알몸의 아이를 받아 안고
축복의 이름을 짓고 있었다

본다는 것은 보는 사람 속에 3
— 못에 관한 명상 56

떠돌이별 하나가 관측되었다
알몸의 남녀가 서로 부둥켜안은
불륜의 별을 보고
집집마다 어른들은 창을 가렸다
다른 우주 정거장에서는 이 알몸의 별이
사랑의 별로 불리운다고
부인들은 망측스러워했다
그날 밤새도록 우주의 커튼 너머
교성이 새어 나와 별들은 잠을 이루지 못했지만
섭섭한 것은 알몸의 편안함이
저 별똥별의 자유스러움이
별나라에서도 인정되지 않는다는 점이다

처용을 위하여 1
― 못에 관한 명상 57

밤마다 그녀 방을 몰래 드나드는 사내를
먼발치에서 엿보았다
사내는 얼마나 급했던지 문을 통하지 않고
아예 벽 속으로 들어갔다가
벽 속에서 나왔다
이제는 그녀를 단속하기에는 늦어 버렸다

간밤에도 나는
숨어서 그놈을 기다렸다
그놈의 발자국을 증거로 남기기 위해서
집 부근에 흰 가루를 몰래 뿌려 두었다
드디어 새벽녘에 흰 달빛을 받은
그놈의 발자국이 집으로 향해 있었다
한 시간 두 시간, 서너 시간을 기다려도
밖으로 나간 발자국이 눈에 띄지 않았다

나는 벽에 귀를 기울이며 동정을 살폈다
그 순간 미끄러지듯 몸이 벽 속에 쉽게 들어갔다
아아, 그놈을 이처럼 가까이 보기는 처음이었다
그놈은 발자국을 지우느라 애를 썼다

그럴수록 벽은 더욱 단단히 저항했고
나도 흰 가루가 묻은 발자국 때문에
그놈과 함께 벽 속에 생매장이 되어 버렸다
아아, 내가 이렇게 뜬 눈으로
그녀 속에 쉽게 갇혀 버릴 줄은
꿈에도 생각지 못했다

처용을 위하여 2
— 못에 관한 명상 58

제 여자를 돌려주세요
옛말에 여자는 의복과 같아서
잠시 바꿔 입을 수 있는지 몰라도
저는 남루해도 제 의복이 더 소중해요
비록 그 의복이 다 해어져 기울 수 없더라도
우리 집에 있어야 해요

처용은 사정을 했다
바보 같은 처용, 걸레감까지 생각해 두었으니
이쯤에서 나는 그녀를 놓아주기로 했다
그런데 이제는 그녀가 울며 돌아가지 않겠다고 하니
나도 어쩔 수 없었다
이건 변명이 아니야, 정말 믿어 줘
한두 번 바람 핀 당신들이 더 잘 알잖아!

그렇잖아요, 제발
그녀는 숙맥 같은 여자예요
당신이 붙들지 않으면 몇 번이고
도망쳤을지도 몰라요, 그녀는
나밖에 몰라요, 매일 밤

그녀가 날 생각하며 우는 모습이
가여워요, 그녀는 숙맥이어요

숙맥, 숙맥 좋아하네
내가 관심을 보이지 않는 그날부터
그녀는 더욱 절륜한 밤을 보여 주었다
초롱을 든 노오란 달맞이꽃이
나중에는 잇몸까지 드러내고 웃었지만
달맞이꽃이 그 후 밤에만 웃는 것은
처용 마누라 하는 짓 꼴이
눈 뜨고 볼 수 없었기 때문이라고
이웃 사람들까지 수군거리지 않는가!

그것!
― 못에 관한 명상 59

1

그것!
을 말할 때는 서두르지 마라
먹고 자고 입는 것처럼
그것도 먹고 자고 입어야 한다

2

나는 누구인가
너는 누구인가
우리는 왜 끊임없이 자문하는가
나와 너, 우리라는 말이
그것 때문에 필요하다니!

3

한번은 지나가는 젊은 여인에게

'그것 좋구나' 하니
여인은 얼굴을 붉히며 앞가슴을 가렸다
젊은 남자에게
'그것 좋구나' 하니
바지 앞을 단속하였다
그때사 나는 그들의 그것이
어디에 있는가를 알게 되었다

4

그것을 만나려면
천천히 걸으면 서너 시간에 당도한다
빨리 걸으면 하루가 부족하다
그러나 그것 때문에 나는 일생을 허비한다

감사 기도
― 못에 관한 명상 60

훈련병 시절 차렷, 식사 개시! 하면
빡빡 깎은 중머리 장정들이
감사히 먹겠습니다! 목 터져라
복창하고 식사를 합니다
어떤 친구는 그것도 부족해
한동안 눈 감았다가 수저를 듭니다

어쩌다 술집 들르면 술김에 여자가 먹고 싶은데
그놈의 십계명이 목가시처럼 걸려 우물쭈물할 때 있습니다
이를 보고 누가 속삭였습니다
그까짓 것, 눈 딱 감고 감사히 먹겠습니다
복창하면 되지 않느냐고
그래그래 감사 기도 있으면
너와 나, 하나 될 수 있으리니!

그래도 한동안 눈 감았다 수저 드는 그 친구가
요즘도 왜 그렇게 가까이서 보이는지 모르겠습니다

무신론의 마을에서

— 못에 관한 명상 61

어느 날 외양간의 소가 보이지 않아도
기도가 찾아 주리라는 것에
엄두도 내지 않았다
결국 너희들이 찾아야 했으니까!
어느 날 엉덩이에 뿔이 난
자식들이 집을 나가도
너희들은 뜬눈으로 구원의
찬송가를 부를 필요가 없었다
집 나간 자식은 벌써 계집과
술병 속에 구원되어 있을 테니까!
너희들은 끝끝내 기도하지 않았다
당원들의 붉은 깃발이
너희 입속에 꽂혀 있으니까!
공산주의가 아닌 너희 혀까지
오늘은 나무 위에 오른 자캐오를
누가 불러 내리겠는가?
아직까지 너희들을 받을 손이 있고
너희들이 빨 젖이 있거늘

마음 밖에서도 보이는 마음 하나
— 못에 관한 명상 62

충청도 시골 성당에서였습니다
성당지기는 주일이면 늘 성당 문을 열어 두지만
평일에는 문을 잠가 두었습니다
어느 날 한 소년이 저녁마다 이곳에 오면서부터
성당지기는 짜증이 났습니다
성당 문을 열어 달라 보채고는 지체하지 않고
이내 밖으로 나갔습니다
하루는 궁금해서 성당지기가 숨어 엿보기로 했습니다
예수님 지가 왔어유 지는 이제 가유
소년은 꾸벅 인사만 하고 나가 버렸습니다
언제나 똑같은 말만 하고 나가 버리는 것을 보고
성당지기는 참다 못해 화가 났습니다
단단히 혼쭐을 내려고 벼르던 날 소년은 보이지 않았습니다
한 주일이 지나도 얼씬하지 않았습니다

궁금해진 성당지기는 매일 늦도록 성당 문을 열어 두었습니다
어느 저녁 무렵 수척한 모습으로 소년이 나타났습니다
성당지기는 넌지시 안부를 물었습니다
할아버지 참말 이상도 해유 몹시 아파서 누워 있는데
어제는 하이얀 한 분이 창을 두들기며

만덕아 내가 왔다아 나는 간다아 하지 않겠어유

총총히 돌아가는 소년의 뒷모습에 성당지기는 성호경을 그었습니다

나귀의 시 1
— 못에 관한 명상 63

그날 내가 그분을 등에 태우고 가지 않았던들,
저 성전의 언덕으로 자랑스럽게 올랐던 내가
이처럼 저주스러울 줄이야,
그날은 정말 대단했어
사람들은 빨마가지를 들고 환호했었어
어떤 이는 옷을 벗어 길바닥에 깔아 두기도 했었지
나는 그분이 그처럼 훌륭한 분인 줄 몰랐어
호산나, 다윗의 자손 만만세
나는 그분이 내 등 위에 영원히 계셨으면 했었어
그분한테서는 사람 냄새가 나지 않았어
잘 건조된 짚더미처럼 가벼웠고
그분한테서는 풋풋한 풀잎 냄새가 났었어
그분은 내 목을 쓰다듬고 가볍게 두드려 주기도 했었어
우리 동족 같은 느낌을 받았어
내가 처음으로 태워 모셨던 분인데,
아아, 만일 내가 그분을 모시고 가지 않았던들,
그분이 입성한 지 불과 여섯째 날
죽여라 죽여, 십자가에 못 박아라
저 언덕 위에는 비가 오고 천둥소리가 들렸어
얼마 후 내 곁으로 사람들이 울며 지나가고

저희들 죄 때문에 십자가에 못 박혀
돌아가셨다고 회개하였어
아아, 그것은 내 잘못인데,
사람들은 저희들 때문이라고 분명히 말했어
나는 이제부터 내 자손만대까지
사람들을 높이 받들어 모시기로 마음먹었어
아무리 회초리를 맞아도
아무리 무거운 짐을 져도
아무리 짐승 취급 못 받아도
사람들에게 맹종하기로 했어
정말 사람들은 존경할 만해
그분은 나를 끝까지 고자질하지 않았어!

나귀의 시 2
— 못에 관한 명상 64

아무리 우리 조상들이 사람들 곁에서
열심히 일해 주며 살라고 유언했지만
정말 사람들만큼 모질고 독한 것은 보질 못했어요
매질도 매질이지만
우리 밥은 지천에 널려 있는데
먹는 것도 자유롭게 해 주지 않았어요
툭하면 말뚝에 매어 놓고
툭하면 등에 무거운 짐을 꾹꾹 눌러 싣고
툭하면 발길질이나 하고
무슨 죄길래 저런 것들한테
평생 매어 살라고 하는지 알 수 없어요
만일 그분이 우리 조상 일을 고자질했더라면
그때 종족 씨가 말라 이 고생 하지 않아도 될 것을,
그래요, 지금 우리 주인만 해도 그렇지 않아요?
식탁에 앉아서는 그분께 감사 기도 드리고
교회에서는 자기들 죄 땜에 대신 돌아가셨다고
참회하고 또 구원을 청하고
이런 우라질! 정말 우리는 그분을 들먹일 때마다
우리 귀는 점차 두려움에 길어지고
눈치 살피다 보니 눈망울은 더욱 커져 가고

눈물주머니는 마를 사이가 없었어요
어떤 때는 외양간에서 밤하늘을 쳐다보다가
얼마나 소스라쳐 놀랐는지 아세요?
별똥별 하나만 느릿느릿 걸어가는 것 봐도
얼마나 마음을 졸였는지 아세요?
그분이 다시 와 고자질할 때까지
우리는 말뚝과 막일에서 해방되지 않을 것이니
제발 그분의 고자질로
우리 조상 씨를 말려 주시길
사람들처럼 우리도 밤마다 몰래 빌어 봅니다

백두산
— 못에 관한 명상 65

백두산을 보았는데요, 백두산은
산이 아니었습니다
백두산은 산에 없고
백두산이 있음 직했던 그 자리
커다란 산까마귀 여럿 날고
날아오르다 만 열여섯 봉우리 안에
천사들이 간혹 멱을 감았던
맑디맑은 천지가 어서 오라
가까이 오라 눈짓했습니다
천사의 깃털은 어디서나 볼 수 있었습니다
그날, 내가 숨겨 가지고 온 몇 개의
돌멩이와 노란 두메양귀비 꽃이 그것입니다

백두산을 보았는데요, 백두산을
영산이라 불렀습니다
신비롭고 영험 있는 산은
사람을 보면 몸을 숨깁니다
산삼과 더덕, 자작나무 몇으로
얼굴을 가립니다

그날 알몸의 백두산은 꾸중 들은 아이처럼
덜덜 떨고 서 있어서
나도 영문을 모르고
덜덜 떨며 사진을 찍었습니다
아직까지 뽑지 못한 필름 한 통 남아 있는데
다른 사람 눈에는 보이지 않는
붉은 암실에서나 간혹 보이는 산이 그것입니다

그날 나는 날개도 없이 날았습니다
그날 나는 눈물도 없이 울었습니다
백두산 산장에서 새벽 세 시까지
잠을 이루지 못했던 나는
눈뜬 마음은 밤새도록 산정에 두고
눈 감아도 보이는 백두산은
베갯잇에 수놓았습니다
그날 밤 얼마나 꿈속에서도 오르내렸는지
아침에는 발이 부르터 있었습니다
백두산을 본 것은 바로 그때뿐이었습니다

백두산에 가거든 백두산은 찾지 마셔요

돌과 풀과 물은, 돌과 풀과 물로 보고
산은 산대로 보서요
백두산에 가거든 산신령이나
천사를 찾지 마서요
일 년 열두 달 가장 깊은 날에
홀로 옷 벗는 당신의 어린 천사는
비가 되기도 하고 눈이 되기도 하고
작은 풀꽃으로 피어 있기도 합니다
이곳에서는 태초에 열어 놓은 당신의
자궁이 있습니다
세 번 크게 소리질러 붉은 불덩이를 낳은
당신의 큰 말씀이 있습니다
누가 그곳에 다시 가거든 말씀 하나를 받아 와
신새벽의 복음을 들려주십시오
진실로 들을 수 있는 귀가 있고
진실로 볼 수 있는 눈을 가진 이 있다면

영문시집

The Floating Island

Edition Peperkorn, 1999

—Translated by Lee Dong-Jin, Revised by Cornelia Oefelein

Since my teenage years, I have indulged mainly in writing poems. They have been my daily nourishment, pride and pain. Now looking back at what I have written, I sometimes cannot help laughing at myself. In my twenties, I was a soldier in the Vietnam War, worked in a steelworks, and lived the life of a common laborer. I feel that these experiences helped put some lines of truth into my poetry.

I have always desired that my poems demonstrate "the tragedy that no man lives in this land". I lived through various periods of time that claimed our presence there, but not mine. As a result, only one way remained for me - to be a "truth-finder" of poetry.

If we say poetry is an expression of a poet's subconscious dream, my poems were often the dreams I dreamt in spite of painful adversities, or the prayers I offered even in blessed, joyful situations. The dreams changed continuously, and so did the poems. This process of change was a reformation of my self-perception.

These two contradictory worlds - the tragedy of no man living in this land and my own personal experience - will continue to be the main themes of my poetry.

On this occasion, I would like to extend my deep appreciation to Professor Dr. I Deug-Su, Director of the Center for Comparative Studies of Korean Poetry at the University of

Siena, Italy, Professor Dr. Fritz Wagner of the Free University of Berlin, Germany, Korean Ambassador Lee Dong-Jin, my best friend, who did not spare any effort translating my poems into English, and to the publisher and staff of Edition Peperkorn.

February 1998, Seoul, Korea

PART ONE

(1968-1984)

Fugue of Death

— I heard human groans more clearly in Vietnam than anywhere else

(1)

Oh, naked land!
You have fought the just battle to the end,
you have finished running to the end of the track
you had no choice but to run down.
However, you have merely succeeded in preserving
the virginity of death and the beliefs of those
who continued to print out their dreams.

The barren wind blows, sweeping your face.
Numerous valleys of dry bone run down in a throng.
In the field showered by your deep sorrow,
two wolves continue their desperate contest
of eating or being eaten.
Dried locusts and the common sense of wild honey,
two flames of anger and foolishness,
fight each other to the death, too.

(2)

Once again I became the prisoner of separation.
While I watched the sorrow of trembling grass,

the footprints in the red desert of central Vietnam,
and hidden rheumatism and candle light,
every night the rain came in from the sea,
the rain of the 155-mile Demilitarized Zone of Korea.
Prying open small gaps in the barbed wire fence,
the searching darkness over twenty years old
became a trap to the dead, Australian or Dutch.
Very often I turned into two or three,
and returned to what I was, alone, just alone;
then, I counted those who crossed over myself.
They brought with them a few waterfronts,
some sheets of dying will and a ruin or two,
but separation returned everything to them
slowly, even the sound of falling fruit
and the scars of the sea that was suffering from
the most beautiful disease in the world.

(3)

That very day every last young men left.
All left their fatherland, their mothers
and even their fate.
The belief of the young, the strange death

and the third wharf of Pusan,

were all loaded onto the warship Upshire.

While millions of raindrops sank in the sea,

my mother wandered around searching for me.

Again and again, trying to find her youngest son

among my fellow soldiers crowded on deck,

She continued to weep, now sobbing, now crying.

For the first time, I found she had grown old.

The wind was blowing.

In my early days, she turned up the wick each night

to read the story of Simchong, the most obedient daughter.

How often my young mother shed tears over the pages,

pitying the cruel fate of the heroine!

My head rested on her knee, I cried with her,

knowing no reason, but feeling the world's sorrows.

Though quite skillful in needlework, she strangely

pricked her finger many times at night.

The dutiful daughter Simchong left, crying out.

I wrote the name of my hometown

on every paper boat that I floated

from a stone bridge over a dried up ditch.

That very night, the sound my mother's weeping fled

secretly over the wall, and, having turned into a gale,

took away her peaceful sleep, my paper boat and all.

A few moments later, yes, just a few moments later,
nothing but separation remained.
Countless prayers and shouts had gulped down
the rain, my mother and myself.
To the wharf I brought with me the hands of reunion,
tirelessly waving for such a long time.
I wiped off fresh tears on the open sea.
My mother's soul clinging to my tears,
the sea of my young and tender days
and the red spirits of a handful of soil in my bag,
they had called me to such a distant land.

(4)

In my body flowed yellow blood, a foreigner's blood.
Everything I had I placed naked before
your death, seen through my muzzle.
Those things I had hidden or covered until day,
all my splendid autumn days, all my encounters,
I had put forth before you, sparing nothing,
because you never knew me as I once was.

I aimed my rifle at death itself.

Once in the line of fire, the massacre took away the cup

that you had prepared, and the sea, and myself.

You never sent back anyone empty-handed.

The chased dreams of the fallen,

and of those who had let them fall,

these dreams all left in the same way.

We watched again and again, everyday,

both kinds of dream return together.

When I was awake,

you closed the curtains in my bedroom,

and, when I, a mere medical corpsman, removed

the darkness of the fallen with my tweezers,

you injected more destruction and grief.

Oh, those who left on a journey with the wind!

Which weathercock do you believe correctly leads

such strangers wandering in the world?

(5)

Even in my dream of a battlefield

I did not forget to carry my weapon around.

In Cholwon City, or upstream of the Hantan River,

both so close to Korea's Demilitarized Zone,
I came to see the wharf of the strangers,
their farms, and their family dining tables,
but all these were wet from the rain.
Between a few lines of the Bible and the sea
that never returned, they leapt again,
over another hour, heading for the gray age.

A piece of shrapnel lodged in the head
becomes redder and redder.
Dug up by hoes everywhere, the red field has fallen.
The sorrow of a mother and her brood
reach the heart of naked sleep.
Ah, the sobbing of the earth even sneaks into a leaf.

The border zone of Kangwon Province was
washed out throughout the summer by the rain.
The flesh of dead strangers became exposed to the sun,
and the peasants who used to harvest your land and your
mercy
fell into a deep sleep.
Your cave belonged not to one man, nor to many.
You lay down toward that side of the world,
while I alone lay toward this side.

Not one path can I see, where you could walk anymore.

(6)

Dreaming the other day at Camran Bay,
I waited and waited for a ship to come in.
Dry wounds reappeared so often every night,
the thirst of a pilgrim burned more fiercely.
It drank me up to the last drop of water.
It gulped down the men who died in my arms,
swallowed several jungles where I had wandered,
and emptied even the sea I brought with me.
The whole of myself was skinned.
It waited for its ship in the summer
that lasted a whole year,
and waited for the day to harvest me.
My naked bodies were three or four
bottles of Johnny Walker,
the truth all smeared by blood,
venereal diseases, footprints of unfamiliar death,
and the white Vietnamese sunlight of Donghai.
Arabia, the Old Testament, hard crests of tears,
a decayed tooth and the sleeping hours of monsoon season;

all these belonged to my address in Seoul City,
but they carried more sand to the brink of my dream.

Oh, the sea that bore me into the world!
You have often visited me in my dreams,
but you were my decayed tooth.
I have left many times in your wake,
and returned again, but always in vain, empty-handed.
The ship I had boarded stood still for two days
in the heart of the South China Sea.
On the first day it was stopped by the tears
of Miss Lang, with whom I once had an affair,
and on the second day it was embraced
by the dead dreams of all those men
who, while in my arms, had never returned.
Ah, when the wind starts to blow again
the other men will leave the sea behind,
where the dead play.

(7)

That night I caressed the bosom of sleeping Lang.
To the seashore I carried red sand

and the night of the body's upper half.
Don't forget, Lang, my five ruins
and each corner of the dark that embraced me.
The blood of the grass dried on my heart,
when I injured it while chasing through the jungle.
The sleep of transformation was filled
only with bushes and thorns.
Hugging the sea that thousands
of men crossed every night,
we always missed each other on the way.
Each time you turned into rain lying
in your bed, and I suffered summer rheumatism.

(8)

I was roused every night
by a profound, mysterious call, and wept.
My son! The voice called to me.
I know that your dry eyebrows of salvation
are more persistent and far more lonely
than the thorns in the jungle.
I returned. Shaking off my summer, calamity
and a barren desert, I became once again

the youngest son, and I returned.
Yes, you forgot great burdens, my son.
Your one painful word pierced me,
pierced the mountain and the cemetery.
I chewed Kimchi
until my tongue turned numb.

Everyday your death advances step by step.
The death of a hair turning gray,
the death of a joint becoming stiffer,
the death of a dog you had raised,
the death of several bodies frozen
in a dark ward of Camran Bay,
all these belong to you. They are yours.
When every waterdrop had evaporated
and the sunny jungle taken everything away,
when Augustine, Khalil Gibran, and a chapter of the sutra
lay dying next to each other's naked body,
I uttered my last word, the last thirst.
Mother, I owe you nothing but love.

(9)

The land of Abraham left, too.
Oh, naked land!
Your disciples lost their good land.
The land of birds, the land of fish,
the land of ghosts are left behind,
torn to pieces in your ashes.
Oh, children of the land!
Nothing will remain in your time.
Oh, slaves of the land, who stretch their bodies
between two kinds of emptiness,
tired of every kind of wound!
Nothing will remain in your time.

Sound of a Loom

My wife dreams of a secret land where winter reigns
all year long with never-ending snow.
Listening to the almost inaudible sound of a loom,
she confirms that under each roof
the children to be born someday
sleep there in peace with heavenly blessings.
While snow falls, she never stops embroidering
red fruits on every dry branch, thick or thin,
as if regretting the futile warmth of the season.

Now, in the morning, trees wear silvery sweaters
woven at night by tender hands of heavenly ladies.
Their roots eagerly run toward the wild winter sea
only to confront the depth of their own inner emptiness.
Balanced on the tip of her needle, tranquility trembles.
Her hands knit white woolen clothes for children
ordered by an angel.

Whenever the sound of a loom echoes in her heart,
she dreams of a traveler coming down a long corridor
in such an uneasy, charming and magical winter,
and takes a walk quietly among pregnant snowflakes.
Then, unraveling a thread of mystery in the sky, she wraps
the rosy splendor of the children's naked bodies in songs.

Still we are breathing with our eyes shut.
The thunder that once surprised us lying on mother's lap
shakes us again with such unbearable fear.
But, under the blessings of snow,
today sees even trees in full dress.

In a weaving room where I lie on the floor,
the children continue chatting as before
and their words for the future live forever.
My frozen ears, pieces cut out of an eternal dream,
steal the sound of a loom from my wife's room.

Drowned Dreams

Once again fishermen have defied their ominous minds,
raising a sail in the sea wind that broke the far distant horizon,
and leaving promises behind.
Waiting in a dream, dreaming of waves while waiting,
every woman's heart grew heavier than the whole sea.
The fishermen, who had often departed before,
and their sea god did not return for a long time.
On the seashore, wives' hands stopped mending a net
to wrap their common dream in an old scarf.
Carrying the light sleep of cowardly seabirds,
snowflakes began to touch uneasy wrinkles.

That day, fate veiled in black jumped onto the stern
of one fisherman's tired ship.
And the ship was drenched in moonlight as white as bones,
while the cruel sea suddenly flooded
the pale dream of his soundly sleeping wife.
While the clean bone of an old landlord sank slowly
into drowned Ophelia's sensuality,
there was nothing but the sea before everyone's eyes,
but no one delivered the truth of the water.

The winter's spine suffers as it turns about
on the ebb tide of dead words drowned in a far place.

In the sea of fishermen, naked even in winter,

swollen and torn scars float around, still fresh;

waves rise, and each night dead souls fish up suns,

dark and cold, one by one, from the bottom of the sea.

Ah, while the steering wheel of death turns round,

the drowned can never sleep in peace.

On that fateful day, the whole sea the man loved

was torn to white shreds by a school of sharks.

Feathers of a seabird scattered.

Ruins of the sea, broken every night,

seize all man's love and faith

and guard a house that is abandoned.

Dreams of barren depth are smashed against the dark.

In the bruised sea of desperation there is no longer room

for a belief in beginning and end.

At night, the winter brings dry thunder,

watching the fishermen sink between waves.

Though losing all their old days, even death,

the men of the sea leave for the other sea.

Their women, left alone at the port, bearing death

in each womb, turn toward their superstition.

The wet wind comes from the sea to caress the hair

of the women who knit clothes, dreaming of the sea.
As long as Ophelia's clean dream wanders,
the dream of drowned men can never sleep
in a seaside village always quiet at night.

Seoul's Last Words

Seoul's lungs have long been ill.
Wild phrases of perversion were smeared around
all corners of the city's mouth, while unfulfilled fields
of helpless citizens sank in chronic disease.
The metallic sound of tears and moans
never ceased to grow louder,
as the poor people, having built their shabby houses
on the leaves of sick time, watched them being demolished.
Ah, the fountain of trust in each house dried
and, pursued by raw thirst, we wandered in the streets
keeping a few keys of death with us.
We felled the tree of conscience that had died,
but it came back to life everyday.
Poor and naked, to get some water and the heart of a dream,
we drew underground water every night,
little by little, from the depths of death.
Blood has seeped out of the spirit of our age,
buried by spades and hoes of desperation.
The fate of helpless citizens, worn down
by worries over more sheets of paper money,
spent too many nights grieving.
Ah, sick dogs went astray in barren streets.

When the night in which a man ran away at two o'clock,

and the sea of Odysseus, who did not return for ten years,
were imprisoned in alphabets of a secondhand bookshop,
thieves of our whole lives run amok to snatch away
from us the freedom to be hungry, the freedom to be thirsty.
The eyes of death that lost everything waited,
holding their breath on the ribs of each house.
Concrete beams of rough pain shook in agitation
the whole body of decadent streets.
Covered with the dregs of pollution, the bronze sea
of Odysseus boiled over in fitful fever.

Rafters of keen pain gave away too often,
collapsing too helplessly.
One sexual disease that attacked us often
was eradicated completely.
Everywhere simple thirst and keys of death
jangled louder and louder.
Suffering from a serious lung infection,
Seoul limped, crippled daily by the arthritis
of inconvenient words, and, entering the hearts
of its helpless citizens, revealed its
whole violently trembling body.

The Han River for Us

The Han River that I know is the evening of Seoul,
full of poverty's gleanings, crows' bread crusts
and a bundle of words recovered in shabby night bars.
Endless patience and endurance are faltering
on the field of temptation, of helpless tears.
Only the intermingled dream of the bridge piers,
clinging hard to the windows of slow moving trains,
crosses the river thirteen times a day.
Though leaving the water far behind,
the Han River flows everywhere it goes.
The straw mats that wrap Seoul's torso until spring
float together with all the country's dialects; and
only the empty glasses of winter send out
their clashing sound far over the Han River.
Embracing all the dirty teardrops,
the River flows everywhere for us, crying aloud.

The Wild

Following the red moon of sleepwalking,
many blind men are on their way home.
Frozen blue footprints sink down deeply
into a silky field of white dream.
Acid insomnia lies the other way around
on every cell of language belonging
to long-kept family customs.
Down dream's back, swollen with wounds,
deadly whipping sounds run endlessly.
Devastating chronic diseases, striking the whole family,
show their frames on materials nailed
to the other side of darkness.
A field torn to shreds,
an empty skin of dejection rising up to the bosom,
and a red nightmare continually molesting me
turn into fatal wounds
and lurk in my empty skull.

What Our Meeting Means

While we meet a shower descends
from the top of a huge mountain.
We believed the mountain each of us faced was so near,
but forgot it was, at the same time, too far away,
and that became a great burden of tears.
I was familiar with all your ways.
I knew that one grain of sand or one dewdrop in your hand
was the sorrow coming from our first meeting.
Your tears, finding their way deep into my heart, said:
Looking up at the sun, a lotus flower bloomed
and then it lost everything.
Even if I abandon myself
to collect wild flowers in your field,
I cannot gather your perfect beauty.
In search of a proper prayer and a holy word,
I become Augustine every night
and engrave you in each field I roam.
If there is something for us to gain
it is but gaining it all again,
and if there is something for us to lose,
it is but losing it all again.
Once the night passes, we will come to know
how many dreams have faded away
or have been buried in the ground. And, for a long time,

we will not come this way again.

What Our Departure Means

If not departing to the most distant place,
how can we say a word about meeting each other?
Oh, sons of man! We no longer have a single place
to either depart from or stay in.
One day a prophet told us: I will speak to you,
when you stand on the feet of your own will.
However, even he left for some place unknown to us
and could not protect the truth of ourselves.
Now there is not enough light for a day,
and it is time we too should leave.
On earth there was no beauty that did not hurt us;
to inherit a human legacy was to give oneself away,
and to give was also to lose oneself.
None of our silent prayers were without
some thorns and selfish greed,
and most of our tears were just self-induced.
The sea and the earth filled our hungry stomachs
with the time we discarded. With the hand of life
working the soil, the other death cultivated our death.
Now we just have to depart from this land,
leaving long endured hunger and thirst behind.

A Summer Sketch

The summer of Abraham,
the summer of Isaac,
the summer of Jacob,
the summer of dead field rats,
the summer of chairs, old boots and some onion skins,
the summer of a wheat field
that was missing from Van Gogh's heart,
the summer of a ship that lies in the sand
on the seashore showing its spine,
the summer of 1,974 New Testaments,
the summer of cogs that stopped at 13:29,
the summer of frozen hair-tails, mackerels,
gold breams and the sea,
the summer of a stoker who burnt it out
for half a dollar in daily wages,
the summer of earthworms creeping along the scribblings
on the wall of a public toilet,
the summer of an electric fan's head and ugly pockmarks,
and the summer that was printed
in the reddish light of a darkroom.

The most fragile is the summer of a woman.
She undresses herself with a face
where the winter of elms and ash trees gather,

looking like skeletons, and diverse experiences
in the meadows, barren fields and the sea.
As much as the summer gave birth to them,
the soil, the fire, the air and the water
undress its death.

The Dead Mountain Always Says Something

Mother, whenever I see a high mountain face to face,
I wish it were the dead mountain that fell down,
embracing your body many years ago.
I remember how far you had followed this land's
sorrow, that ran away taking even the flesh
of a baby's dream that day. Yes, mother, with a beating heart,
I clung to your bosom, until the pouring rain cut off
from my sight the bamboo forest in the back yard.
I glimpsed over the front of your collar
tiny bamboo leaves trembling with fear.
Soon the sound of machine guns tore big holes
here and there in the high mountain and then
drove into an empty cave in your heart.
When the sun set, village people erased footprints,
but could hardly sleep for the noise
the god of death made, writhing and crying out underground.
Mother, tell me why no one can cover this village's blood.
Numerous raindrops from that day still cling
to some bamboo leaves left between the pages
of one of my children's books.

That year, the mountain's echoes were louder than usual
and the rain fell more often.
One night, a group of men armed with rifles

ordered my mother to walk ahead of them.
Carrying me on her back, she hurried, almost running.
Black mountains stripped naked followed us,
I riding on my mother's back. The men buried
a fearful prayer and a few dead bodies
in a barren place never touched by any hoe or sickle.
Small patches in my mother's field
grew more destitute in distant emptiness,
as she grieved the loss of her husband and eldest son.
Since then, that desolate field, that I saw often,
has been a part of mother longer than her chronic disease.

Mother, tell me the story of your wanderings
in search of the high mountain's voice.
Bringing many mountains, the voice showed me a way,
but the way led nowhere.
Now the bottom of the bamboo forest is exposed
more terribly than your sorrow, Mother,
and I am left with nothing but your loud voice.
How did you make this land's tragedy be the last word?
No one returned to this land empty-handed.
Mother, tell me why no one can cover this village's blood.

The Last Drink in This Winter

The last prayers and fasting of the winter,
the forest and the field that had expelled me long ago,
all are gathered in the last glass of drink
which I myself prepared and selected.
Will you drink it this winter? Without condition?
A pair of underpants and poor tears are the last things
I can offer anyone now.
For the first time, your voice came to me from the sea.
Following your unchanging voice, I got the mountain
as well as the field, and built a small house, too.
I prepared a simple life dream for you but called it
by no name. To give it the name you wanted, I cleaned my
yard,
and also cultivated winter chrysanthemums
reaching to the sea.
Every night, silt overlapped your dream.
The men who prayed, entering my red darkness, carried off
the mountain, the field, and even
the roots of the tree of futility,
which were all growing under my care and never returned.
The forest and the field expelled me long ago,
gathered in the last glass of drink
which I myself prepared and selected.
Will you drink it this winter? Without condition?

Two Kinds of Sound

I am the sound of wandering water.
All those I left are the sound of water.
All that I lost and all that lost me,
are nothing but the sound of water.
In the place I left there is just the sound.

I am the wandering wind.
All those I left are the wind.
All that I lost and all that lost me,
are nothing more than the wind.
In the place I left there is just the wind.

Invitation

Please visit my house of the long and dark winter.
Not a single bird sings in this plain of deep snow.
I've opened the snow-covered door
in the wooden fence long ago.
In a few coughs, the front and back yards were swept clean.
Now dry logs of rose tree are burning silently
so I can prepare a cup of tea for you.
My wife has lived quietly in a frame
on the wall for thirteen years.
As her lonely midnight of winter descends, as always,
to my sofa, frozen time still scatters tender voices
of past love in the private life of my youth.
While the blue moonlight, gathering on the snow that fell
in the forest of sleep, sinks like a ring of sad light
upon my sleeping wife's white forehead,
the internal light of my darkest fantasy waits,
eavesdropping on the twelve sounds of God,
awake in midwinter.
My winter turns whiter and more blinding
in the center of the ring of my wife's daily visits.
Neither the cold fog that sneaks into dry marrow
every night, nor the trifling skirmishes of the world
can throw a shadow over my little house of winter.
Visit my lonely house covered by deep snow, please.

Rain

Trees walk about showing the soles of their feet.
Words of gloom or passivity start to suffer
keen pain in every ankle joint.
I clean the eyes of time squatting on my glasses.
After trembling red bricks fall from my eyes,
dismantled, I sink endlessly into the atoms of consciousness.
The nucleus of time runs through every street,
pulling out three foreign-made iron hands
circling the left wrist of daily life.
The weight of time pulls in the rhythm of all those living
the murmuring letters of a telephone book
and the clashing white echoes of empty bowls
into the shafts of boiling light.

A Maiden Voyage

That very night, I, an employed seaman of 25,
held the too familiar lamp with clean glass shades
and confirmed the position of the pilothouse several times.
Then, firmly believing in the four kinds of purity
I kept without fail in every button hole of my trousers,
I removed the chemise of her youth for the first time.
The sleepless sea churned behind my back.
In the height of deepening consciousness,
exposing the sea's white bones,
her night rose against the stream with a strong salty taste.
I was an adamant silence.
The men of the sea, waking from a short sleep, coughed,
sometimes violently, and unloaded the full virginity
of their youth on the sandy shore of wet words.
On each of her nautical markers
a sea of dark vowel sounds was engraved.
The blood of naked words streamed
from the cautious logbook and, ah, I lost my way.
On her navigation chart
time wrestled with anger, embracing her waist.
That very night the sea was sinking endlessly,
embracing a broken compass.

The Island of Wanderers

This sea has long been dead,

while the other sea is still alive.

Ah, at this island the forsaken one unloads his luggage of
tears,

and the corrupted one his anchor of despair.

Emerging from dawn's fog,

a strange ship arrived at the island as it awoke;

the strange ship came to show you all

a naked land and its sorrow.

Dreaming that the ship they once waited for had come,

the people of the island gathered

and let small waves free in their hearts, one by one.

Ah, the little sea easily leaps forward

when pushed roughly,

but is at once wounded and weeps aloud!

Bury the dream of the forsaken and corrupted one

between the leaves of a book you have read.

Everyday you left the sea to discard it,

but tomorrow cannot be renewed while one grain of salt

and one teardrop wander on that very sea.

Around this island only a dead sea floats,

and in some hollows under your feet

grains of sand gather in secret.

City of Fools

There, in a village of the past, where day after day
the sand of the seashore accumulated,
one of us was still living.
Wearing our faces in turn, he counted the fools among us.
We saw a city of the future, where the land's blue wounds
were revealed, squatting like children of the slum,
the children competing to wipe their tears
more quickly than others.
Mea culpa, mea culpa, mea maxima culpa!
The church washed away time's wounds that very night,
secretly growing to become many churches,
while snails in the grass were hiding in their harder shells.
In this city of grass, every morning when its eyes open,
we gratefully confirm that our hard shells
of iron rod and cement are still firmly attached to our backs.
He counted the fools among us;
a city behind a city,
a city that only had the grass seeds called city,
and a city no one ever defended.

The Unknown Thing

Yes, yes, even if you did see less than all others,
the one thing you knew will surpass the remaining ones.
Even though the whole way is the same as before,
if you see it differently, with your eyes shut,
you will come to know more than three or four ways.
However, the only thing eternally unknown to your eyes
is your own downfall when you kick the curses
and little tombs each of you present.

Our Lost Dream

We have lived, till now, always leaving and moving.
From the place of sunrise to the place of sunset,
we built our house in a spot
that always had its back to the sun.
Today, we live on a little leaf setting to the West,
where we had moved to secretly.
Every night while we sleep, an immense barren land
passes carelessly over our foreheads.
Between us, who have lost our childhood dreams,
and the other worlds only the living winds gather,
burying the scars in their shadows.
The blades of grass sleeping back to back,
cling to cold dewdrops and tremble.
Today as before, the last flow of our darkness
clings to a drop of strange time and trembles.

Floating Islands with Identical Faces

A great tide covered the eyes and ears of this island.
It was the cargo of a strange ship just arrived
that covered the island's eyes and ears.
Regardless if the island you dragged here were removed
to another place, the thirst tied between the two points
would be the same.
Had the island not been in your heart,
how could you have known the thirst?
Whenever you beheld your islands more closely,
you turned each one to face the other,
both exactly resembling the other.
Each had the same star, moon, wind and despair,
each was equally slave to vanity, desire and tears.
Even if each of your islands were pillaged,
nothing, finally, would be lost
and those you piled up secretly in storage
would ultimately be returned by themselves.
Go, go out there, take away more things and lose more!
What is your most precious and beloved possession?
You desired to possess God and lies at the same time.
Go, go out there and gather more things!

A Man on the Floating Island

What are you? I am a man of the floating island.
Where are you? One part is in me, the other is out of me.
Where are the inside and the outside of you?
They are now on the old and sick island.
Why do you go to and come from them?
Because I don't know enough to live
without walking on both their paths.
When I didn't go to see the paths I resented myself,
but when I returned from them,
realizing the journey had been too hard,
I met the rain and the fog again.
Where are you going now? When I came out here,
I could easily go through a needle's eye,
but since learning how to stay in the world for a while,
I have lost the way to return there.
Only because I tried to grasp the reason
why the sea could not run against a streamlet,
can I see neither sea nor stream now.

A Strange Ship Departed

Who wishes to delay that strange ship any longer?
Who causes the ship to wander like a human soul?
Ah, while one eyelash of the fading dream rises,
the islands miss again the sleep they left behind.
Raising a white sail to this world, that strange ship
carries just one of your numerous days.
Blue sparks of welding binding us together,
crying wounds hidden by a small leaf, and mother's lands
that had arrived earlier on a magnolia leaf
depart along the stream without a word.
The manes of white waves falling on the seashore
soak and soak you all to the marrow,
while that strange ship that can't get wet waits to depart,
leaving your old islands that can't bear it any more.
Ah, little sea, crying with so many wounds,
do not grieve so!
Now the wind is coming, the wind is blowing again,
and the sea that has long since been dead
and the sea that is still alive will depart side by side.
Who is ever going to tell you that the strange ship
is the day and the night of your world?

How to Get to the Island of Wise Crows

Have you ever seen the island flying in the wind
or floating with a body covered by a patch of old net?
You ask me how to get to this island?
Walk ten miles on an unpaved muddy road,
leap over a railway track lying beyond this world
where trains run once or twice a month,
and go on one more mile along the edge of the salt flats.
After passing the sparsely blooming wild flowers,
you will be able to see the small fields
of a seaside village.
If you really wish to go to this island
don't try to search for the sea.
This is the island that wanders, but not on water,
and never sticks its feet into the same sea again.
Among those who returned, no one could see this island
because of the sea you still seek.
The decayed tears and sandy soil that your life
passed through used to push the island farther westward.
If you wish to meet this island like a small motorless boat,
if you really wish to meet the island belonging to you,
then you must resume your journey anew.
Go to the end of the unpaved muddy road where only you
can stay for one night, leap over the railway track lying
beyond this world, and pass one more mile

along the salt flats…

Between the Full Moon and the Crescent

In each house women sit, pulling out their gray hairs.
Between the full moon and the crescent
crow feathers fall in particularly great number
under the eyelashes of every house.
Arching its back, a full day of fishermen covers
the short body of a seaside village.
The water of yesterday swamps again the lower half
of the short old body of the Island of Wise Crows.
A broken compass of men with wet bodies follows the stream
to soak in the water again.
The wet ones go over to the island every night
and weep together with an old crow.
The widows who could not leave the seaside village
weep together every night.
At two o'clock in the morning
the salt flats begin to dry, little by little.

A Shaman's Ceremony

Several fishing needles are enough for them
to live in harmony on the island.
On the day when a shaman performs her ceremony,
the sea resembling the other sea,
the sand looking like the other sand
and the village god-tree the same as the other trees,
all rise simultaneously with bamboo leaves
from the clear bowl of water on the table.
Because the tide came in through an island,
the ebb tide also goes out through a strong current.

In my previous life, I died when I was three years old.
I went out of my house and died. Then my mother buried me
in the ground. Ardently commiserating with my poor mother,
even crows followed her to the funeral and cried.
Donning a crow's wings, I flew away.

As the shaman's music rings over the Island of Wise Crows,
dead waves riding on dry seaside silt follow
on the heels of the shaman.
Death came in through one man,
so death is likewise being tamed through death.

Because I let go of the nipple of my poor mother's bosom

when I crossed over to the nether world,

I pleaded for milk from the grandfather of the nether world,

the Dragon King. Since then, pitying my poor mother so much,

every night I have come near her house together with the crow

and wept. Mother was aware of me.

The whole ship, all the people

of the Island of Wise Crows know.

They know the cry of the immense water.

They know the big cry of the immense water.

They know big waves of the immense water collapse everyday.

Mother made a lotus flower and let me sit in its center.

But her new husband, feeling great shame, kicked it,

so I was kicked out again and, crying like a crow,

landed on the tip of my mother's tongue.

When my mother calls me, I climb from her fingertip

to her shoulder and sit on the tip of her tongue

crying like a crow. When I return I repeat the course

in the opposite direction crying like a crow.

The shaman of the Island of Wise Crows repeatedly called out
to an island that had flown away on a crow's wings.
She called out to the island of a three-year-old girl
that she herself made float in a bowl of water,
going to the sea every morning at dawn to welcome it.
Old men of this village still have ancient memories
of the times when trout and young girls
were so plentiful on the island.

An Island for Men

The Island of Wise Crows is not an island of God.
It is not an island of crows, either.
A large mark remains on the island's arm,
left by the smallpox vaccination.
Every mother, every father is pockmarked
on this island, without exception.
This is an island of men, a small body
that lives hidden between men.
When you can see a mother tearfully scrutinizing
an aging face in search of the baby she once bore in tears,
then this island can easily be seen anywhere else.
What will you call this little island
that nurtures a body and a mind on its back?
No matter where you hide it outside you heart,
the island returns after smearing
your lower body with seaside mud.
So why don't you demand the real reason?

The Island's Sorrow

Night after night I dream of my mother.
She is wearing her shroud every night.
In each dream a great stream of tears
endlessly flows from my eyes.
However, the real reason my heart suffers
such acute pain and sorrow is that,
although my body cannot be seen anywhere,
I am always sobbing and weeping out loud.

When You Leave the Island of Wise Crows

Where have all the people gone?
Whenever you saw the strange little island
drop its head in the dim light of a tent bar,
you abandoned yourself to a flood of tears.
But you left the Island of Wise Crows long ago,
and your tears are reflected in the mirror
of days past, cowering like a handful of salt
in the pits of the winter salt flats.

Where are you now, you who seek a true man in the crowd?
Today a wooden ship rests on the shore of your island
where the water, hard as a rock, stays
no more than three days in one place.
Where have all those people gone?

From the Place of Sunrise to the Place of Sunset

When you meet the old poplar tree in my hometown,
tell it that, because I too have seen love
I now suffer from the illness where the skin
peels off my body everyday, like the old tree's,
making me incapable of sustaining life.

If you meet a flock of migrating birds
that cannot sleep in my hometown, tell them
that I too move my house everyday
from the place of sunrise to the place of sunset,
and have learned how to hide my tears.

When you see a fisherman who, upon returning home,
embraces the evening sea of my hometown,
tell him that I will teach my own children
the way leading to the sea and the sorrow
of the seaside silt exposed by an ebb tide.

When you meet my widowed mother who stays all alone
in her house in my hometown, tell her that
I walk hundreds of miles in my dreams every night,
and, crossing over her frequent coughs
and the trembling fingers
she has pricked so often with a needle,

I am returning home with endless tears.

When you meet the God of my youth in my hometown,
plead to Him to forgive me, a simple young man
who has even forgotten how to pray to Him,
but was able to endure quite well the lessons of this world,
with the language of the city, connected by iron rods,
and a glass of bitter soju, our beloved liquor.

If you meet a strange death wandering in my hometown,
a death resembling myself exactly, tell him to never forget
the wandering sorrow of this young vagabond,
who left behind even the dead things in his hometown,
abandoned even the sea's one-night stay; a wanderer
we can meet without water,
who even gave up the strength of every kind of farewell,
but lost, and still loses his way too often.
Tell him to never forget, to never follow the vagabond.

My Body (1)

Sometimes, coming out of my body I meet myself.
At night, a body resembling myself would lead me
quietly out of myself to some other place,
always to return me to myself.
Last night, I left on a journey accompanied
by the faces of some rare stones
I had fished out of a streamlet in Tanyang.
Two stones shaped like my daughters held hands
as they walked towards the sunset of my dream.
But last night, as usual, we did not go too far
and returned after just one night's stay outdoors.
The roads that had discontinued their journey
made it home ahead of us.
My young daughters weren't accustomed to going out,
so their beds were very untidy.
Unable to escape the sound of water,
the rare stones in a showcase near my pillow
were still crossing the stream of Tanyang,
Each of us returned home separately in another dream,
put on eyelashes, and now we're outside of our bodies.
Waking from their sleep, my two daughters
were very pleased,
saying they had seen their father in a dream.
Suddenly I realized it was the rain

that was soaking the world beyond my window.

On the Train

Sorrows of a former stationmaster land on the rails.
Someone with a sad face continues to stand motionless
behind the glass of a train window.
Painful screams of a tunnel escape from my body.
Knees of an old station office in a small village
and the wind let the screams pass by unechoed.
One part of the dream that I always dream
is cut out and fills a windowpane of the train.
Walking backwards in my eye, the empty mind,
full of nothing and everything, removes its clothes,
the smile of an old pine tree on its lips.

Passing Through the Main Street of Seoul

Myungdong, the main street of Seoul, is a valley
that suffers from stomach ulcers daily.
Those sitting in the valley, face to face,
souls imprisoned in each other's coffin,
are destined to be shaken, broken and destroyed.
In one pocket of town a broken compass and a womb
forever squat, unable to bear tomorrow.
In this town the winds gather to live together,
but the winter, ghosts and the day time moon
just pass the town by.
You, the merciless ones, do not even ask
why there is not a dog, not one dog barking in this town.
The decaying teeth of this main street Myundong
can only be seen from a great distance.

A Sketch of Autumn

They tell each other that autumn has come,
their autumn being some things collapsing,
little by little, somewhere.
When some things leap over the air,
the soil and the emptiness, one by one,
resting on our eyelashes and becoming dewdrops,
they call that autumn.
My wife and daughters, even my furniture
have their "word" and "eye" called autumn.

Above the heads of oak trees and white birches,
autumn looks over its shoulder with a red face.
A leaf covers the sea for a very long time.
Coughs of a naked forest
reveal deep axe marks more clearly.
Darkness disperses darkness,
light extinguishes light,
tears discard tears,
and sound abandons sound.
Today, who still remembers
the autumn of Simon Garibariyo?

Leaving Home in Autumn

Last night, my old dog left the house.
With immense melancholy he turned around
in the backyard, while a mountain's shadow
changed color from red to purple.
Entangled in the dog's mute vocal chords,
the deepening autumn of my house
is now defended by layers of darkness
and a shell of despairing tears.
In the valley of lost speech we suffer daily,
while hunters of the season track
the strange footprints of another death.

An Elegy on Autumn

You grow mountains and the sea with prayers and tears.
You carried from the place of sunrise to the place of sunset
our barren land, the land of a blade grass,
the land of a shower, the land of sunshine,
and now reap a harvest with your prayers and tears.
Alas! Not only have we refused them all,
but also stoned them to death.
This autumn you engrave every one of our names
on each stone we throw,
as we listen to your prayers and tears
that replenish our glasses in the name grace.
When darkness covers the night like a baby,
the flying stones of curses and moans pile up
on the leaves that have left the village far behind.
But the mountains and the sea we embrace this autumn
in our sleep will never realize this in all eternity.

Over a New Day Blows the Wind

The wind blows. The other wind
of the being and the non-being
is bearing all of us out the door
It called, gathered the conscience we kept
for some days and even the roots of our language,
and hung around the house outside that door.
It is blowing from the land of our mother;
it is blowing from the place of sunrise
to the place of sunset; it has borne us all.
Oh, until the other wind gives birth to the wind,
the wind of finding truth is blowing,
the road of finding truth is running ahead.

The road of the time of awakening looks nearer.
The farmers who had left their land return
and the road awakens, embracing the dream of new seeds,
and begins to reveal itself to every eye.
The mountain and the river distribute us
justly and equally, again and again,
among everything visible.
The priests of our mother's land reap the only birth
and return the only harvest to each one
until the harvest day comes.

The wind blows, the wind nurtured by shepherds blows,
the wind blows from the East and the West,
the wind blows from the South and the North.
Oh, weathervanes of the world!
Even if some wind bears us all away to a place
tens of thousands of miles away from this world,
oh, windmills of the world,
the tons of shells of little promises we left unfulfilled
would always wander around and around above your fields.

Now the wind of a new day has come
to take us away yet again. Let's fill with devotion
the glass of this first morning of the year,
for this land's new dream and promise
that say light is light, dark is dark;
for the morning of the eager wind that blows only once.
On this splendid morning, let's all together gather
the light and toast with new glasses the new year.

PART TWO

(1985-1997)

Waiting for a Little Prince (1)

Little children in Sunday school asked me:
Make a picture of God for us to see.
Even though I had never seen God myself,
I could not help but draw Him
solely as my imagination guided me.
When I showed it, they said His cross was too big.
Seeing the next picture, they said this time
He looked too old and too powerless.
As soon as I finished another, they complained
He resembled my next-door neighbor too much.
Tired of their insatiable demands,
I just sketched a star carelessly.
At this they all clapped their hands,
saying it was the most splendid thing in the world.
Some children watched it carefully with a telescope,
some rejoiced because it was as young as themselves,
while others shouted: Be quiet! Don't disturb His sleep!
This was very fortunate for me,
because a star can easily be drawn by anyone.
When I couldn't find anyone on the star I had drawn
and abandoned it, someone whispered from behind my back:
You can draw a lamb for me, can't you?

Waiting for a Little Prince (2)

I am always horrified by stories of any snake
except a boa constrictor.
Whenever I look at pictures of boa constrictors,
one with transparent insides
and the other with invisible ones,
I cannot help but laugh and laugh until tears come to my eyes,
because an old hat and a shy elephant make me realize
so easily the difference between a man and a child.

Whenever I watch a bus running at full speed,
I am suddenly reminded of the shy elephant
that was put inside a boa constrictor.
Several windows are pulled open on the side
of a running elephant's belly
and many people are dangling at the windows.
When I look at the small men who are thrown out
of the elephant's stomach at every bus-stop,
looking so happy, I think they might be even happier
if they lived in the land of fairytales.

Today as before, during the morning rush hour,
my shoes were trampled, coat bottons torn off
in a bus so crowded that it almost burst.
The inside of the boa constrictor might have been

as cramped as the bus I was riding in.
In this age, when the terrible boa constrictor
that devoured an elephant still looks like a hat,
our hell and life in an overcrowded bus would
continue forever, with an old hat on top.

Waiting for a Little Prince (3)

We heard the baobab tree was always very wicked.

We saw the star where the lazy people lived,

at a loss about what to do, bound by three baobab trees.

Every morning idlers did not make their beds,

washed their faces so carelessly,

and, hurriedly searching for their school bags,

were always late for school.

Their teacher waited with stick in hand.

We thought it was probably made of a baobab branch.

Boys, always be careful of the baobab tree!

We had to wear long pants all summer long

to hide our swollen calves,

because we had ignored the warnings about the tree.

Fully grown to adulthood, some of my classmates

have been charged with fraud, threatening or violent behavior,

and are still imprisoned in small dark cells.

Three baobab trees are binding their stars tightly.

Waiting for a Little Prince (4)

Today I saw a really sad day.
The small print of some pages which should have remained
in the book forever, or which I should never have met,
finally appeared, wearing the clothes called today.
It was because my daughter, the youngest and the laziest,
had at last seen the baobab tree.
A photo of the grotesque tree, silent, hard as cement
and looking possessed, started it all.
The tree of fantasy, usually growing on the star of idlers,
walked out of a forsaken desert in Africa
and exposed everything to light.
I should feel ashamed now,
when trying to scold my lazy daughter
who does not make her bed neatly every morning
and very often neglects to brush her teeth.
From now on she will no longer wait for a little prince.
A boy named Chulsoo, whom she met at a swimming pool,
now seems more courageous and charming to her.
So what image of me will she now carry in her mind?
How greatly will my youngest daughter pity me,
who, as a boy, waited for a little prince 30 years ago
and now, as a man, still holds on to his boyhood dream?

Waiting for a Little Prince (5)

By chance I arrived at star K89/5.

This wandering star was proud of its history and tradition.

I greeted a swallow that had settled there before me.

Alone and with a nest full of worries,

she clung to my sleeves and pleaded to me in tears:

Listen to me, please. I suffered hunger for many days

in a countryside without any food for me,

because people sprayed too many pesticides and insecticides

to prevent harmful insects from multiplying.

When I came to a city nearly starving to death,

I could find no room for my nest in apartments or buildings,

only rest, at best, in the shade of concrete

for just a short while.

What terrible misfortune!

The smog from cars might have been bearable,

but how could I endure the sneezing and tears

caused by merciless tear gas bombs, that blinded me

so that I could not even see my colleagues?

Tell me, please. What am I to do?

She shed many tears on her wings, saying

she had been the only fool to arrive too early.

I came to know that this year, too, a commotion

had been caused on this poor star

on account of one swallow.

Though sympathizing with the bird's distress,
I had to blame her for her unwise decision:
Look, little bird! Why did you come here alone?
This star has been a battleground so often,
between young people who cry out to the world
that spring has come as soon as they see the first swallow,
and old ones who ridicule them saying, how could one sing
a song of spring after seeing just one swallow.
Even as we spoke, several tear gas bombs
and Molotov cocktails flew over our heads.
Seen from the other stars, they might have looked
like birds flying oh so freely.

That Very Night (1)

That very night, I disappeared from view.
Those things I forgot, those I could not possess
and those I could not see, all gathered
and started looking for me.
Then someone came over the wall stealthily.
My house shut its eyes to pretend ignorance.
A thief. Picking out only those things dearest to me,
he ran away. I became totally, completely empty.
That very night, for the first time, I cast a net
and pulled a man up to myself.

That Very Night (2)

That very night, a cock crowed three times.
I had hidden three times before,
but then came to realize what I had once been.
The dimly lit dawn only shows itself
to the world after a cock has crowed.

Today, my mother continues to raise chickens
on a small empty plot.
She gives them food and water,
takes care of the hen house.
The coop's smell is quite terrible.
My mother fears that someday
the numerous cocks will all crow at once.
No, she does not fear.
That very night, my wife, pregnant for the first time,
went up to a roost and wiggled her body.
That very night, preparing hot water,
my mother and I waited impatiently
for a cock to crow as quickly as possible.

That Very Night (3)

That very night, for the first time,
I removed her underwear.
Following white moonlight that became naked by itself,
I went down to the lower half of the seashore.
Someone hid himself in the small sea.
That very night I learned one precious thing:
that a secret should be kept at all cost.

I knelt down on my knees in a confession booth.
As soon as the priest hears a voice,
he can always guess who is there.
Sometimes I go to a church in a distant parish,
but, peeled many times,
an onion remains the same as before.
Apart from seeing the core of an onion,
I always lose the onion itself.
Today, too, someone is peeling his onion
in a confession booth.

On Rice (1)

In front of a house hung a large slogan:
Here live people.
In spite of that, or because of that,
a crane resembling a huge dinosaur came
and removed the roof mercilessly.
The children sitting around the breakfast table
jumped into mother's bosom and cried, frightened to death.
Shouting and cursing, the demolition men
dragged their father out of the house.
The slogan "Here live people" must not be written
in a language everyone understands.

Owners of other houses hid themselves behind walls
and just watched the scene in secret.
They said among themselves: The demolition men be
damned!
However, when their eyes met those of the rough wreckers,
they pretended innocence, murmuring: What dust!
The smell of Kimchi, soybean paste and other dishes
brought forth such shame in the street.
I felt fortunate that we, my neighbors and I,
did not recognize each other's faces.

This morning, Reverend Park started to fast.

He just drank water once or twice,

praying: Father, forgive them!

Watching our village priest,

I thought he might be even less happy

than the naked poor, homeless and distressed.

Looking up at the cross of deliverance

raised high on the steeple of our church,

which always proclaimed: Here live people,

I imagined the priest grew more unhappy everyday.

On Rice (2)

Once upon a time, a young man realized the importance
of daily rice and tried to distribute it to the poor.
Then he taught that man does not live on rice alone,
but should live also by the words of Your mouth.
He instructed them not to attach so much affection
to the rice made by human hand.
Finally, he became rice himself,
the rice that, though not eaten, could make people full.
Do you say: Oh no, how could he do such a thing?

A young laborer went to work to earn rice.
His bowl has always been small.
Even though he strained himself to the limit,
more sweat than warm soup gathered in his bowl.
Soon he realized he could not live on rice alone.
Tying a red band around his head, he started
to fight for a life worthy of a man,
and chose to become rice himself from then on.
At 9 o'clock every evening we can easily meet
the fists of deliverance shouting on television.

The young man of the past is still hanging
on the cross today. Drinking nothing, eating nothing,
he is alive but continues to moan.

And all of us are suffering with him,
because the story of rice has not yet ended.

On a Pumpkin Plant (1)

One day, I planted a pumpkin seed in my front yard.
Many days passed before two young leaves sprouted
from the ground and the vine grew,
appearing to stand with two hands folded.
Clots of soil heavier and bits of gravel larger than the seed
were pushed aside by the fresh young leaves.

Suddenly, I recalled the short night's sleep
I had many days ago, in which a huge rock
landed on my head and I trembled,
thinking it very ominous.
Ah, every night now I hear the rolling sound of huge rocks,
thinking it's not common but very ominous!

On a Pumpkin Plant (2)

The pumpkin plant grew larger and larger.
Rising up higher every morning,
the pumpkin shoot grabs for the sky.
If someone should guess it is reaching for the sky,
the pumpkin feels shy, casts its eyes down
to the wall and twists its body back and forth,
feigning ignorance.

The pumpkin might have a most ugly face,
but its rough palms look unusually large and charming.

On a Pumpkin Plant (3)

Night has already arrived
behind every pumpkin leaf.
No one tries to know which palm
covered this half of the star.
Only you who lost your appetite
all summer long, from the pregnancy, know
the star sometimes twists its body.

Tonight,
the pumpkin, the vines, the leaves and all
have fallen into your hands.

On a Pumpkin Plant (4)

The pumpkin flower has bloomed.
As soon as I hear the word pumpkin flower
my eyes see the color yellow.
Sometimes I imagine red, white, sky-blue, but stop
because they seem unbecoming to the pumpkin.
Like my silent wife, who looks no better
even with make-up,
the pumpkin flowers are lying behind our backs.
However, honey bees never fail to visit them.

On a Pumpkin Plant (5)

The first frost has come.
Someone with a white hat came to see us.
Chilled by the sudden cold,
the pumpkin shrinks under white down.
Groaning, someone carries away
a great lump of despair that fills his head.
They murmur they really did not know
that autumn would take his head off.
A few days should have passed,
before the pumpkin saw, for the first time,
the sky fall with a thump.

How to Meet Each Other

When I was a child, I asked my mother:
My dearest mother, when will tomorrow come?
She replied: If you sleep the night through, you will see it.
The next morning I asked her again: Is today tomorrow?
She answered: No, my child, today is just today,
but if you sleep the night through, you will see it.

A very urgent message arrived from my hometown.
Sitting together around my mother's deathbed,
those belonging to yesterday asked me:
My boy, will she be able to see tomorrow?
I replied: Of course! If she sleeps the night through,
she will surely see tomorrow.
Those belonging to yesterday drank water
and recovered their spirits a little.
The next morning, flying up from my mother's pillow,
an embroidered white crane asked:
Is today tomorrow?
I replied: No! Today is just today,
but if you sleep through the night, you will see it.

Now, urgent messages arrive from my hometown no longer,
since we are now under the same roof:
my mother lives in her room called yesterday,

my wife in her room called today,
my daughter in her room called tomorrow,
and all of them know how to meet me easily.

For a Camel

I think I should buy a camel. Very soon.
No one rides a camel in this big city.
No one is even interested in the animal.
They just know a camel belongs
in the desert of a distant country, or in a zoo.
However, I should buy one by all means.
They will point their fingers at me in scorn,
prevent me from raising it because of its bad smell,
and finally file a complaint against me, not the camel.
But I will buy a camel if it kills me.
Is it not written in the Bible: It is more difficult
for you to enter the kingdom of heaven
than for a camel to pass through a needle's eye?
We are all wealthy, covetous!
I should now learn by all means
how to get a camel through a needle's eye!
Don't shake your heads saying: You never can!
The camel that has once passed through a needle's eye
will never again thrust his neck back just to say:
You can never learn!
I believe I should buy a came right now,
to learn the way that leads to the kingdom of heaven.

For a Peaceful Sleep

Not one of the rice plants could either sleep or dream.
When rice plants squat down it means
they have many worries in their heart.
They could not lie down with ease.
To the end, they could not see their flowers bloom.
No one even bothered to ask why,
because they already knew it was the streetlights of the city
that would not allow these fools to sleep in peace.

Everyone in this town whose house was demolished
by the teeth of a crane already knew why.
They could not sleep because their dreams
were so easily crushed, as soon as they began to dream.
When the little lanes, where even a rusted nail was saved
so carefully, were kicked, trampled by the rough feet
of redevelopment, they came to realize that
sleep could not necessarily be enjoyed by anyone.
Those who did sleep well greeted pleasantly, too,
saying: Were you all right last night?

In the autumn of the year, when the rice plants
could not see their flowers bloom,
Mr. Park, the steelworker, fought violently
with the men pulling down illegal shacks

and took rat poison.

He drank up all the light of this land.

Road

Over 70 years old, my mother
often suffers from mental infirmity.
Tonight, I lay down by her side.
Following the pattern of the wallpaper on the ceiling,
we walked together in silence.
I was taking her hand, she the end of the road,
and we walked and walked endlessly.
When she fell asleep, too tired from walking,
the dim dawn approached the window
with an unshaven face, calling for me to come out.
Woken from her sleep she shook me awake,
asking: Who's calling you out there, my son?

Far from my house, village dogs started to bark,
of course, as always, in vain.

When I Work on a Computer

They perform artificial insemination.
You appear on a computer screen,
but can be called neither male nor female.
A stumbling block that repeatedly falls
between my fingers asks once again: Yes or no?
In a narrow lane of time, where sorrow and joy
are entered simultaneously,
someone is passing by, a stick in his hand.

With a Computer

Today, I turned my back to a computer,
leaving my head behind unawares
in place of a monitor.
I met her in a teahouse, took my tea
and chatted with her for quite a long time,
but could not confess my love till we parted.
She had no perception of my face
where the monitor overlapped,
but if she had pressed a key, any part of my body,
it would have heatedly responded yes or no,
even though the plug behind my back
had been disconnected.

Time That Travels

Time is progressing. Time is just one.
One of the yesterdays arrives here today
and leisurely walks into tomorrow.
Houses walk forward side by side with time.
Trees, stars and wild dogs, as well.
The word grass also goes forth with time,
saying: Today, I have borne you.

Time is regressing. Time is numerous.
I can see the face of yesterday leaping over
the day before yesterday, and also
the swollen red shoulder of the day before yesterday.
Trains run backward to follow time,
street trees briskly retreat,
a fallen apple returns to the branch,
and a flock of waterfowl falls headlong, one by one.

I am time. I am a body to be broken by itself.
My body has been split several times
into one and the same or many parts.
Whenever my body was broken,
time shared the parts with itself
and dreamed a dream of no hunger,
but was always dying of hunger.

Opening both hands, my time prayed to become
five loaves of bread and two fish.
You are neither going nor coming.
So why must I come, in order to go?
And must I go, because I have already come?
Why don't you ask the reason why
the clock of today has no hands at all?

The House Where Time Dwells

Why should I think there are no other guests here but you?
How can I be ignorant of the simple fact
that leaving this world is easier than a dream?
Even God stayed here briefly, for three days,
and airborne birds also exchange here
their old bodies for new ones.
The sound of someone fulling cloth in a distant village
can be heard clearly here, and together
with the light of the village lamps floats over
as clearly as teardrops.
Responding even to a village dog's bark,
the light's deep eyelashes tremble fitfully
and the neglected wind dies down among sparse scrub.
Today, as usual, various ways leading here
stay here, standing like the wind.

Today the Day Has Arrived (1)

Yes, today the day has arrived. The day to be born,
to die, to feel sorrow and to shed tears.
The day to love, to pray and to be blessed.
When the day leapt over the shoulders of yesterday
and arrived at the door of tomorrow,
we were just dreaming a dream,
but did not know that today the day has come.

Nobody has realized that the day has come,
the day when I should be taken away,
the day my grain should be threshed and sorted,
the day I should be put in a pot with water to be boiled,
then spooned up and chewed.
Nobody has realized that this very day
someone shall weep aloud or drink and curse,
or kneel down on their knees to pray for the dead.

When did we live any other day except today?
Why did we try to see a tomorrow that never was?
Yesterday is the skin of today,
while tomorrow is a today soon to come.
Don't you see everything is walking today,
arm in arm together?
Now, that day has already arrived.

Today the Day Has Arrived (2)

The blind suffers from blindness,
but does not resent his own eyes.
The crippled sighs that he can't walk,
but does not reproach his feet.
The deaf mourns that he can't hear,
but does not blame his ears.
The mute always feels dejected because he can't speak,
but does not chide his mouth.

Today, the day has arrived.
Don't tread on a road not worthy of the name.
Never look at anything carelessly,
or hear even one word mindlessly.
And always be silent.
It is a shame, such a great shame that we flaunt
our prayers, loves, songs and all of today
with such pride, with such small hands.

Among the mothers returning home in the evening
from the marketplace, who fondled, kissed and consoled
their babies along with each lullaby,
who among them did not teach their children
to see, hear, walk and talk?
Today, that day has already arrived.

Today the Day Has Arrived (4)

People rushed at me all at once;
some I knew, the others I had never met before.
Climbing to my head, belly, hands, feet,
  they measured each side, even the circumference of my
thumb.
  They were making a coffin as long as my height
  that looked very easy to carry.
  Realizing I had arrived in a country of dwarves,
  I secretly laughed to myself.
  I felt neither suspicion nor any fear,
  because I had already read Gulliver's Travels.
  The man who took off the socks from my right foot
  seemed the most interesting to me.
  Tiny friends approached and talked something over,
  but I couldn't understand a word.
  I just nodded in a half-hearted way,
  and kept my eyes shut not wishing to be troubled.
  After a short sleep I fell into unawares,
  I opened my eyes and saw that
  a surprising thing had happened to me.
  My body was bound too tight to move.
  I was lying in a small wooden box, like a coffin
  in a tomb. No, it was not a box at all, but a real coffin.
  I was really lying in my tomb.

People expressed their sorrow, burned incense,
and poured wine on my tomb.
They mourned that the day had arrived today.

Wooden Wild Geese

Last autumn at a flea market,
I bought a pair of wooden wild geese.
I cleaned them and kept them always near my pillow.
Then last night I could not sleep well,
because I imagined hearing the sound of wings,
as if the bird were flying around in my living room,
sounding like silver chopsticks clicking.
In the morning I watched the birds carefully,
but they were immobile, as if fixed to the floor.
I picked them up saying to myself:
These are wooden blocks, not wild geese that can fly.
No sooner had I put them down in their place, saying:
I bought only wild geese, not wooden blocks,
than I saw the mountain hanging beyond the window panes.
The mountain I had never seen before
came down to my house.
Seeing the mountain now with my bare eyes,
how could I say it had never been there before?
I realized at that moment that it had been there
long before I moved into the new house.
The wooden birds had seen it, but not I.
As I watched more carefully today,
a distant chain of mountains descended
on the arched backs of the wooden wild geese.

Our Gloomy Age

Today we played Korean flower cards, entered a tent bar
side by side, and took glasses of the Korean liquor soju.
Three or four faces, strangers to each other,
gathered there and
exchanged glasses, while the drunken tent bar
converted into rain.
One of us, transformed into a raindrop,
repeated without emotion
a popular song like the out-of-date sound of a gramophone.
One of us waited for a wet night imprisoned in the womb
of a girl whom he recently began to covet like a mad man.
One of us leapt over the raindrops fallen into a soju glass
and was returning home along with the night.
We know very well that no one from the East, the West,
the South, and the North could stay
where we stayed every night.
We know very well, too, that
if we opened our mouths for a while,
they would return with wounds all over their bodies;
and if words and thoughts could no longer play their role,
everyone would understand each other.
Even the present time we possess shrinks, at best,
into one night or one glass of soju.
The lamp light of the tent bar, shrunken into a glass,

rises up to the sky of this city to become numerous stars,
which will in turn return home embracing a shooting star.

To the Prostitute Soony

Where should I touch to catch your star?
Will you see the yesterday of hidden stars
that weep as often as you open yourself to them?
This side of yesterday is a field of millet
and the other side a field of rice.
Will you see the two ways,
while you bend forward sorrowfully,
and follow your own way?
Will you see a narrow lane,
while you bend forward so sadly
early every evening to draw eyelashes
and paint fingernails with red enamel,
and follow your own way?
Everything I see just makes you slow down.
Though I wished to say that grass is grass
and the sea is the sea, I couldn't go
beyond the grass and the sea.
I could see them take off their clothes in sorrow,
but those beyond that were always invisible to me.
In the night when I returned home,
after seeing only those you showed me,
all the stars of the world sitting on my roof
sobbed and cried out loud

A Landscape

Having finished his rice planting in haste,
a farmer pisses, looking at a distant mountain.
Fixed on the distant mountain's top
a transmission tower cries aloud,
its body trembling violently.
A flock of nameless birds scatter and gather
repeatedly and endlessly.

How to Fish

I am fishing to fish our fish.
While I watch the float intensely,
it suddenly disappears, leaving no trace,
and I find myself turned into bait
with my head thrown headlong into the sea.
I, among so many millions of people in the world,
and a fish, among countless fish in the sea,
ask each other what kind of fatal relation binds us
between so many millions of waves.
If it were not for the fishing line,
none of us would know there is a law of men
where men live, and a law of fish where they live.
Nowadays I remember again Prime Minister Kang,
the most famous angler of ancient China.
How did he fish? Maybe he cast his float
somewhere between a man and a fish,
then just gazed at the sky the whole time.

If You Can Tell Me What Life Is

The place where you lay down tonight
was the bed of death.
According to the manner of nights before,
they laid you on the bed
and covered you with a comfortable sleep.
Tonight has not changed, as always,
but surely you will not be able to see the morning.
You could not see any change tonight,
because you should have changed already.
If you can tell me what life is,
I will tell you what death is.

A Winter Traveler

I try to seek you out with my empty hands,
because I wish to exchange my dream
for several sheets of paper money and
hot steamed rice.
I try to approach you with my full hands,
because I wish to exchange your dream
for a slave of time and despair.
If you hide in my heart tonight,
it is so easy for me to detect you.
But if you hide in your shell,
I will turn my back weeping aloud.
You and I raised wine glasses to become drunk,
but the wine became sober before us
and only tears were sleeping in the glass.
The wind blows tonight,
tonight while some of our neighbors are dying.
Today, as usual, we see a handful of wind hiding
in a place tens of thousands of miles away,
its wounded body between us.

A Bridge

Even with eyes firmly shut
we can see the things that stand between men,
between islands and between the winds.
How did you call to them?

On a "Go" board, stone markers
are placed side by side,
one black and the other white,
and also, side by side, the way
to live and how to die.
Today, as the small stones settle down again,
what have you been watching?

We have gone over, bit by bit, today's forehead,
leaving some traces behind, like scars.
But will you not ask us why they are still there?

A poplar tree never asks its kind where it lives.
Nor does a pine tree put forth such a question.
Today, in order to ask each other, we need not have
our roots in one and same place.

So why do you always drive nails
into our footsteps? To protect us from toppling over?

Why do you pass down a road tapping with a stick?

Walking on a Tightrope

A man with bare feet walked on a tightrope.
Too dangerous, people thought.
They covered their eyes with their hands.
But then he crossed the rope riding a bicycle.
Too exciting and interesting, I thought.
When he even loaded baggage onto the bicycle
we finally trusted him completely.
Thunderously clapping our hands and shouting,
we requested even more thrilling acrobatics from him.
He announced he would put a man on top of the baggage.
Now who will be the first volunteer, gentlemen?
Silence fell over his enthusiastic believers
and none braved to step forward.
Some of them started to sidle away stealthily.
How can you say life is quite different from this scene?
How can your belief be different from their enthusiasm?
The priest who told the parable of the acrobat
at an early morning mass wore nothing on his feet.

When I Was Invisible

My friends told me I was invisible to them,
whenever I did not write a poem.
God said to me He could not see me,
if I did not pray to Him.
One day I wrote a poem, prayed very ardently
and went out on the street,
but I could find neither my friends nor God.
How I desired to meet them,
poem or prayer did not matter any more!

Concerning the Word

A long, long time ago there was a man who went
to a deep and tall mountain.
Receiving a word there, he descended to the world.
Then, to build a house for the word
he started to cut lumber, but quite strangely
made neither pillars of word nor beams of sentence.
For tens or hundreds of years he continued to gather
together every word in the world, one after another.
One day he counted and recounted all the words
he had collected and finally began to weep.
He sighed, because though there were
words and sentences
he could never detect a way.
Even now, in this world, the way cannot be seen.

Confession

I try to pull out a nail.
To pull a curved nail is more difficult than imagined.
As soon as it's extracted the nail leaves a very ugly hole.
Today my wife and I went to church
to make our confessions, as usual.
She pretended not to see her husband's heart,
where nail marks remained unusually numerous.
The more she pretended, the more I felt ashamed,
because a nail that had not yet been pulled,
or rather, a nailhead I needed to hide, inevitably
revealed itself, pushing its head up from my heart.

Today I Too Drive Nails

Today I too drive nails.
I drive strong nails into the knees of the world
to stop them from shaking or squeaking.
I drive little nails thickly into the world
of tender and young seed leaves, too.
But unaccustomed to being driven, you always miss
your mark, one after another,
and arch your backs so soon so easily.
Each time you bend, I see a strange shooting star
flying over my head, and my back bends as well.

Time

Often in my early years the capital letter T
seemed to me identical to a nail.
Among the words beginning with T
my favorite was Time,
because it looked like the nail's closest cousin.

Today, as usual, small and large cogwheels
engage and revolve in a body.
There, numerous capital T's
leap over one kind of sorrow after another kind of joy,
devour one kind of joy after another kind of sorrow,
and climb up with swollen yellow faces
like desperate lepers in the season of hunger.

Dream of a Kingdom of Dwarves

I am always collecting nails and preserving them well.
Big nails, small nails, bent or cut nails, rusted ones,
those with dull tips, even the newest silvery nails,
I gather them all in one place and keep them carefully.

People in the redevelopment area gather in one place
and start discussing anything, whether serious or trivial.
Usually, countless worries are their main dishes.
Usually, they drink soju and play Korean flower cards.
Wives quarrel repeatedly over the same, reoccurring stories,
while lanes grow narrower from the sound of children crying.
An old mother never stops weeping for her son
who left home long ago never to return,
just murmuring to herself: How I wish I could see him
once again, before we move out of here!

A nail is nothing more than a nail.
Once driven into place, the nail has to live there
as it is driven. But if pulled out,
it is no longer the same nail as before.
Even though I make a bent nail straight again,
or clean and oil rusted ones,
the nail marks they left behind are always my place.
It is because the way of men and mutual solidarity,

once bound and kept so well,

still abides in our dream like a kingdom of dwarves,

ceasing to grow taller, bigger or older.

My Little Village Heymee

I went back to my little village Heymee.
During the day, people had just cleared a wasteland there;
at night, they lay down watching the sky.
There I saw a land where these innocent people,
standing straight as pillars, were buried.
John, John, rise up quickly!
Many faithful Catholics of the past dynasty
still cannot lie down on their mattresses.
They all have turned into straight nails already.
A nail becomes more excellent and stronger,
when a hammer strikes true on its head.
The crueler the persecution,
the larger and deeper the love martyrdom reveals.
I saw it clearly in Heymee,
a village as tiny as a mustard seed.
This village, maybe the smallest in the world,
was holding up in both hands
the long, thick and strong nails that once pierced
the hands and feet on the cross.

Valley of Tears

I always come to you to pray with my nails.
While I went on a pilgrimage to see
all the nail works around, from pulling to driving hard,
no one ever discovered me but you.
Then, far down the valley of tears,
Judas Iscariot appeared and finally became a nail.
He was the very nail, I now realize at long last.
The cascade that fell every night upon my hungry head,
it was nothing else but you!
Now I can find you in a nail. How strange!

A Nameless Flower

Nails are weeping in boundless sorrow.
The ways of bent nails follow, weeping together.
Don't cry any more, Theo!
You say only one nail became the beam in your eyes!
I have sometimes discarded one body in fasting prayers, but
it still limps from nail marks not easily erased.
I make up my mind to remain a nameless flower today,
until the nail marks, like nameless flowers, have cleared.

Who Are You?

Even in a mine gallery I couldn't avoid seeing you.
A new life was said to start at the age of fifty,
so I prayed fearlessly to live again from that day on
my dreams of Mozart and boyhood,
too easily lost, like glass beads;
and I kept my heart open by the staff of Moses.
If not for your law saying: Don't be covetous,
I wouldn't have known that to covet was a sin.
Then, today in a mine gallery, I saw you at last.
Ah, when I meet you I feel myself
breaking my vows more often.
I turned around in a circle of prayers all day long,
like an ass tied to a millstone that never
set one step out of the mill of the heart.
Do you know how many times I caught myself
looking up in vain at the cock that had fled to the roof,
and also to the cross as large as the cock?
But you scared away sparrows at best.
Eavesdropping on another one's obscene stories,
you abused yourself in a confession booth.
Stretching out both arms, you pretended to be
a scarecrow in a field without a harvest!
When I see you standing like a cross in a mine gallery
in Seoul, the whole city looks like a cemetery

transplanted from Europe.
You scattered sparrows at most, then gathering
the foolish idiots, locked them one by one
in a church like a tomb.
You preached you could see the invisible God.
Ah, you said if I saw you I would be washed clean!
Who are you, emerging from a mine gallery,
as black as pitch?
In Seoul, where even Pilate does not live,
you are striking with a hammer, so who are you?

I Am a Nail

I am a nail.

From the depths of your hell
someone cried out everyday: Help this man!
Is he a man? So who is the man really?

Striking the back of my head, someone asked me:
What do you see now?
Fallen dead, I replied:
There is nothing that is dead!

Today of all days I chose only bent nails.
While those nails that I decided to cast into hell
were already bent in your heart and your back,
why did you bend your back choosing me, already bent?

I Was Afraid of You

I blindly ran away from you,
because I was afraid of you.
I always got up a little earlier than you,
I walked briskly in my dream, too,
to put more distance between me and you.
Since I've grown old and tired of living,
I walk slowly, hide slowly, breathe slowly,
no matter whether you devour me or not.
Yes, really no matter!
Maybe because of your old age, you follow me slowly,
and you look like you think about me slowly.
So I wish to face and to know you.
Today for the first time I look back
in order to see you. It is I who turn around!
It is I who was afraid of you and ran away my whole life!

Oh, why do you hide behind my back?
Why do you turn your back like a coward?

A Large Stone

I am driving a nail into something.
A house so easily built by human hands,
like a poisonous mushroom; the little church mimicking
a white plastered tomb is a place of prayer, they say.
So I am driving a nail into something.
Once they stood guard every night at the tomb's entrance
sealed by a large stone, but now they seldom come.

The soldiers who kept watch on the tomb
reported the affair to the high priest.
Giving them a great sum of money,
the high priest ordered them
to claim that disciples stole away
the dead body while they slept.
Ah, still this story is widespread among Jews!

All through the night a red cross made of neon tubes
spread this rumor. This city has too many crosses,
as if to trying get so many bastards
out of a multiple pregnancy,
but each cross embraces a large stone in its bosom,
like a mother bearing a child.
A pregnant woman doesn't necessarily take good food
for the sake of the child in her womb,

but since a child can't choose the parent
she must listen to a prayer,
even if that prayer leads her to hell.

Now I can understand those that defile a man.
They are coming out of the mouth!
Registered under the name of the holy temple,
daily so much of the land and wealth on this earth
grows much heavier than the large stone,
and you will surely be cured by your faith!

All of You Progress Through Me

Do you dare say it is a peaceful age,
while still born babies of abandoned women,
without any chance of suckling a warm breast,
turned into cold clots of blood,
flood the drainage with their unsung lives?
Didn't you weep in sorrow for three days
when your beloved brothers passed away?
So often you speak of mutual affections in life!
How dare you say, the right way for a man to live
only governs the visible things?
Theft, adultery and cheating, all invisible you say,
all dwell outside your heart,
but how long will they remain there?
Even wild animals bear only their own kind,
so who told you to bear serpents?
Be careful of the shepherds who call you their sheep
and are so eager to shave off your skins!
Be careful of those, too,
who preach that death comes to you through sin!
Nails of death are to be driven into your coffin,
not into your body.
Only those who are soiled should wash their bodies.
Ah, all of you who drive nails to continue your life!
You progress through me to the town of sorrow,

you progress through me to eternal repentance,
you progress through me to the ones forever lost.

Surrogate Mother

Surrogate mothers are increasing.
Secret accounts opened in sperm banks
whenever fathers and mothers enter,
never failing to wear masks on their faces.
You say that, like a mistress being surrogate mother
for her man's family, Mary was also a surrogate mother
for God, though she begot a son so healthy, so wonderful.

However, the other day I could not forgive Mary,
who had a secret love affair,
because it was beyond my human power.

Wearing Farsighted Glasses

Wearing farsighted glasses I can see letters
more largely, more clearly.
The more clearly I see the world,
the more I perceive the scars that cover it.
Today a prematurely aged man enters
the farsighted glasses and begins to cough.
The darkest place is just beneath the candlestick.
The fathomless cliff waits right before his nose.
He could not realize that until now!

How to Meditate

I felt an urgent desire to eat an apple
Suddenly in my head, a fruit, prohibited fruit
which I should have neither touched nor eaten,
appeared, dangling in such seductive light.
If I pricked and ate the fruit,
it seemed to me, I could forget you forever.

That night I took the apple unnoticed.
I even devoured its seeds so as
not to leave any trace behind.
That night, strangely my eyesight grew so keen
that I could not sleep at all.

But how could such things happen?
As days passed one after another,
an unfamiliar apple tree started to grow
in my head, there where I had forgotten you completely,
and tonight the branches were so heavy with fruit.
While I was erasing your figure,
numerous apples filled my head!

Ah, how could every woman in the world
suddenly look naked!
Sawing at the trunk of the apple tree

all night through,
I merely wire out the knees of a middle aged man.

Green Frog

We scattered mother's ashes in the open sea.
While still alive, she requested us to select for her ashes
a place of clear water an fine scenery.
So what is the matter with me now?
Why can't I sleep at all at night,
whenever the waves rise high in the wind and rain?
She was always displeased, complaining
I was behaving just like a green frog.
Still I can't understand why she allowed only me
to sit beside her deathbed and wipe away
her last tears. Complying with her final request,
we searched for a place of clear water
and fine scenery for her ashes.
Green frogs sob in desperation,
whenever it rains like today, mourning
that their mother's tomb is being washed away
by the waves. Tonight, all through the night,
green frogs gathered beside a death pillow.
What a scene! If only we had dared to disobey your will,
only once, there would be no need
for us to become sobbing green frogs!

My Mother

Today we had the memorial service
on the forty-ninth day after my mother's death.
We invoked her soul by chanting the sutra
and washed off any regret, any dust.
In the evening, boarding a paper ship,
she crossed the River of Wisdom.
Though no one had seen her crossing,
not one of my brothers and sisters denied it.
The invisible ones stood with their kind, side by side.
We, four brothers and sisters, could
for the first time keep one mother in each heart.

An Empty Bird Cage

I let a caged bird fly away,
fly away to the world where his own kind lived,
to their language and dreams,
and to the place of their works and tomorrows.
Damn! How could I open the cage so late!

Now I don't need to carry water to wash his feet.
I served him doggedly like a faithful servant,
to pay the price for my watching him from up close!
When I unwittingly forgot to feed him,
I skipped my own meal, pitying his hunger.
I myself couldn't leave for more than a day,
because I had to take care of him.

Before going to bed
I wrote a letter to my nephew,
imprisoned in solitary confinement
for being a dangerous anti-government activist.
I wrote in the letter: I decided to eat less,
sleep less and think less.
Whenever I see the empty bird cage
I am always reminded of you.
Look!
In front of the empty cage you escaped from,

a morning newspaper was delivered,
and a milkman just left his footprints!

A Snow Woman

Last night in my dream I had relations with a woman.
She brought a baby resembling myself,
discarded it clandestinely and crept away.
Last spring she hid herself shyly
in the yellow field of rape flowers.
In summer, going down to the river,
she gave birth to a baby.
When the autumn came, she set fire
to every mountain she could find.
One winter night while it was snowing,
she searched through wardrobes, took out
the winged clothes I had hidden, and finally ran away.
Stepping outside my door, I lift to my bosom and embrace
the baby wrapped in white swaddling clothes,
and I find my heart soaked in endless tears.

With Gulliver

After examining my teeth very carefully they decided
to classify me as a carnivorous animal.
When they saw I didn't devour live insects,
they tilted their heads saying there was no way
of knowing what I usually took as a meal.
I was more afraid of children approaching,
often known to be so cruel to sparrows, hares and puppies,
than a dog coming nearer,
with a body as large as four elephants combined.
They discussed my body, too.
They said my fingernails and toenails were useless,
and even surmised that I was an animal
incapable of using reason,
because I made a house like a matchbox
and called it a building or culture.
I became even more afraid
when they further concluded
that I was the most harmful insect on earth,
and called for Gulliver.

The Winter of Aladdin's Lamp

Tonight, I like to clean secretly the glass
cylinder of Aladdin's lamp.
Tonight, while the wind shakes windows,
my dreaming star becomes more and more distant,
the way of life grows dimmer and thinner,
and only some lines of poetry,
from a friend who died too early in his youth,
shine like shooting stars in my head.

Master, did you call me? By Jove!
A giant with naked breast and turbaned head
was bowing deeply, awaiting my orders.
I was standing in the heart of a desert.
I couldn't remember ever rubbing the magic lamp.
An Arabian night, surprisingly clear,
spread out before me.
Mater, just tell me! Anything you want!
Well, if I say gold or pearls? No, too stereotyped.
A sumptuous banquet and beautiful dancers?
Not bad, but too childish, I think.
Well now, I would have something to say, if this were real;
I would like to say: This should not be a dream,
Master! What is not a dream?
The event of my capture in that small lamp,

also occurred in a dream.
I can never escape from that dream, Master!
You say it is a dream, everything is a dream?
Then bring me back to my home!
Why does my dream cause me pain, when struck?
Why is it so cold, tedious and full of scenes
of people weeping?

Aladdin's lamp was no dream.
It is one of the most distant deserts,
buried by the sandy wind of time and
revealing itself bit by bit every day.
It is not difficult to meet children in the Arabian Desert,
who on such a winter night often
clean lamp cylinders in their beds.
If you shake their shoes next morning,
plenty of sand will spill out.
But like them, we show no interest in the sand.

Dogs Are Barking!

Some anchovies and a small octopus are chewed
over and over in an evening tent bar
to accompany the glasses of soju,
but you never know why they have to be chewed.
Though I try so hard to wash down my anger
with a bottle of soju, cursing the dirty world,
still some irrepressible anger remains in my throat,
but you never know why I must be angry.
Last autumn when I reported my closed shop,
a tax collector looked through my worn out ledger.
He threatened me and demanded that I grease his palm.
Finally he won me over, driving a long blue nail
into my cowardly heart!
Though innocent, like a guilty man I secretly sent
an ample sum to an on-line account under his false name.
Long live the republic! Whose republic, do you know?
Long live the Hanbo Construction Co. that is building
a defiled, corrupted democracy!
Because I have nothing to go on, not enough for a bombshell
or a statement of conscience, I continue to drink
without crying out, as worthless as stale snacks
piling up in the back of a tent bar.
Nobody bothers to look at a dog that does not bark.

On a Wooden Fish (1)

I happened to notice a picture in a small bar
called Earthen Wall in a street full of curio shops.
The woodcut showed me a Buddhist monk
pushing his head into the mouth of a large wooden fish.
There was a caption printed in minute letters:
One day there was a rainstorm so severe
that the chief monk even worried about the wooden fish.
He sent a novice to look after the fish.
So the novice inspected every corner,
even the inside of the fish's stomach and returned.
The chief monk asked: Is the wooden fish well?
The novice replied: Yes, he is very well.
The chief said: You rascal! How do you know he is well?
The novice said: Because I even looked inside of him!
Before I read that, I thought the wooden fish
was surely devouring the monk, but, when I looked again,
the monk's own head was the wooden fish.
That night, quite drunk, I past the street of curio shops
and was quite surprised to see a headless Buddha statue.
The street was full of monks
whose heads had already been devoured!

On a Wooden Fish (2)

There is a fish carved out of wood.
He can't die because he is not living.
Hanging from the middle of the world,
belonging to no one, he just blinks large eyes
and no one has a clue about him.
When thunder rolls infrequently and it seems
to rain so heavily the wooden fish cries out loud,
but only the sea can hear him weep.
His belly is empty.
Like a dried pollack, whose flesh becomes
more tender and delicious the longer it is beaten,
the wooden fish's belly also grows
fuller and larger the longer it is struck.
If a monk beats it every morning, every evening,
the lonely souls in the sea calm down
as if they are listening to a lullaby.
But the monk who strikes the fish everyday
becomes more and more hungry,
his heart deafened by the sound of empty wood.

Collection of Insects

Catching live dragonflies, cicadas, locusts,
we arranged them in a box,
their bodies pierced by pins.
The prisoners trembled desperately,
but presented a pleasurable sight to our eyes.
Growing no more, dying no more,
their summer was kept unchanged in our memory.

Although more than thirty years have passed,
I still awake from time to time from my dream
in a cold sweat and surprised to death.
One summer that had not yet finished its homework
followed me night after night with an insect net
to catch me alive.
One pin piercing me through my back to my belly
fixed me to the end of summer
to make me dream no more,
to make me wander no more.
Each time I prayed to cease being an insect,
but already two or three men lay beside me,
crying aloud desperately.

How to Become a Buddha

I will never fall into a sin twice.
If you have already fallen into a sin
you should remember those words forever.
The word twice is just one word,
but what twice is, calls for too many answers.
If we could traverse the world twice,
who would be so foolish as to attempt an answer by himself?
If we learn and practice something everyday,
what great joy and wonder we shall surely taste!

Everything Turns Around

The sky always turns from the left,
while the earth turns from the right.
Man should turn around, like the sky, from left to right
and woman, like the earth, from right to left.
Man from top to bottom,
woman from bottom to top.

It thrusts slowly and leisurely,
like a small fish nibbling bait cautiously.
It thrusts quickly and fiercely,
like a flock of birds flying like an arrow
chased by a tail wind.
No one in the past, or in the present as well,
was caught and drowned in this flowing water.
However, I truly fear that every night the sky
and the earth might collapse only here!

Who Will Let Me Suck Her Breast?

A calf's mouth is clean,
when it sucks mother cow's udder.
A dog's mouth is clean, when hunting.
A bird's beak is clean,
when it pecks at fruit on a tree.
Likewise a woman's mouth is clean,
whenever it is kissed.

I have grown old enough, am no longer young,
so where is the woman
who will let me suck her breast tonight?

Talking About a Hole

Whenever we enter and then emerge from a hole,
we are always dead before emerging.
Sometimes we are half dead when emerging.
Once we lie dead in the hole,
we always fall sound asleep snoring loudly,
as if rolling headlong into a bottomless chasm.

There are more terrible fates for us all.
Whenever we enter a dugout of the world,
we always emerge with severe internal injuries.
Some are carried out dead.

The Sutra of a Virgin advised us earnestly
to always emerge alive, never dead,
from any hole we enter, any hole in the world.
The sutra made me realize that I am already fifty years old,
but also taught me how to live, though dead.

Like a Book With Missing Pages

My wife is also approaching the age of fifty.
Now my hand grows less nimble than before
when fondling the corners of her body,
as if my hand cannot turn over as quickly
as I wish the pages of the Sutra of a Virgin.
Sometimes my mother emerges like a book
with missing pages. She became a widow
at forty and now lies down by my wife's side,
like a book with missing pages.
While my wife tames me well,
my mother blushes like a virgin.
Whenever my wife conceals the trace of my birth
without climax, I secretly insert into Chapter Five
of the Sutra, between the pages I once turned so greedily,
the words I remember hearing mother say to me as a child:
You were born by way of my umbilical chord.

Life-size Statue of Buddha (1)

I saw a living Buddha.
He had never lived while living,
and never dies even though he's dead.
However, I came to meet him face to face.
Today, a wanderer enters his body
where he is no more,
lives a wanderer's life
and leaves. Where does he go?
Ask your living Buddha!

Life-size Statue of Buddha (2)

Someone advised me in a dream to be a Buddha.
Teaching me how to become a Buddha,
he ordered me around. So surprised, I woke up
from my sleep and realized it was just a dream.
Today is my first night on Nine Flowers Mountain.
Shaking off fear for a while with eyes wide open,
I fall asleep unawares.
Again someone came, advised me to be a Buddha.
I shook my head as clearly as if I were awake.
Change everything, even yourself!
I could not agree so quickly, because the way
to become a Buddha seemed too easy, too simple to believe.
But how could I know in advance
that to withdraw from of a dream,
especially tonight, would be more difficult
than to become a Buddha!

Life-size Statue of Buddha (11)

A living Buddha is bored all day long.
The longer he sits in one place,
the more weary, even itchy he feels.
Then, to while away to empty hours,
he starts to fumble with his private parts.
Surprised by people suddenly approaching,
he firmly closes his eyes, but too late.
Boldly a hidden head emerges, indicating
a path curving off to the left.
Oh, the head is pointing
to the anus of the world!

Life-size Statue of Buddha (12)

I now see so many things
that entered his empty body secretly,
even beasts, little prayers,
and the traces of womens' fingernails.

Passing through a valley, a monkey descends
to that field of the heart
into which the way of man and the way of animal
are carved deeply, side by side, in a long curve.
Now no one takes care of his body.
A dead body tells living bodies:
You keep nothing but your own houses safe!

Watching Lake Siwha Die

An old man cries, looking at the Mississippi
choked by plastic bags, piles of waste,
and by unidentifiable flecks of foam
even the wind can't sweep away.
An old chief stands by the river crying,
because the river has turned too black
for any fish to thrive.
He looks like a good old memory from the past
in a half-minute commercial.
When the ad ends, the United States of the '70s
falls asleep in peace.

Today, instead of the Americans,
it is we who bite into hamburgers on our side of the ad,
and watch you who cry in the commercial.
Like in a black and white movie,
unidentified holes continue to furtively
discharge their filth each night.
On an anonymous swollen shore,
fish with arched spines desert their water.
A small bus rattles away without care
through a narrow lane.

As soon as the heavy rain comes

everything will be swept away, they say;
all lives as trivial as smoke
will be easily forgotten, they promise.
While unidentified men appear for a moment
before the floodgates of Lake Siwha
wearing nothing but old shirts,
only waterbirds take a rest, holding their noses,
and gaze absent-mindedly
at a motorless boat monotonously nodding
in the direction of the far open sea.

Love Song for Hanoi

I went to Hanoi in the winter
to see the Harong Bay that is said
to sing or weep so often so clearly.
On the brink of the cliff of my youth,
holding my breath, I watched Hanoi
through the sight of my M-16 rifle,
but it welcomed me with naked body.
Though incapable of lying down easily,
she stood before me supported by a cane,
and today she cried like a red coral flower.

Chasing through the jungle, I had hurt her,
but the virgin Lang of Suzin village
clung to my bosom crying aloud.
Discolored for more than 30 years,
the sad dream floated ceaselessly
between small islands in Harong Bay
in a long curving line.
How could I know it would freeze
even myself to a fossil?

When ragged children of this village held out
their dirty hands, I clandestinely
handed them each a dollar.

My early days had once held out their hands,

sniveling and saying: Hello, give me gum!

The memory of my love who cried so often,

today holds out her hands in Hanoi saying:

Hello, give me your love!

제5시집

등신불 시편

문학수첩, 2001

끝

젊은 시절 나는
끝장을 봐야 직성이 풀렸다 그러나 그 끝은
언제나 고통과 좌절뿐이었다

요즘 나는 한 말씀을 얻었다
그것은 결말을 구하지 않는 법法이다
이제는 어디에도 끝이 없다

2001년 2월 28일

김종철

1

등신불 시편

등신불
— 등신불 시편 1

등신불을 보았다

살아서도 산 적 없고

죽어서도 죽은 적 없는 그를 만났다

그가 없는 빈 몸에

오늘은 떠돌이가 들어와

평생을 살다 간다

—《못과 삶과 꿈》

성불하는 법
— 등신불 시편 2

꿈속에서 누군가
성불하라고 한다
성불하는 법 일러 주며
성불하라고 한다
화들짝 놀라 깨어나 보니 꿈이었다
오늘은 구화산의 첫 밤
뜬눈으로 두려움을 털다가
다시 깜빡 잠들었다
누군가 다시 나와
성불하라고 한다
나는 생시처럼 고개를 절레절레 흔들었다
'모든 것을 다 바꾸어라!'

성불하는 법이 그처럼 쉽고 간단한 것에
마음이 내키지 않았다

오늘 밤따라 꿈 밖에 나가는 것이
성불보다 더 어려울 줄이야!

몸 하나
— 등신불 시편 3

누군가의 몸 하나를
큰 독 속에 넣고 밀봉한다
삼 년 후 열어 보니 마치 살아 있는 듯
그대로 온전하다
등신불이다
사람들은 시신을 그대로 독 속에 묻고
그 위에 칠층탑을 쌓았다
지옥이 비이지 않고서야
독 속에서 그는 나오지 않는다

—《못과 삶과 꿈》

심심하다
— 등신불 시편 4

등신불은 심심하다
온종일 앉아 있어 더욱 심심하다
이런 날에는 하릴없이
아랫도리의 연장을 만지작거리다가
인기척에 깜짝 놀라 눈만 감는다
그러나 때는 늦었다
숨겨 둔 대가리 하나가 불쑥 불거져 나와
왼쪽으로 구부러져 있는 길 하나를 가리킨다
오, 세상의 똥구멍을!

—《못과 삶과 꿈》

바보 등신
― 등신불 시편 5

사람은 죽어서 어디로 가나
죽은 그들 중에
아무도 돌아와서 말해 주지 않는다
자신의 독 하나 깨뜨리지 못하면서
성불을 바라보다
독이 되어 버린
바보 등신 같은 놈!

―《못과 삶과 꿈》

밑 빠진 독
— 등신불 시편 6

작은 몸뚱이 하나
좋은 옷 좋은 음식 공양했더니
교만과 욕심만 커져
제 몸뚱이만 보물단지로 아끼고 아껴
큰 독 속에 들어간 마음 하나만
먼저 썩는다

오뚝이
— 등신불 시편 7

잘 아는 선생 한 분이
꿈에
머리를 박박 깎은 모습으로
나타나셨다
멀고 먼 중국 구화산까지 나를 찾아오신 것으로 봐
용무가 있는 것 같았다
그러나 그것은 내 쪽의 생각이고
그분은 구화산으로 오른 내 길을 쉽게 밟고
몸만 두고 당도했었다
그날 밤 기와지붕의 이마까지 차오른 밤안개,
안개 위에
등신불 하나가 벌떡 걸어 나와
태허太虛를 가리켰다

그렇구나, 돌멩이 몇 개만
마음속에 넣어 두어도
너는 누웠다 앉았다 할 수 있구나!

맨발의 유채꽃
— 등신불 시편 8

유채꽃 같은 슬픔
노오란 유채꽃 같은 절망
불경 따라 나선 길에 유채꽃은 웬 말인가?
춘삼월 구화산 가는 길
유채꽃 밭을 지나 유채꽃 등성이를 넘어
유채꽃 산맥을 넘어간다
몇백 리 노오란 발길 물든
저 적막 끝에
문득 와 머무는 절벽 같은 독불,
부처도 맨발이구나!

—《못과 삶과 꿈》

576

나는 없다, 없다, 없다
— 등신불 시편 9

안개 속에 갇혀 이틀을 보냈다
창문을 열면 안개가 흘러 들어와
아무것도 보이지 않는다
이곳 마을 사람들은 벽처럼 가로막는 안개 속에서도
길을 잃지 않는다
보지 않고도 보는 것처럼
보아도 못 본 것처럼
산도 나무도 모두 오리무중,

오늘 하루 나는 없다, 없다, 없다
생등신불이
이처럼 쉽게 될 줄이야!

—《못과 삶과 꿈》

너와 나

― 등신불 시편 10

태어나면 죽고
죽으면 태어나고
그건 내가 할 일이다
태어나지 않고 죽지도 않는
그것은 네 일이다
오늘은 너와 나
마음이 두 곳에 있으니
부처와 돼지로 구분할 수밖에!

깨침도 없이
— 등신불 시편 11

등신같이, 바보 등신같이
죽어서 다시 일생을 사는 너
산 자에게만 보이는 너
보는 자는 누구인가
보이지 않는 것을 보는
그 어리석음은 무엇으로 만나는가
보는 쪽도 나고 보이는 쪽도 나고
나 없이 너를 있게 하는,
깨침도 없이 깨치는 그것!
등신 지랄하는 그것!

—《못과 삶과 꿈》

본다
— 등신불 시편 12

본다
그의 빈 몸속에
몰래 들어간 여러 것,
몇 마리의 야수와 작은 예배
여자의 손톱자국까지

사람의 길과 짐승의 길이
나란히 골 패어 길게 굽어져 있는
저 마음의 돌밭에
원숭이가 골짜기를 내려온다
이제는 누구도 제 몸을 단속하지 않는다
죽은 몸이 오히려 산 몸한테
니 집이나 지키라 한다

구화산 후기
― 등신불 시편 13

구화산 하산한 지 꼭 사흘

눈을 떠라, 내가 볼 것이다
귀를 기울여라, 내가 들을 것이다

그래그래 네가 보고 들을 것은 뭐냐,

"사람 살려!"

2

소녀경 시편

강 저편에서는
— 소녀경 시편 1

지천명에
소녀경을 읽었다
처음부터 끝까지 쉬어 가며 다 읽었다
나이 오십 되어
맨 처음 읽은 책이
하필이면 소녀경이라니!

소녀경을 경처럼 달달 외우기에는
한창 늦은 나이
돋보기 너머 소녀경의 앞섶을 펼쳐보니
바알간 젖꼭지가 보인다
한 열 명쯤 자주 여자를 바꿔 보라는
소녀경의 지침 따라 강을 건너다 보니
아직도 강 저편에는 뭇 사내들이
한 여인만 등에 업고 있었다

—《못과 삶과 꿈》

구멍에 대하여
— 소녀경 시편 2

구멍 속에 들어갔다가 나올 때
우리들은 늘 죽어서 나온다
어떤 때는 반쯤 죽어서 나온다
그런 날에는 벼랑 아래 한없이 나가떨어지듯
코를 골며 잠만 잤다

어디 그뿐인가
세상의 참호 속에 들어갔다
나온 날에도
우리들은 반쯤 골병들어서 나왔다
어떤 자는 아예 죽어서 실려 나왔다

소녀경이 이르기를
구멍 속에 들어갔다 나올 때는
죽지 말고 꼭 살아서 나와야 된다고
당부하였다
죽어도 죽지 않고 사는 법
소녀경이 내 나이 오십을 가르쳤다

—《못과 삶과 꿈》

파본처럼
— 소녀경 시편 3

아내도 오십을 바라본다
이제 아내 몸 구석구석 더듬기에도
소녀경처럼
페이지가 잘 넘어가지 않는다
어떤 때는 파본처럼 어머니가 나온다
나이 마흔에 과부가 되셨던 어머니가
아내 옆에 파본처럼 따라 눕는다
아내가 나를 길들이는 동안
어머니는 동정녀처럼 얼굴을 붉히고,
오르가슴 없이 내가 태어났던 자국을
아내는 숨긴다
그때마다 나는 배꼽에서 태어났다는
유년 시절 어머니의 말씀을
침 바르며 넘긴 제5장 임어편
갈피에 몰래 꽂아 두었다

—《못과 삶과 꿈》

아프지 않어?

― 소녀경 시편 4

한때는 손만 잡아도 아내는 임신을 했다
아내는 나를 거세하기로 결정했다
명동 뒷골목 한 비뇨기과에서 정관수술을 하였다
그러나 임신의 공포로부터 세상 여자를 해방시킨
이 전사를 아무도 존경하지 않았다
그날 이후 결국 나는 모든 여자를
어머니로 받아들이기로 했다

이 불행한 사실도 모르고
소문 들은 친구들은
나에게 귓속말로 물어왔다
아프지 않어?

젖 물릴 여자
— 소녀경 시편 5

송아지의 입은
어미 소의 젖을 빨아 먹을 때 깨끗하다
개의 입은 사냥할 때 깨끗하다
새의 부리는 나무에서
과실을 쪼아 먹을 때 깨끗하다
이와 같이 여자의 입은
입맞춤할 때 깨끗하다

오늘 밤, 다 늙어 버린 내게
젖 물릴 여자는 어딨는가!

!
— 소녀경 시편 6

　왼쪽을 치고 혹은 오른쪽을 쳐서 맹장이 적의 진지를 격파하는 듯, 위로부터 내려가고 아래로부터 거슬러 올라 들판의 말이 산골짜기 시냇물을 뛰어넘듯, 들어갔다 나왔다 마치 파도 사이 갈매기 놀듯, 깊이 밀듯이 찌르거나 얕이 건드려 작은 참새가 절굿전에 앉아 먹이를 쪼아 먹듯, 깊숙이 무겁게 지르거나 얕이 집어넣어 큰 돌을 바다에 던지는 듯, 슬쩍 들고 천천히 밀어 넣어 급히 빼고 급히 넣는 것이 마치 놀란 쥐가 구멍 속으로 도망치는 듯, 번쩍 들거나 숙이는 것은 마치 매가 틈을 노리고 토끼를 잡는 듯, 위로 들었다가 쑤욱 내려놓는 것은 큰 돛이 광풍에 펄럭이듯 펄럭이듯,

　봄 여름 가을 겨울 낮 밤 지나고 보니
　사람 사는 일, 별것 아닌 것 알 때쯤
　우리가 알게 된 것은 딱 하나,
　…… !

밤이 무서워

— 소녀경 시편 7

여자는 남자 왼쪽에 남자는 여자 오른쪽에

여자는 반듯이 누워 다리를 벌리고 남자는

그 위에 엎드려 여자의 가랑이 사이에 무릎을 꿇고

(중략)

구천일심법으로 아홉 번은 얕게 한 번은

깊게 급속하게 느리게 깊게 얕게

3×7은 21로 호흡하며 반드시, 반드시, 반드시,

그날 밤 어쩌다 구구단을 틀리게 욀 때

그녀는 개새끼! 하고 외쳤다

오, 정말 밤이 무서워!

옥방지요 하나
— 소녀경 시편 8

옥방지요에는 이렇게 씌어 있다

황제는 일천이백 명이나 되는 여인을 거느린 후에

드디어 신선 되어 천상으로 올라갔다

그러나 세인은 오직 한 여자를 상대하면서도

오래 살지 못하고 죽어 간다

음양의 도를 알고 있는 자는

여인의 수가 적은 것을 한탄하고

아름다운 미인을 택하기보다는

나이 젊고 젖통이 늘어지지 않은 여인을

한 여섯 명쯤 손에 넣을 수 있다면

크게 이를 보리라 한다

소녀야,

오늘 밤 내 머리꼭지를 힘껏 때려다오

옥방지요 하나

터득지 못한 이 머리통이

박살 난들 무슨 상관 있겠는가!

잡타령
— 소녀경 시편 9

황제가 소녀에게 묻기를
이즈음 어쩐 일인지 교합하려 하면
발기하지 않아 얼굴 들 수 없는 일 허다하니
어찌하면 그놈을 강하게 할 수 있는지 들려 다오

여기서 우리는 무슨 답변 듣기로 하겠는가?
닭은 추우면 나무 위로 올라가고
오리는 추우면 물속으로 들어가는 법
독한 방망이 하나로
하룻밤 맺고 푼다 한들
오월 매화 떨어지면 무엇이 있겠는가,
네까짓 게 오월 매화 아닌 다음에야!

도는 법
— 소녀경 시편 10

무릇 하늘은 왼쪽으로 돌고
땅은 오른쪽으로 돈다
남자는 반드시 하늘과 같이 왼쪽에서 오른쪽으로
여자는 반드시 땅과 같이 오른쪽에서 왼쪽으로
남자는 위로부터 아래로
여자는 아래로부터 위로

느릿느릿 찌르는 것은
붕어가 낚싯밥을
조심조심 건드리는 것과도 같고
급속히 찌르는 것은
새 떼가 역풍에 불리어
쏜살같이 날아가는 것과 같고,
옛사람이나 지금 사람,
이 흐르는 물에 걸림 없으니

매일 밤 하늘과 땅이 이곳에서만 거꾸러질까 두렵구나!

594

구멍
― 소녀경 시편 11

무엇 때문에
마음 급하게 구덩이를 파느냐
그 구덩이를 무엇에 쓰려느냐
잘 익은 열매
언제나 떨어짐을 두려워하듯
저녁에 몇 사람 안 보이더니
아침에는 보이는 것이 모두 인간뿐이구나

이 짓 하나로!

― 소녀경 시편 12

바로 그날!
알게 되었다
이 짓 하나로 성불할 수 있음을

오십 고개
— 소녀경 시편 13

오늘 밤 배 없어도 강 건널 것 같다
오늘이 지나면 강마저 보이지 않을 것 같다
건너가고 건너오는 것
이쯤에서는 내 몫도 아니다
저문 날 저 산과 강
천둥소리 하나 업고
지팡이 짚고 내려오다
오십 번 구르니
머리통은 유년 시절 기계총 자국만 가득!

성불性佛
— 소녀경 시편 14

두 번 범치 않으리라,

한 번 저지른 자는 꼭 이 말을 새겨라
두 번이란 말은 하나이나
그 답은 여럿임을
두 번 건너면 누군들 모르랴

배우고 익힐수록 즐겁지 아니하던가!

산중문답 시편

네팔에서
― 산중문답山中問答 시편 1

먼발치에서 너를 보았다
앙상한 흰 산맥의 갈비뼈가
길가 화장터의 장작더미 위에
누워 타고 있었다

네팔과 내 팔 사이에!

―《못과 삶과 꿈》

히말라야 설봉
— 산중문답 시편 2

새벽이다
커튼을 힘껏 열어젖혔다
오늘 일정은 트레킹이다
대충 짐을 챙기다가
뒤에서 누가 부르는 것 같아
창밖을 바라보다
나는 화들짝 뛰어올랐다

언제 어떻게 왔는지
눈부신 흰 산맥이 창밖에서 쏟아져 들어와
와아 하고 내 목을 비틀었고
나는 겁에 질려 화장실로 숨었다

오십이 넘어서야
겨우 너를 만나기 위해
여기까지 찾아왔는데
오늘은 내가 몸까지 감추다니!

마차푸차레 봉을 바라보며
— 산중문답 시편 3

차라리 수화나 배워 가지고 올걸
바람 소리
간혹 비행기 자지러지는 소리
휑하니 이마 드러내고
잠시 숨 멈추고 서 있는
저 머쓱한 등신 같은 놈,

돌돌돌 흐르는
작년에 재작년에 재재작년에 포개어진
눈물에 손 담그며
나는 아무것도 묻지 않았다

길 밖에는
노란 풀꽃 하나가 다리를 외로 꼬고
산스크리트어로 명상에 들고 있다

낮은 곳으로
— 산중문답 시편 4

산봉우리 하나하나 올려다보기 싫어
아예 경비행기로 흰 산맥을 한 바퀴 돌았다
군데군데 남루가 기워진 세상의
지붕을 내려다보니
세상살이가 별것 아니었다

그날 낮은 곳으로 임한 나는
하마터면 돌더러 빵이 되라고 외칠 뻔했다

—《못과 삶과 꿈》

구원의 노래
— 산중문답 시편 5

신이시여 신이시여
이곳에서는 모두
외치는 자들만 있나이다

검은 매 한 마리가
곁눈질하며 휘익 스쳐 지나갔습니다

응답 없는 자들을 쪼아 주소서

두타행

— 산중문답 시편 6

새 한 마리가 날아왔다 땅바닥을 건성으로 쪼다가
뛰다가 다시 톡톡 쫓다가 섰다가 총총총 뜀박질
하다가 두어 번 휘익 날다가 자취를 감추었다
그날 내가 본 히말라야 산맥 중 어느 한 산봉우리도
이와 같아 제대로 보질 못하고 그만 놓쳐 버렸다

—《못과 삶과 꿈》

죽은 산
— 산중문답 시편 7

식사하셨는지요
머물 곳은?
이런 인사를 주고받는 곳에 있지 않다면
그대는 진정 히말라야를 보게 될 것이다

그러나 나는 축복이 필요했다
따뜻한 음식과 편한 잠자리만 찾다 보니
몇 장의 사진 속에
허옇게 죽어 나자빠져 있는 산만 담아 왔다

설련화
— 산중문답 시편 8

여기 서 있거라
이곳 스승은 그 말만 남기고 사흘 동안 돌아오지 않는다
어떨 때는 삼십 년이 넘도록,

노인의 노망은 이곳에서도 예외는 아니다!

사모곡
— 산중문답 시편 9

엄마
어머니
어머님
당신을 부르기엔
이제 너무 늦었습니다

엄마 하며 젖을 물고
어머니 하며 나란히 길을 걷고
어머님 하며 무릎 꿇고 잔 올렸던

당신 10주기 제사상에
북어 대가리 같은 무자無字 하나
눈을 감습니다

—《못과 삶과 꿈》

곤충채집
— 산중문답 시편 10

쓰르라미, 잠자리, 풀무치
생체로 잡아 핀으로 꽂아 두었다
푸들거리며 갇혀 떠는 곤충들이
우리들 눈에는 즐거웠다
더 이상 자라지 않고
더 이상 죽지 않는 그들의 여름을
우리는 추억처럼 간직했다

삼십여 년이 지난 요즘도
꿈속에서 화들짝 놀라 깰 때가 있다
아직 숙제를 끝내지 못한 여름 하나가
밤마다 나를 잡기 위해
포충망을 들고 따라다녔다
등에서 복부를 관통한 핀 하나가
나를 더 이상 꿈꾸지 않게
더 이상 떠돌지 않게
그 여름의 끝에 매달아 두었다
그때마다 곤충이 아니길 기도했지만
내 옆에는 벌써 두어 사람이

십자가에 못질되어 울부짖었다

—《못과 삶과 꿈》

하노이 연가
— 산중문답 시편 11

가끔 잘 운다는 하롱베이를 만나기 위해
겨울 하노이에 왔다
내 청춘의 벼랑 끝에서
M-16 가늠쇠로 숨죽이며 지켜보았던
하노이가 맨몸으로 나를 맞아 주었다
잘 눕지도 못하고
지팡이로 지탱한 그녀가
오늘은 붉은 산호꽃으로 운다

정글을 쫓으며 상처를 준
내 가슴에
눈물로 매달렸던 수진 마을의 랑,
삼십 년도 더 지난 슬픈 꿈이
길게 따라 도는 작은 섬 사이에
총 총 총 총 떠돌며
나마저 화석으로 굳어지게 할 줄이야!

남루한 이 마을의 아이들이
내미는 때 묻은 손에 살짝 쥐어 준 1달러
코를 훌쩍이며 손을 내민 내 유년의

'헬로, 기브 미 껌'
가끔 잘 우는 내 사랑의 추억이
오늘은 하노이에서 손을 내민다
'헬로, 기브 미 러브!'

—《못과 삶과 꿈》

시화호를 바라보며
— 산중문답 시편 12

비닐봉지와 쓰레기 더미
바람에도 날려 가지 않는 정체불명의 거품
미시시피를 바라보며 한 늙은이가 울고 있다
강이 검다고, 물고기도 살지 못한다고
한 늙은 추장이 강가에 서서 추억처럼
울고 있는 30초짜리 CF는 끝나고
70년대 미국은 편안히 잠드는데,

오늘은 CF 밖에서 우리가 햄버거를 대신 뜯고
울고 있는 너를 보고 있다
흑백 활동사진 같은, 밤마다 몰래몰래 방류하는
정체불명의 항문
퉁퉁 부은 익명의 해안가에
등 굽은 물고기가 물을 버리고
무심코 마을버스 한 대가 덜컹대며 고샅길을 지나간다

큰비 한 번 오면 잊어 준다고
깡소주 같은 인생은 쉽게 잊혀진다고
낡은 셔츠 한 장의 시화호 수문 앞에는
정체불명의 사람들이 잠시 보이고

코를 막고 쉬고 있는 물새들만
먼바다로 연신 고개를 끄덕이는
멍텅구리배 한 척을 멍청히 바라보고 섰다

―《못과 삶과 꿈》

오줌을 누며
— 산중문답 시편 13

어린 시절 오줌 마려우면
높은 곳에 올라가서 멀리 오줌을 누었다
포물선을 그으며 떨어지는 그곳
그곳 너머 한 발짝 더 가기 위해
뒤꿈치를 들고 안타깝게 아랫도리에 힘을 더 줬다
힘찬 오줌발이 한두 걸음 뻗어 가듯
그렇게 젊은 날을 후회 없이 유랑하였다

사는 것이 오줌 누듯 하지 않았다
숨어서 방뇨하던 시절
발밑이 역시 인생이었다
요즘은 운 좋은 날이나 오줌발이 멀리 갈까
발 앞에서 몇 번 찔끔거리는
눈물 같은 이슬 같은 그것을 털고 또 턴다

남자가 아니면 모른다
대장부가 아니면 모른다면서
털어도 털어도 털리지 않는
아, 슬픔 같은 그것!

명상 나무
— 산중문답 시편 14

명상을 한다
한 그루 나무로 꼭꼭 심어 둔다
얼마 지나지 않아 내가 누군지
울며 맞이할 사람,
그 한 사람이 별로 떠오르면
그때마다 그를 잡아
쓰레기통에 처넣어 버린다
왜냐고?
내가 나무와 함께 심어졌다 해도
그놈이 몰고 온 광풍에
뿌리째 뽑히고 말았기 때문이다
열매를 맺을 자신이 없어서!

오늘은

― 산중문답 시편 15

오늘은 너를 생각하고
오늘 마신 물과 음식
오늘 함께 살아 있는 나무
오늘이 무관해질 때까지
오늘 너를 생각하지만
생각 밖에 서 있는 저 나무처럼
오늘 나는 머리에서부터 죽어 간다

매미가 없다
— 산중문답 시편 16

M M M M
수매미가 하염없이 운다
EM EM EM EM
밤에도 자지러지게 운다, 헤맨다
귀에 못이 박히도록
너를 찾아 목 놓아 부르는데

오냐 오냐 오냐,
찬바람 불기 전에
네년이 새벽 서리 밟고 돌아오기 전에
콱 뒈져 버려라, 여름아!

휴거를 노래함
— 산중문답 시편 17

    그날 아브라함은 번제에 쓸 장작을 들어 아들 이삭에게 지우고 자기는 불과 칼을 손에 들고 함께 갔다더라.
    이삭은 그때사 생각난 듯 '불도 있고 나무도 있지만 번제에 바칠 양은 어디에 있습니까?' 하자 '아들아, 번제에 바칠 양은 하느님이 몸소 마련해 주실 게다.' 둘이 함께 걸어갔다 하더라.

    아비를 믿지 않을 자식이 어디 있겠는가! 더구나 전능하신 하느님을 담보하는 바에야! 그날 우리는 하늘에 오를 것을 굳게 믿고 가산을 정리했다. 그날이 다가올수록 이를 믿지 않는 자들이 더욱 불쌍해 보였다. 한 사람의 의인이라도 더 구하고 싶었지만 그들은 더욱 냉담하게 대하였다. 하느님 저들을 용서하소서! 우리는 침이 마르도록 빌고 빌었다.

    하느님이 일러 주신 곳에 이르러 아브라함은 거기에 제단을 쌓아 놓고는 아들 이삭을 묶어 제단 위 장작 더미에 눕혔다더라.
    그리고 손을 내밀어 칼을 쥐고 아들을 막 잡으려 하는데
    아, 아버지가 살인자로!
    어린 아들을 제물로 바치려는 이 악마적인 도덕!
    설마 하는 생각도 할 틈 없이 두려움에 눈을 감는 저 어린 양!
    그래그래 죽자, 오늘이 그날이구나.

자정을 불과 몇 분 앞두고 우리는 서로 울부짖으며, 광란으로 육신이 바닥에 닿는 느낌이 사라질 때까지 우리는 저들과 다른 선택된 자임을 증명하고 그 증명마저 하늘로 가져가리라 믿고 또 믿으며 오직 자정의 시침이 한 몸 되어 우리 엉덩이를 꽉 치받기를!

그때였다. 야훼의 사자가 하늘로부터 '아브라함아, 아브라함아' 부르는지라 그가 '여기에 있나이다' 하고 대답하였더니 '아이에게 손대지 말고 아무 짓도 하지 말아라, 네 아들, 네 외아들마저 내게 아끼지 않았으니 이제는 네가 하느님 두려워하는 줄 알았노라'
아브라함이 눈을 들어 보니 뒷덤불에 숫양 한 마리가 뿔이 걸려 발버둥치고 있었다더라.

숫양 한 마리가 우리 엉덩이를 꽉 치받기를 기다린 휴거의 그 밤,
집집마다 십자가가 거꾸로 걸려 있었다.

김여정金汝貞, 벌써 회갑이라니!

— 산중문답 시편 18

"이제 못질 그만하거라이" 하며
소주, 맥주 가리지 않고 마셔 대는 당신을 보면
여잔지 남잔지 알 수 없다

한밤에도 무턱대고
"땡칠아 나오거래이" 걸걸한 목소리로 불러 놓고
작은 술집에 앉아 음정도 맞지 않는
최신 유행가를 부르는 당신을 보면
시인인지 카수인지 알 수 없다

주일날 어쩌다 성당 모퉁이에 앉아
다소곳이 미사포 쓰고 있는 당신을 보면
그제서야 여잔지 알고,
두 손 모으고 눈 감은 옆모습 보면
그제서야 시인인 줄 알지만
못 박힌 사랑, 못 박힌 꿈을
그분에게만 살짝 보이는 당신은 누구인가!

고개 숙인 여정
— 산중문답 시편 19

진주 쪽이 고향이라고 한다
사 남매 모두 다 생일이 가을이라고 한다
왜냐고 물으면
몰라서 묻나? 가 대답이다

— 고향을 물어보고 이름을 물어봐도
고개 숙인 옥경이

일 년쯤 지나 답변을 들었다
겨울방학 때마다 아기를 가져서 그렇다고,
그 후 나는 '옥경이' 유행가만 나오면
손가락으로 달수를 꼽아 보며
우리들의 누님을 먼저 떠올린다

요즘도 나는
하느님과 가까이 지내고 있다는
그녀의 비밀 고백을 듣고
가을만 되면 몰래 햇수를 꼽아 본다

우리들의 누님
― 산중문답 시편 20

젊으나 늙으나 남자들은
모두 다 그녀를 누님이라 부른다
처녀 적 모습을
어느 문학 특집 화보에서 보았는데
그런대로 삼삼했다

한잔 거나하면
'한 달에 한 번 하는 그거 때문에 못 살겠대이'
하며 엄살떠는 모습을 보면
아직도 그녀의 시가 왜 싱싱하고 자극적인가를
금방 알 수 있는 대목이다

거침없이 내뱉는 화법,
굽히지 않는 자존을 약점인 양 들추면
그녀는 귓속말로 속삭인다
"너하고 닮은 점이 그거 아이가"

그렇다면 당신도 눈물 감추는 법,
그리움 뒤에 숨는 법이 나와 같단 말인가!

4월의 노래
— 산중문답 시편 21

4월은 3월 다음에 온다
그러니까 4월 다음에는
5월이다

4월은 잔인한 달
나의 부활 첫 사람도 그렇게 왔다

오도송 悟道頌
— 산중문답 시편 22

세상과 더불어 사는 것이
사람뿐인 줄 알았더니
오십 줄에, 줄에 걸려 넘어지면서
나는 깨달았네

사람 눈에 사람 마음만 보고
사람 생각과 행동이
더욱 사람 되길 바랐더니
죽어서도 사람인 양
사람의 저승길만 찾을 게 뻔해

오십 줄에 줄줄이 길을 묻게끔
오늘은 오도송 한 줄로 빗금질 치네

4

Love Song for Hanoi

Collection of Insects

Catching live dragonflies, cicadas, locusts,

we arranged them in a box,

their bodies pierced by pins.

The prisoners trembled desperately,

but presented a pleasurable sight to our eyes.

Growing no more, dying no more,

their summer was kept unchanged in our memory.

Although more than thirty years have passed,

I still awake from time to time from my dream

in a cold sweat and surprised to death.

One summer that had not yet finished its homework

followed me night after night with an insect net

to catch me alive.

One pin piercing me through my back to my belly

fixed me to the end of summer

to make me dream no more,

to make me wander no more.

Each time I prayed to cease being an insect,

but already two or three men lay beside me,

crying aloud desperately.

How to Become a Buddha

I will never fall into a sin twice.

If you have already fallen into a sin

you should remember those words forever.

The word twice is just one word,

but what twice is, calls for too many answers.

If we could traverse the world twice,

who would be so foolish as to attempt an answer by himself?

If we learn and practice something everyday,

what great joy and wonder we shall surely taste!

Everything Turns Around

The sky always turns from the left,
while the earth turns from the right.
Man should turn around, like the sky, from left to right
and woman, like the earth, from right to left.
Man from top to bottom,
woman from bottom to top.

It thrusts slowly and leisurely,
like a small fish nibbling bait cautiously.
It thrusts quickly and fiercely,
like a flock of birds flying like an arrow
chased by a tail wind.
No one in the past, or in the present as well,
was caught and drowned in this flowing water.
However, I truly fear that every night the sky
and the earth might collapse only here!

Who Will Let Me Suck Her Breast?

A calf's mouth is clean,

when it sucks mother cow's udder.

A dog's mouth is clean, when hunting.

A bird's beak is clean,

when it pecks at fruit on a tree.

Likewise a woman's mouth is clean,

whenever it is kissed.

I have grown old enough, am no longer young,

so where is the woman

who will let me suck her breast tonight?

Talking About a Hole

Whenever we enter and then emerge from a hole,

we are always dead before emerging.

Sometimes we are half dead when emerging.

Once we lie dead in the hole,

we always fall sound asleep snoring loudly,

as if rolling headlong into a bottomless chasm.

There are more terrible fates for us all.

Whenever we enter a dugout of the world,

we always emerge with severe internal injuries.

Some are carried out dead.

The Sutra of a Virgin advised us earnestly

to always emerge alive, never dead,

from any hole we enter, any hole in the world.

The sutra made me realize that I am already fifty years old,

but also taught me how to live, though dead.

Like a Book With Missing Pages

My wife is also approaching the age of fifty.

Now my hand grows less nimble than before

when fondling the corners of her body,

as if my hand cannot turn over as quickly

as I wish the pages of the Sutra of a Virgin.

Sometimes my mother emerges like a book

with missing pages. She became a widow

at forty and now lies down by my wife's side,

like a book with missing pages.

While my wife tames me well,

my mother blushes like a virgin.

Whenever my wife conceals the trace of my birth

without climax, I secretly insert into Chapter Five

of the Sutra, between the pages I once turned so greedily,

the worlds I remember hearing mother say to me as a child:

You were born by way of my umbilical chord.

Life-size Statue of Buddha 1

I saw a living Buddha.

He had never lived while living,

and never dies even though he's dead.

However, I came to meet him face to face.

Today, a wanderer enters his body

where he is no more,

lives a wanderer's life

and leaves. Where does he go?

Ask your living Buddha!

Life-size Statue of Buddha 2

Someone advised me in a dream to be a Buddha.

Teaching me how to become a Buddha,

he ordered me around. So surprised, I woke up

from my sleep and realized it was just a dream.

Today is my first night on Nine Flowers Mountain.

Shaking off fear for a while with eyes wide open,

I fall asleep unawares.

Again someone came, advised me to be a Buddha.

I shook my head as clearly as if I were awake.

Change everything, even yourself!

I could not agree so quickly, because the way

to become a Buddha seemed too easy, too simple to believe.

But how could I know in advance

that to withdraw from of a dream,

especially tonight, would be more difficult

than to become a Buddha!

Life-size Statue of Buddha 4

A living Buddha is bored all day long.

The longer he sits in one place,

the more weary, even itchy he feels.

Then, to while away the empty hours,

he starts to fumble with his private parts.

Surprised by people suddenly approaching,

he firmly closes his eyes, but too late.

Boldly a hidden head emerges, indicating

a path curving off to the left.

Oh, the head is pointing

to the anus of the world!

Life-size Statue of Buddha 12

I now see so many things
that entered his empty body secretly,
even beasts, little prayers,
and the traces of womens' fingernails.

Passing through a valley, a monkey descends
to that field of the heart
into which the way of man and the way of animal
are carved deeply, side by side, in a long curve.
Now no one takes care of his body.
A dead body tells living bodies:
You keep nothing but your own houses safe!

Watching Lake Siwha Die

An old man cries, looking at the Mississippi

choked by plastic bags, piles of waste,

and by unidentifiable flecks of foam

even the wind can't sweep away.

An old chief stands by the river crying,

because the river has turned too black

for any fish to thrive.

He looks like a good old memory from the past

in a half-minute commercial.

When the ad ends, the United States of the '70s

falls asleep in peace.

Today, instead of the Americans,

it is we who bite into hamburgers on our side of the ad,

and watch you who cry in the commercial.

Like in a black and white movie,

unidentified holes continue to furtively

discharge their filth each night.

On an anonymous swollen shore,

fish with arched spines desert their water.

A small bus rattles away without care
through a narrow lane.

As soon as the heavy rain comes
everything will be swept away, they say;
all lives as trivial as smoke
will be easily forgotten, they promise.
While unidentified men appear for a moment
before the floodgates of Lake Siwha
wearing nothing but old shirts,
only waterbirds take a rest, holding their noses,
and gaze absent-mindedly
at a motorless boat monotonously nodding
in the direction of the far open sea.

Love Song for Hanoi

I went to Hanoi in the winter

to see the Harong Bay that is said

to sing or weep so often so clearly.

On the brink of the cliff of my youth,

holding my breath, I watched Hanoi

through the sight of my M-16 rifle,

but it welcomed me with naked body.

Though incapable of lying down easily,

she stood before me supported by a cane,

and today she cried like a red coral flower.

Chasing through the jungle, I had hurt her,

but the virgin Lang of Suzin village

clung to my bosom crying aloud.

Discolored for more than 30 years,

the sad dream floated ceaselessly

between small islands in Harong Bay

in a long curving line.

How could I know it would freeze

even myself to a fossil?

When ragged children of this village held out

their dirty hands, I clandestinely

handed them each a dollar.

My early days had once held out their hands,

sniveling and saying: Hello, give me gum!

The memory of my love who cried so often,

today holds out her hands in Hanoi saying:

Hello, give me your love!

형제시인 시집

어머니, 우리 어머니

문학수첩, 2005

―《어머니, 우리 어머니》가운데 김종철 시인의 시편만 수록하였다.

어머니, 가난도 축복입니다

이 시집은 어머니를 위한 진혼곡이자 어머니 예찬입니다.
이 작은 시집은 세상의 모든 어머니에게 바치는 기도입니다.

우리 어머니는 슬하에 사 남매를 두셨습니다.
그 사 남매 가운데 막내로 태어난 나는 보릿고개, 춘궁,
흉년이라는 말이 예사롭게 쓰이던 시대에 그 시대를 아프게
컸습니다.
한 끼 굶고 냉수 한 사발 쭉 들이켜며 허기를 채우는 것이
조금도 부끄럽지 않은 시대에
푸른 하늘만을 바라보며 성장한 것이지요.
그 가난은 진실로 축복이었습니다.
이 시집은 그 시절의 투명한 눈물과 마음을 모아,
당신께서 떠난 지 15주기 되는 어머니날을 맞아 펴냅니다.
요즘도 잘 익은 과일이나 별미를 먹을 때
문득문득 어머니가 생각납니다.
생전에 저지른 불효가 어떠했으면
이처럼 뒤늦은 깨달음에 마음 아파하겠습니까?
아직도 청개구리처럼 저는 울고 있습니다.
열 손가락 깨물어 아프지 않은 손가락이 없다고
당신의 자식 사랑 말씀하시던 때가 엊그제 같은데,

오늘은 열 손가락 중 하나였던,
그 잇자국이 선명한 사랑 하나가 정말 보고 싶습니다.

김종철

청개구리

어머니 유해를 먼바다에 뿌렸다
당신 생전 물 맑고 경치 좋은 곳
산화처로 정해 주길 원했다
그런데 어찌 된 일인가
비 오고 바람 불어 파도 높은 날
이토록 잠 못 이루는 나는 누구인가
저놈은 청개구리 같다고
평소 못마땅해하셨던 어머니가
어째서 나에게만 임종 보여 주시고
마지막 눈물 거두게 하셨는지 모르지만
당신 유언대로 물명산을 찾았는데
오늘같이 비만 오면 제 어미 무덤 떠내려간다고
자지러지게 우는 청개구리가
이 밤 내 베개맡에 다 모였으니 이를 어쩌나
한 번만 더, 돼지 발톱 어긋나듯
당신 뜻에 어긋났더라면
비 오고 바람 부는 날
이처럼 청개구리가 되어 울지 않아도 될 것을

종이배 타고

오늘은 어머니 사십구재다
염불로 어머니 영혼을 불러내고
목욕을 시켜 드렸다
저녁 무렵 어머니는 종이배 타고
반야바라밀다 강을 건너갔다
이를 본 적은 없었지만
이를 부인하는 형제는 없었다
보이지 않는 것은 보이지 않는 것끼리
나란히 서 있었다
우리 사 남매는 이제야
어머니 한 분씩을 각자 모실 수 있었다

엄마 엄마 엄마

나는 어머니를 엄마라고 부른다
사십이 넘도록 엄마라고 불러
아내에게 핀잔을 들었지만
어머니는 싫지 않으신 듯 빙그레 웃으셨다
오늘은 어머니 영정을 들여다보며
엄마 엄마 엄마, 엄마 하고 불러 보았다
그래그래, 엄마 하면 밥 주고
엄마 하면 업어 주고 씻겨 주고
아아 엄마 하면
그 부름이 세상에서 가장 짧고
아름다운 기도인 것을!

조선간장

어머니는 새벽마다
조선간장을 몰래 마셨다
만삭된 배를 쓰다듬으며
하혈을 기다렸다
입 하나 더 느는 가난보다
뱃속 아이 줄이는 편이 수월했다
그러나 아랫배는 나날이 불러 오고
김해 김씨 가마솥에는
설설 물이 끓기 시작했다

그날 누군가 바깥 동정을 살폈다
강보에 싸인 아기는
윗목에서 마냥 울기만 하였고
아랫마을 박씨는 아직 오지 않았다
고추 달린 덕에 쌀 몇 가마니 더 받게 되었다
그러나 핏줄과 인연이 무엇인지
눈치챈 누나는 아기를 놓지 않았다

굶어도 같이 굶고 살아도 같이 살자는
어린 딸이 눈물로 붙들어 매었다

어머니는 젖을 물렸다
어머니 젖에서는 조선간장 냄새가 났다

어머니,
지금도 그 가난이 나를 붙들고 있는 것은
조선간장 때문만이 아닙니다
지금도 그 핏줄이 나를 놓지 않는 것은
눈물 때문만이 아닙니다
그것은 어머니만 아십니다
오늘 당신 영정 앞에서 남몰래 흘리는 눈물이
조선간장보다 더 짜고 고독한 것을!

사모곡

엄마
어머니
어머님
당신을 부르기엔
이제 너무 늙었습니다

엄마 하며 젖을 물고
어머니 하며 나란히 길을 걷고
어머님 하며 무릎 꿇고 잔 올렸던

당신 십 주기十週忌 제사상에
북어 대가리 같은 무자無字 하나
눈을 감습니다

만나는 법

어린 시절, 어머니에게 물었습니다
내일은 언제 오나요
하룻밤만 자면 내일이지
다음 날 다시 어머니에게 물었습니다
오늘이 내일인가요?
아니란다 오늘은 오늘이고 내일은
또 하룻밤 더 자야 한단다

고향에서 급한 전갈이 왔습니다
어머니 임종의 이마에
둘러앉아 있는 어제의 것들이 물었습니다
애야 내일까지 갈 수 있을까?
그럼요 하룻밤만 지나면 내일인걸요
어제의 것들은 물도 들고 간신히 기운도 차렸습니다
다음 날 어머니의 베갯모에
수실로 뜨인 학 한 마리가 날아오르며 다시 물었습니다
오늘이 내일이지

아니에요 오늘은 오늘이고 내일은
하룻밤을 지내야 해요

이제 더 이상 고향에서 급한 전갈이 오지 않았습니다
우리 집에는
어머니는 어제라는 집에
아내는 오늘이라는 집에
딸은 내일이라는 집에 살면서
나와 쉽게 만나는 법을 알고 있기 때문입니다

닭이 울 때

그날 밤
닭이 세 번 울었습니다
세 번이나 몸을 감추었던 내가
누구인지 알게 되었습니다
신새벽은 언제나 닭이 울고 난 후에
몸을 드러냅니다

어머니는 오늘도 작은 공터에서
닭을 칩니다
사료와 물을 주고 닭장을 손질합니다
닭똥 냄새가 정말 지독합니다
어머니는 이 많은 닭들이
언젠가 일제히 울 것을 두려워합니다

아니에요 아니에요 아니에요
그날 밤
첫애를 가진 아내는
횃대 위에 올라가 몸을 틀고
물을 데우던 어머니와 나는
서둘러 닭이 울기를 기다렸습니다

소녀경처럼

아내도 오십을 바라본다
이제 아내 몸 구석구석 더듬기에도
소녀경처럼
페이지가 잘 넘어가지 않는다
어떤 때는 파본破本처럼 어머니가 나온다
나이 마흔에 과부가 되셨던 어머니가
아내 옆에 파본처럼 따라 눕는다
아내가 나를 길들이는 동안
어머니는 동정녀처럼 얼굴을 붉히고,
오르가슴 없이 내가 태어났던 자국을
아내는 숨긴다
그때마다 나는 배꼽에서 태어났다는
유년시절 어머니의 말씀을
침 바르며 넘긴 제5장 임어편
갈피에 몰래 꽂아두었다

길

고희를 넘기시고
자주 노환을 앓는
어머니 곁에 누운 밤
천장 벽지의 무늬결 따라
우리는 말없이 걸었습니다
나는 어머니 손을 잡고
어머니는 길 끝을 잡고
나란히 걸었습니다.
너무 걸어 어머니가 눈 붙이면
창밖에서 수염도 깎지 않은
희뿌연 새벽 하나가
종철아, 하고 불러내었습니다.
누고?
어머니가 먼저 눈뜨시며
잠자는 나를 흔들어 깨웠습니다

밖에서는 또 쓸데없이
개가 짖기 시작하였습니다

옥수수 밭 너머

어릴 때 나는
밤에 변소 가는 것이 제일 싫었습니다.
어쩌다 설사를 만나는 밤에는
큰일이었습니다
우리 집 변소는 옥수수 밭 너머 있었습니다
어머니는 잠결에 마당 한구석에서
볼일을 보게 해 주셨는데
그때마다 나는
헛기침을 크게 세 번 하는 것을 잊지 않았습니다
어쩌다 보채어 어머니가 따라 나와 준 날에는
어머니가 헛기침을 세 번 해 주고
아직 멀었느냐, 자주 물었고
나는 부지런히 힘을 주지만
옥수수 밭 사이로 우수수 바람이 빠져나와
불알이 시렸습니다
그날 밤에도
서 있는 어머니가 심심할까 봐

이것저것 얘깃거리를 궁리하는 동안
어머니가 또 밑을 닦아 주었습니다.

죽음의 둔주곡 3곡
— 베트남 참전하던 날

그날
젊은이들은 모두 떠났다
조국으로부터 어머니로부터 운명으로부터
모두 떠났다
젊은이들의 믿음과 낯선 죽음과
부산 삼 부두를 실은 업서호의 전함戰艦
수천의 빗방울이 바다를 가라앉히고
어머니는 나를 찾아 헤매었다
갑판에 몰린 전우들 속의 막내를 찾아 하나씩하나씩
다시 또다시 셈하며 울고 있었다
어머니가 늙어 뵈신 것은 이때가 처음이었다

바람이 분다
내 어린 밤마다 등불의 심지를 돋우고
심청전에 귀 기울이며 몇 번이나
혀끝을 안타까이 차며 눈물짓던 젊은 어머니
어머니의 무릎을 베고 누운 어린 나도
내 살갗에 와 닿는 세상의 슬픔을
영문도 모르고 따라 울었다
바느질을 아름답게 잘 하시던 어머니는

그 밤따라 유난히도 헛짚어
몇 번이나 손가락을 찔렀다
심청은 울며 울며 떠났고
나는 마른 도랑의 돌다리에서 띄운 작은 종이배에
내가 사는 마을 이름을 하나씩 적어 두었다
그날 몰래몰래 담장을 넘어간 어머니의 울음은
다시 낯선 해일이 되어
어머니의 편한 잠과 내 종이배를 모두 실어가 버렸다

잠시 후면 오오 잠시 후면 떠남뿐이다
수많은 기도와 부름이
비와 어머니와 나를 삼켰다
내가 간직하고 온 부두에서는 오래도록
만남의 손이 흔들렸고
나는 먼바다에서 비로소 눈물을 닦아 내었다
눈물 끝에 매달린 어머니와 유년의 바다
배낭 안에 넣어 둔 한 줌의 흙
그것들의 붉디붉은 혼이
나를 너무나 먼 곳으로 불러내었다

죽음의 둔주곡 8곡
— 그래그래 큰 것을 잊었구나

깊고 그윽한 부름이 있어 매일 밤 나는 깨어 울었습니다
'나의 아들아' 나는 알고 있습니다
당신의 마른 구원의 눈썹이
정글 속의 가시보다 모질고 고독한 것을
나는 돌아왔습니다 내가 가진 여름과 재앙과
말라빠진 광야를 버리고 다시 막내가 되어 돌아왔습니다
그래그래 이제 큰 것을 잊었구나
당신의 아픈 한마디 말씀 나를 뚫고 산을 뚫고
망우리를 뚫었습니다
나는 혀가 아리도록 김치를 씹었습니다

날마다 하나씩 늘어나는 당신의 죽음을
한 올 머리카락이 시들어 가는 죽음
서투른 관절의 죽음
당신이 키운 한 마리 개의 죽음
캄란베이 어둔 병동에 냉동되어 있는
몇 구의 죽음도 당신의 것입니다
그날 한 방울의 물도 말라 버렸고
땡볕의 정글이 모든 것을 거두어 갈 때
아오스딩도 칼릴 지브란도 반야바라밀다 심경의 일절도

알몸으로 죽어 갈 때
나는 최후의 말을 외쳤습니다 최후의 목마름을
어머니 나는 사랑의 빚 이외에는
아무 빚도 지질 않았습니다

내 잠의 눈썹에

어느 날 밤 눈을 뜨니까 죽음의 마을에 와 있었다
나는 비로소 몇 년간 어머니와 책과 집을 떠나와 있음을 알았다
낯선 땅의 적敵과 붉은 안개와 더불어 다녔던
나의 벗은 몸은 모래와 물뿐이었다
나는 내가 지켜야 하고 건너야 할
모래와 물이 너무나 많음을 알았다
날마다 내 몸 밖에서 눈물과 땀과 피를 하나씩 날라 온
가복家僕들이 나를 너무 멀리 갈라놓았다
내 속에 멀어지고 성겨져 있는 모래와 물을
한참이나 뛰어 건너도 나는 한 방울의 물과
한 알의 모래도 벗어나지 못했다
한 알의 모래를 건너려니
이승의 수천 리 밖까지 당도해 있고
울며 되돌아와 있으니
내 잠의 눈썹 밑에 성큼 내려앉는 오, 어머니!

해 뜨는 곳에서 해 지는 곳까지

내 고향 한 늙은 미루나무를 만나거든
나도 사랑을 보았으므로
하루하루 몸이 벗겨져 나가 그대처럼
삶을 얻지 못하는 병을 앓고 있다고 일러 주오

내 고향 잠들지 못하는 철새를 만나거든
나도 날마다 해 뜨는 곳에서
해 지는 곳으로 집을 옮겨 지으며
눈물 감추는 법을 알게 되었다고 일러 주오

내 고향 저녁 바다 안고 돌아오는 뱃사람을 만나거든
내가 낳은 자식에게도 바다로 가는 길과
썰물로 드러난 갯벌의 비애를 가르치리라고 일러 주오

내 고향 홀로 집 지키는 어머니를 만나거든
밤마다 꿈속 수백 리 걸어 당신의 잦은 기침과
헛손질로 자주자주 손가락을 찔리우는 한 올의 바느질을 밟고
울며 울며 되돌아 온다고 일러 주오

내 고향 유년의 하느님을 만나거든

기도하는 법마저 잊어버리고
철근으로 이어진 도시의 언어와 한 잔의 쓴 술로
세상을 용케 참아 온 이 젊음을
용서하여 주어라고 일러 주오

내 고향 떠도는 낯선 죽음을 만나거든
나를 닮은 한 낯선 죽음을 만나거든
나의 땅에 죽은 것까지 다 내어놓고
물없이 만나는 떠돌이 바다의 일박―泊까지 다 내어놓고
이별 이별 이별의 힘까지 다 내어놓고
자주 길을 잃는 이 젊은 유랑의 슬픔을
잊지 말아 달라고 일러 주오.

금요일 아침

금요일 아침, 8년 만의 서울 거리에서
철들고 처음 울었다.
사랑도 어둡고 믿음도 어둡고 활자도 어두운 금요일 아침
이 도시에서 분명해지는 것은 공복과 아픔뿐이다.
철근으로 이어진 도시의 신경 너머
나뭇잎 비비는 소리
냇물의 물고기 튀어 오르는 소리까지 모여드는
유랑의 눈물을 나는 다시 불러 모아
이 젊음을 가지고도 잘도 참아 내었구나.
어머니가 길러 온 들판 하나를 말려 버렸고
말하지 못하는 나의 말과 꿈꾸지 못하는 나의 꿈과
취하지 않는 나의 술과 나의 배반은 너무 자라서
어머니의 품에 다시 안기지 못한다.
열세 켤레째의 구두 뒤축을 갈아 끼우는 금요일 아침
철들어 나는 처음 울었다.

어머니가 없다

저녁마다 마을 가까이 오던 붉은 강 하나가
물 없이 만나고 돌아선다
허수아비와 건초 더미와 몇 개의 문장만이
고삐를 들고 이 도시의 저녁을 데리러 온다
슬픔과 불모와 모욕의 불빛을 모아
밤마다 새로이 갖는 도시의 육체
내 젊음과 눈물을 붙든 병든 땅

그날 밤
산그늘의 커다란 손바닥이
풀잎 한 장을 접는 까닭을
이 마을의 젊은이는 모른다
집 떠난 아들은
어머니의 저문 아궁이에서 탁탁 튀겨 오르는
참나무 불꽃 소리를 모른다
허깨비에 세 번 큰기침을 하는
어머니의 속마음을 모른다
모욕의 도시에서는 누구도 어머니를 갖지 못한다

간밤 꿈속에서

간밤 꿈속에 어머니와 몇 그루 나무를 보았지요
내가 어머니를 뵈오러 간 것인지
어머니와 몇 그루 나무가 수천 리 걸어
내 꿈속에 드는 것인지 알 수 없어요
생시 떠나와 있으면 어머니와 나는 늘 하나가 되었고
해후를 하면 우리는 다시 각각이 되었지요
어머니와 나는 분명히 꿈속에 속하지 않으면서
또한 꿈속의 만남을 여의지 않았어요
있음과 없음이 서로 넘나들 동안
잠 도둑이 사는 곳은 무섭게 헐벗어 버렸어요
꿈꾸는 자를 나라고 한다면
깨어서 어머니를 맞이하는 자는 누구일까요
나의 사랑은 나누면 하나이고 합하면 둘로 되어요

꿈

매일 밤 수의를 입은
어머니 꿈을 꿉니다
그때마다 나는 꿈속에서
눈물을 한없이 흘립니다
그러나 정녕 마음이 아프고 슬픈 것은
나의 몸은 보이지 않는데
내가 울고 있는 일입니다

목련 지는 날

아무도 꿈 밖의 당신을 찾지 않았습니다
목련은 손바닥만 한 그늘 한 장을 땅에 내려놓고
산촌 외가집 어머니 것인
찬 몸 하나와 몸을 포갭니다
오늘도 당신의 빈 가지에
초행길 날 저무랴
밤이슬에 채여 넘어지는 작은 산 한장
지난 겨울의 동상의 귀에
당신의 기도를 열어 둡니다
날마다 여린 것들과 함께 커 가는
당신의 나무에 또 다른 바다가
우리를 낳고 있습니다

죽은 산에 관한 산문
— 이 땅의 어머니들에게

어머니, 나는 큰 산을 마주하면 옛날 당신을 안고 쓰러진 죽은 산과 마주하고 싶어요. 그날 어린 잠의 살점까지 빼앗아 달아난 이 땅의 슬픔을 어머니는 어디까지 쫓아갔나 알고 있어요. 굵은 비가 뒤뜰 대나무 숲을 후둑후둑 덮어 버릴 때, 나는 가슴이 뛰어 어머니 품에 매달렸어요.

대나무의 작은 속잎까지 우수수 어머니 앞섶에서 떨리는 것을 보았어요. 잇달아 따발총 소리가 숭숭 큰 산을 뚫고 어머니의 공동空洞에 와 박혔어요. 해가 지면 마을 사람은 발자국을 지우고 땅에서 울부짖는 사신死神의 꿈틀거리는 소리에 선잠을 이루었지요.

어머니, 아무도 이 마을의 피를 덮지 못하는 까닭을 말해 주어요. 유년의 책갈피에 끼워 둔 몇 닢의 댓잎사귀에 아직 그날의 빗방울이 후둑후둑 맺혀 있어요.

유난히도 쩌렁쩌렁 산이 울던 그해에는 비가 잦았다.
죽창을 든 한 떼의 사내들이 어머니를 앞세우고 가던 밤이다.

어머니 등에 업힌 채 나도 빨리빨리 걸었다.
발가벗겨진 시커먼 산들도 내 등에 업혀 따라왔다.
괭이도 낫도 한 번 닿지 않은 황량한 땅에

사내들은 두려운 기도와 몇 구의 죽음을 묻었다.
큰아들과 지아비를 잃은 당신의 몇 마지기
빈 들은 멀리서 기울어져 가고
나와 몇 번 마주친 불모의 들판은
그 후 당신의 지병보다 오래 당신의 것이 되었다.

어머니 말해 보서요. 당신은 큰 산의 목소리를 찾아 헤매었어
요. 그 목소리는 많은 산을 데불고 나를 끌어 주었어요.
그러나 아무 데도 데려다주지는 안했어요. 당신의 슬픔보다
처참하게 드러난 대나무 숲의 밑둥, 나는 이제 어머니의 큰 목소
리 하나뿐이어요. 어머니, 당신은 무엇으로 이 땅의 비극을 마지
막 말로 삼게 하였나요. 아무도 이 땅을 빈손으로 돌려보내지는
않았어요. 그 누구도 이 마을의 피를 덮지 못하는 까닭을 말해
주어요.

제6시집

못의 귀향

시학, 2009

솜씨 좋은 목수는 목상자를 만들 때 한 번에 아래위가 '딱' 맞아떨어지는 소리를 내게 해야 제격입니다. 그러나 내가 사는 세상일과 시는 좀처럼 딱 맞아떨어지지 않습니다. 이번에 내 시가 멈춘 고향은 나를 보는 것마저 낯설어 합니다. 내 시의 귀향은 또 한 번 야반도주로 끝낼지 모르겠습니다. 내 모든 상상력의 근원이요, 돼지들과 닭까지 한데 뒤섞인 이 마을의 꿈을 나는 베갯머리에서 멀리 둔 적이 한 번도 없었습니다.

하루에 두 번 새벽이 왔던 마을, 우수수 흔들리는 대숲과 울창한 밤나무들, 긴 밭고랑을 타고 넘는 푸른 옥수수 터널, 어디서나 철철 넘쳐흐르는 맑은 개울, 산비탈 발등에 자주 걸려 넘어지는 쌍무지개, 이 마을의 새벽은 한 번은 산에서 내려오고 또 한 번은 바다로부터 왔습니다. 활처럼 휘어진 수평선을 바라보면 나는 언제나 팽팽한 작은 시위가 되었습니다. 못의 사제로 나를 한없이 느리게 키워 준 곳, 오늘은 비록 나를 받아 주지 않아도 내 시의 출발과 못의 유서는 이곳에서 다시 쓸 것입니다.

초또의 지워진 길 위에서
김종철

제1부

초또는 대못이다

밤기차를 타고
— 초또마을 시편 1

기차는 밤새도록 달렸습니다
덜컹대는 침대칸의 흐린 불빛
얇은 요 한 장에 돌아누운
낯선 순례꾼의 잠꼬대
이 밤 우리가 찾는 것은
녹슨 양심을 벼리는 숫돌이고
당신의 발밑에 놓을 기도의 머릿돌이었습니다
하지만 자리를 털고 일어나는 것은
단 한 번도 멈추지 못했던
내 욕망의 기차가 마주 달려올 줄이야
저 모순투성이의 철로에
내 전 생애를 낮은 포복으로 기어 오던
오, 그토록 애써 외면했던
바로 네놈까지!

　　새벽안개 속에
　　흰 수증기를 내뿜는 기적 소리는
　　귓전에 울어 쌓이는데
　　군화 끈을 조여 매고
　　더블백을 둘러멘 나는 파월 참전병

낯선 전쟁터로 발령받아
세상에서 가장 긴 편지를 어머니에게 쓴 그 밤
덜컹대는 철로 따라 꾹꾹 눌러쓴
문장 몇 줄은 눈물처럼 잘려 나가고

그래그래 이 밤
어머니보다 더 늙은 우리 내외가
삐뚤삐뚤 쓰여진 철로 따라 예까지 왔구나
육십 평생 순례의 끝에서
아들 같은 젊은 나도 데불고
그래그래 당신에게로 함께 갑니다
오, 초원의 빛이여,
루르드의 새벽이여!

—《못 박는 사람》

어머니의 장롱
— 초또마을 시편 2

어머니는 물동이를 이고 우물가로 갔습니다
밤나무 숲에 이르자 갑자기 천둥 번개가 치고
소나기가 쏟아지면서 캄캄해졌습니다
그 순간 우물에서 무지개가 솟아올랐습니다
아름다운 무지개가 탐이 난 어머니는
두레박줄 잡듯 힘껏 낚아챘습니다
꿈쩍도 않는 무지개 다발을
어머니는 치마로 감싸 안으며
이빨로 하나씩 끊어 내었습니다
한 다발 가까이 쑥 뽑혀 나온 무지개를
남 볼세라 치마 속에 둘둘 말아
한달음에 집으로 달렸습니다
어머니는 장롱 깊숙이 숨겼습니다
형과 누나의 실타래도 넣어 둔
오래된 장롱 속이었습니다

어머니 태몽은 아직 끝나지 않았습니다
내 나이 이순, 몸 깊이 숨겨 둔
당신의 무지개가
저세상 잇는 다리로 다시 뜨는 날

나는 한 마리 학 되어
한 생애를 날아오를 것입니다

—《못과 삶과 꿈》

손님 오셨다
— 초또마을 시편 3

어머니 등에 업힌 나는
칭얼대면서 마실을 다녔습니다
가는 곳마다 손님 오셨다고 맞아 주었는데
상갓집에도 갔습니다
곡을 멈춘 상주가 버선발로 뛰쳐나와
제사상에 올릴 갓 찐 시루떡
첫 판을 쓰윽 잘라 바쳤습니다
손님이 한 상 잘 잡숫고
한잠 달게 주무시고 나자
짓무른 온몸은 꼬들꼬들해지더니
시루떡 팥고물 같은 딱지로
소복이 떨어져 내렸습니다
마마 손님이 떠나간 것입니다
다행히 나는 목숨을 건졌고
빡빡 얽은 곰보도 면했지만
그 후 손님은 어머니 등에서 내려와
내 일생에 업혀 칭얼대며 따라다녔습니다

그래그래, 내 이렇게 살다가
또 어느 귀신 만나

네놈을 뚝 떼어 줄 때까지
오늘 밤도 술독에나 빠질 참이다!

—《못과 삶과 꿈》

문고리 잡다
— 초또마을 시편 4

그날 어머니가 바깥 문고리를 잡아 주지 않았다면
누이는 태어나지 않았을 것입니다
한 번도 본 적 없는
동갑내기 이복동생 말입니다

대가 끊기든 말든 모두 제 팔자거늘
지아비 빌려 주는 사람 어딨어!
— 누가 들을라
듣는 게 대순가
— 그 집 시누는 아마 눈치챈 것 같아
그래도 경사 났다고 난리 아닌가, 누굴 닮았지?
— 아무래도 야들 더 닮았겠지

건넛마을 안동댁은 어머니와 가깝습니다
아버지를 눈물로 간청했습니다
하루 이틀, 몇 달 빌고 빌어서
딱히 여긴 어머니는
착한지 바본지 알 수 없는 아버지를
이웃집 연장 빌려 주듯 덜컥
좋은 날 잡아 동침시킨 모양인데

하필 계집아이 태어날 게 뭡니까?

그때 어머니 나이 갓 서른
쉬잇!

―《못과 삶과 꿈》

장닭도 때로는 추억이다
— 초또마을 시편 5

장닭이 수탉인지
수탉이 장닭인지 어린 나는 알 필요가 없었습니다
어쨌든 놈들은 자주 암탉 등을 올라탔고
나를 쫓아다니며 연신 쪼아 대었습니다
가족 중에서 가장 어린 나만 겁주고
횃대 위로 날아가 목청을 뽑았습니다
한밤중에도 길게 목청을 뽑다가
저놈 때문에 집구석 망친다고
아버지는 닭 모가지를 비틀어 버렸습니다
밥상에 오른 닭을 모두 맛있게 먹었지만
나는 끝끝내 먹지 않았습니다
우리 집 닭은 가족이기 때문입니다
언젠가 한밤중에 나도 잡아먹힐까 싶어
내 딴에는 뜬눈으로 지샜는데
붉은 닭 볏 같은 아침이 오면
더 이상 기억나지 않았습니다
그러다 울고 보챌 때마다
다리 밑에서 주워 왔다고
불쌍해서 키운다고
온 가족이 깔깔깔거린 날

내 머릿속에는 밤새 잘 발라 먹은 닭뼈가
후드득후드득 못 소나기처럼 떨어졌습니다

—《못과 삶과 꿈》

나무젓가락

— 초또마을 시편 6

아버지가 장작을 팼습니다
병상에서 모처럼 일어나
여섯 살배기 겨울을 도끼로 찍었습니다
쩍쩍 빠개지는 통나무 속살
나는 기우뚱기우뚱 덜 마른 장작개비를 나르며
쿵쿵 냄새를 맡았습니다

여덟 살 되던 해
가족들이 비잉 둘러앉은
당신의 임종 머리맡
나는 어머니 등 뒤에 숨어
쿵쿵 냄새만 맡았습니다

여섯 살과 여덟 살을 건너뛴
양손으로 짝 젖히는 나무젓가락
미련 없이 집어 먹고 버리는
일회용 나무젓가락
아버지 젓가락
나는 아직도 쿵쿵쿵 당신을 알아봅니다

—《못과 삶과 꿈》

국수
— 초또마을 시편 7

유년 시절 어머니가 사 남매 키운 밑천은
국수 장사였습니다
부산 충무동 좌판 시장터에서
자갈치 아지매들과 고단한 피란민에게
한 그릇씩 선뜻 인심 썼던
미리 삶은 국수 다발들
제때 팔리지 않은 날은
우리 식구 끼니도 되었습니다
내가 세상에서 가장 좋아하는 것은
불어 터진 국수입니다
눈물보다 부드럽게 불어 터진 가난
뜨거운 멸치 다싯물에 적신
저 쓰러지다 일어서는 시장기를
아직도 그리워합니다
배 아픈 날 당신 약손이 그립듯
어쩌다 놓친 늦은 저녁
뽀얀 김 후후 불며 식혀 먹던
불어 터진 허기가
오늘은 내 생의 삐걱이는
나무 걸상에 걸터앉아 당신을 기다립니다   —《못과 삶과 꿈》

빨래
— 초또마을 시편 8

한겨울 마당에 널어 두었던 빨래
해 지기 전 걷으라고 누나는 신신당부했습니다
우리는 노는 데 그만 정신 팔려
깜깜한 밤 되어서야 부랴부랴 걷었습니다
장작개비처럼 뻐등뻐등 얼어붙은 빨래,
그날 장터에서 늦게 돌아온 누나는
몽둥이로 등짝을 후려쳤습니다
풀 죽은 빨래도 화나면 몽둥이가 되었습니다

—《못과 삶과 꿈》

어깨동무
— 초또마을 시편 9

구짱, 도꾸장, 가쪼, 히로시, 돌찌는
초또마을 사람들 이름입니다
앞집, 뒷집, 건너 고개 너머에는
조깝데기, 똥자루, 아치꼬동
내 또래 아이들이 살고 있습니다
똥지게로 퍼 나른 긴 고랑 밭에는
냄새로 코를 가린 종달새가 높이 날고
집집의 처마로 어깨동무한 양철 지붕에는
굵은 소나기가 성큼성큼 뛰어다녔습니다
울다가 웃다가 까르르 뒹구는 개구쟁이
여름은 눈물 마를 여가 없었습니다

빗방울 총총총 번지는 새벽꿈에
차가운 물방울 하나가 잠을 깨웠습니다
퉤, 퉤, 퉤!
사라진 방패연 찾기 위해 밭고랑 달리다
물컹,
또 똥을 밟았습니다

—《못과 삶과 꿈》

어머니의 젖꼭지
— 초또마을 시편 10

어머니 젖을 오래도록 빨았습니다
빈 젖꼭지라도 물지 않고서는 견딜 수 없었습니다
어머니는 막내라고 나를 달고 다녔습니다

큰형님이 장가를 가고
이듬해 형수가 아기를 낳았습니다
불어 터진 젖을 짜내고 또 짜내었지만
비 온 뒤 시냇물 불어나듯
집안이 발칵 뒤집혔습니다

그날 밤 희끄무레한 호롱불 아래
치마폭 어디메쯤 어색하게 안긴 나는
퉁퉁 불은 젖통을 쥐고 빨고 또 빨았습니다
어깨 너머 어머니는 자주 칭찬을 하였습니다
꿀꺽꿀꺽 쏟아져 나오는 젖에
몇 번이나 길게 숨을 고르기도 했습니다

숨이 턱까지 차야 볼 수 있는 꽃!
간밤에도 밤도둑처럼 아내의
앞섶을 풀다가 주책없다 야단맞았습니다   —《못과 삶과 꿈》

비 오는 술독
― 초또마을 시편 11

고두밥과 누룩 넣을 독을
어머니는 아랫목에 잘 모셨습니다
한기 들지 않게 이불로 꽁꽁 감쌌습니다
며칠 지나 빗소리가 하도 요란해
술독을 몰래 열었다가
나는 알몸으로 쫓겨났습니다

막걸리만 마시면 비가 옵니다
부슬부슬 내리는 유년의 술독에
폭삭 익은 미운 정과 고운 정
빗소리로만 당신을 대작하기엔
한 끼의 국밥이 너무 빨리 식습니다

―《못과 삶과 꿈》

새 그림
— 초또마을 시편 12

'커다란 냄비에 콩을 볶아서
도둑놈이 세 마리 또 두 마리 또 한 마리
어무이 아부지 배가 불러서
보건체조한다고 하나 둘 셋'

네 살 때 배운 유일한 동요와 그림입니다
노래하며 그리는 그림 솜씨는
조금도 변하지 않았습니다

오냐 오냐 오냐
이제야 너를 조금 알 것 같구나
단 한 번도 날지 못한 새에게
집을 만들어 주기로 하였습니다
새장 안에서 환갑 맞은 나처럼!

—《못과 삶과 꿈》

오줌싸개
― 초또마을 시편 13

이른 새벽
알몸으로 키를 쓰고
소금을 얻으러 다녔습니다
사립문짝에 비껴 선 초승달 하나
"소금 좀 주이소야!"
부엌 아궁이 불 지피시던 덕이 엄마
하이얀 소금 한 사발 퍼 주며
"요, 오줌싸개 요놈!"
볼기짝을 힘껏 때렸습니다

굵은소금 같은 간고등어가
아침 반찬으로 올라오는 날
간밤 키를 쓰고
당신 문전 기웃거린 어린 꿈들이 걸어 나와
슬픔으로 빳빳하게 풀 먹인
당신의 요마다
철없이 지도를 그려 놓습니다

―《못과 삶과 꿈》

울보 기도

― 초또마을 시편 14

나는 울보입니다
그냥 우는 게 아니라 징징징 짜는 데
온 가족들 두 손 두 발 다 들었습니다
보채면 다 들어주었습니다
우는 아이 젖 더 준다는 말은
결코 빈말 아니었습니다

돈 없다, 밥 없다, 색시 없다
어른 되어서도 징징징 매달렸습니다
하느님도 별수 없이 손발을 들고
어느 날 도깨비 방망이를 던져 주며
눈물, 뚝!
외쳤습니다
뚝!
한 번도 보챈 적 없습니다
그저 까꿍까꿍,
못으로 숨고 싶습니다

―《못과 삶과 꿈》

마, 졌다 캐라!
— 초또마을 시편 15

형은 골목대장입니다
동네에서 몸놀림이 제일 빨랐습니다
다만 키 작은 것이 흠이었습니다
밤사이 아이들은 쑥쑥 자랐는데
키가 줄어든 것은 형뿐이었습니다
드디어 올 것이 왔습니다
한두 해 사이 부쩍 자란 아랫동네 아이가 덤볐습니다
떨어져서 싸울 때는 펄펄 날았지만
잡혔다 하면 힘이 밀려 쩔쩔매었습니다
밑에 깔린 형은 코피까지 흘렸습니다
짓눌린 까까머리통에
뾰쪽한 돌멩이가 못 박혀 있었습니다
어금니를 깨문 채 쏘옥 눈물만 뺀 형,
새야, 항복캐라, 마 졌다 캐라!
여섯 살배기 나는 울면서 외쳤습니다
늦은 저녁, 형은 담벼락으로 불러 눈을 부라렸습니다
절대로 졌다 카지 마래이!
나는 울먹이면서 맹세했습니다
사춘기에 갓 접어든 형은
작은 키에 외항선을 탄다고

700

먼바다로 떠났습니다

외삼촌 최망기 님
— 초또마을 시편 16

사람들은 한 번씩 초또를
좆도가 아니냐고 묻습니다
조또 아닌,
정말 좆도 아닌 것들이 까분다고
팔소매 걷고 흥분 감추지 못하는
외삼촌 최망기 님은 초또 명물입니다
완월동 적산가옥 안방에
사시미 칼 터억 꽂고 제 집이라 우겨
집 한 채 장만했던 그분이
어쩌다 한 꼬푸 한 날
온 마을이 비틀거렸습니다
'만고강산 유람할 제' 육자배기에
우는 아이 뚝 그치고
짖는 개도 꼬리 내리고
개망초 꽃마저 필까 말까 망설이는,
사시미 칼에 두 마디쯤 생뚱 잘려 나간
외삼촌의 왼손 검지와 중지
주먹 쥐고 있으면 보이진 않지만
쉽게 손바닥을 펴지 않는 초또는
우리 외삼촌을 제일 많이 닮았습니다

복태 아부지
— 초또마을 시편 17

어깨동무 복태는
태어나면서부터 같이 자랐습니다
작은 통통배 선장이셨던
덩치 큰 그의 아부지는
우리 아부지와도 가깝게 지냈습니다
사나운 파도를 헤치며
몇 날 동안 바다에서 살다
돌아오시는 날
복태 집 앞마당 빨랫줄에는
생선들이 길게 퍼덕거렸습니다

환갑에 이른 나이
부둣가에서 우연히 복태를 만났습니다
덩치 큰 복태 아부지가 뚜벅뚜벅 걸어와
힘껏 포옹하였습니다
나의 아부지도 그를 꼬옥 안았습니다
이제는 늙고 쇠잔한 바다의 어깨 너머
또 다른 철없는 아이들이
알몸의 풍랑을 자맥질하고 있었습니다

—《못과 삶과 꿈》

우야꼬!
— 초또마을 시편 18

'아이고 우야꼬, 방직공장 쫓겨났다고'
60년대 초 제목도 없는 이 노래는
외사촌 형의 십팔번입니다
일흔 앞둔 이즈음에도
눈 감으면 코 베는 세상 인심을 한 가락 빼면
눈물이 먼저 와 닿습니다
'아, 그 문디 가시나,
담봇짐 싸 가지고 서울 간 뒤
아직 소식 없다 아이가'
소주 한잔 귀동냥하다 보면
혀 꼬부라진 자갈치 수산센터에
쪼그리고 앉은 갈매기도 영 파이고
풍랑에 삐걱이는 선박에 이마를 박는
꼬시래기 떼들도 영 파이고
그저 그냥 택도 없는 질펀한 사투리 하나
우야꼬 가슴을 칩니다
그때마다 철없이 깔깔깔거리는 파도 따라
몰려온 유년의 자갈돌이
둥둥 발목 걸은 우리의 슬픔까지
뒷걸음질 치게 쭈욱 밀려옵니다   —《못과 삶과 꿈》

양밥놀이

— 초또마을 시편 19

옛날 도둑들은 다 그랬습니다
밤사이 훔칠 것 다 훔치고
마당 한가운데
떠억, 똥까지 누곤 하였습니다
굵고 튼튼한 가래떡 같은 똥,
양밥이었습니다
마을 사람들은
콩콩 냄새까지 맡아 가며
임자 찾으려고 애썼습니다

간밤에도 누군가 집 마당에
힘주어 똥을 누고 있었습니다
허리춤을 끌어올리기 전에
나는 결사적으로 다리를 꽉 붙들었습니다

어린 시절 온 마을 사람들이
그렇게 고대했던 그놈이!
밤마다 무거운 항아리 지고
보릿고개 넘던 바로 그놈이!

오, 정말 입 밖에 낼 수 없는
큰 똥통이었습니다

―《못과 삶과 꿈》

비빔밥 만세
— 초또마을 시편 20

나는 비빔밥을 좋아합니다 큰 양푼에 찬밥 넣고 시금치 콩나
물 열무김치 고사리나물 부친 달걀 참기름을 따르고 붉은 고추
장 푸욱 퍼서 비비셨던 어머니의 밥상, 숟가락으로 비비다 힘 부
치면 둥둥 소매 걷고 맨손으로 휙휙 비빈, 큰 양푼에 빙 둘러앉
은 달무리 같은 우리도 날렵한 어머니 손놀림 따라 돌고 돌았습
니다

세상 살다 보면 비빔밥만 한 아량보다 큰 사랑은 없습니다
하느님도 세상을 이처럼 골고루 잘 비비진 못했습니다
오늘 어머니의 가난한 제사상에 모여 큰아들은 시금치 둘째는
콩나물 누나는 열무김치 막내인 나는 고사리나물 아아 그것들의
붉디붉은 고추장에 모두 하나같이 비벼져 입 째져라 큰 숟갈로
당신을 떠 넣습니다

—《못과 삶과 꿈》

제2부

당신 몸 사용 설명서

망치를 들다

이제는 망치를 들어도 좋을 나이입니다
목수는 연장을 탓하지 않습니다
눈 감고 못 박아도
세상의 뒤편인 손등은 찧지 않습니다

현자는
눈을 감고 자도
밤은 수족같이 밝은 법
솜씨 좋은 목수는
어린 나뭇결만 보아도
성근 제 뼈를 다 읽는 법

이제는 누구의 관 뚜껑인들 망치질 못 하랴
이제는 한밤에 못질 되어도 좋을 나이입니다

—《못 박는 사람》

유서를 쓰며

그날 유서를 쓰고
손톱과 발톱, 머리털까지 자르고
유장하게 묵상을 하고
흰 봉투에 담아 두었습니다

신새벽 총신을 손질하고
빈 수통에 물을 가득 채우고
군화 끈을 단단히 고쳐 매고
당신의 정글 속으로 들어갔습니다

매복을 한 지 삼십오 년
그날이 오늘입니다
아직도 낯선 전장터에 떠도는 그 사내를
꿈길에서 마주칠 때마다
죽지 않은 그를 위해
오늘은 내가 또 유서를 준비합니다

수진마을의 랑의 선연한 눈매 닮은
숨겨 둔 아들이라도
불쑥 나를 찾아올지 모릅니다   —《못과 삶과 꿈》

712

당신 몸 사용 설명서

불이 꺼졌습니다
가끔 얼굴 붉히며 등 뒤에서 엿보던
놈들마저 캄캄해졌습니다
몸을 열지 못하는
아무짝에도 쓸모없는
캄캄한 당신을 버리기로 했습니다

아침이면 어김없이 깨워 주고
하루라도 안 보면 안절부절못하고
언제나 가까이서 만질 수 있는
어둠 속에서도 뺨 비비며
찾았던 당신

신제품 살 때마다
건성으로 훑어보고
보관하기만 했던 빳빳한 사용 설명서
캠코더 사용 설명서
쿠쿠 전기밥통 사용 설명서
아아, 한 번도 읽지 않았던
당신의 몸 사용 설명서까지

변심은 아니지만
성능 좋은 새 휴대폰 길들일 동안
나는 예전의 당신만을
기억할 수는 없게 되었습니다
작은 글씨로 촘촘히 쓰인 설명서에는
정말 내가 따라가기엔 너무나 힘든
기교가 나를 울렸기 때문입니다

—《못과 삶과 꿈》

봄날은 간다

꽃이 지고 있습니다
한 스무 해쯤 꽃 진 자리에
그냥 살았으면 좋겠습니다
세상일 마음 같진 않지만
깨달음 없이 산다는 게
얼마나 축복 받은 일인가 알게 되었습니다

한순간 깨침에 꽃 피었다
가진 것 다 잃어버린
저기 저, 발가숭이 봄!
쯧쯧
혀끝에서 먼저 낙화합니다

—《못과 삶과 꿈》

호미를 보면

고개를 외로 꼰 호미를 보면
할미꽃 생각이 납니다
더디 오는 봄 기척 엿들으며
당신의 양지 쪽에
슬픔의 돗자리를 펴 둡니다

겨우내 얼어붙은 밭뙈기 사이로
한 떼의 염소가
까만 똥을 매애매 쏟아 놓고 갔습니다

한여름에는 시원할까 봐 꼭꼭 붙어 지내고
한겨울엔 춥게 지내자고 떨어져 사는
까아만 염소의 고약한 봄 울음소리에
흰 수건 둘러쓴 호미 하나
봄 고랑을 서둘러 매고 있습니다

—《못과 삶과 꿈》

716

도시락 일기

아내는 오늘도
도시락을 싸 가지고 출근합니다
이제나저제나 미덥지 않은 남편
입가에 붙은 꼿꼿한 밥알 같은
먹다 남은 반찬 냄새 같은
서툰 나의 처세를
아내는 자반고등어 한 손처럼
꼬옥 안아 줍니다
숟가락 젓가락 나란히 놓인
저녁 밥상 하늘 위로 나는 철새
우리는 함께 책장 넘기는 소리 듣습니다
어쩌다 바람 부는 날에는
헐거워진 문짝 고치다
자주 제 손등 찧는 못난 나를
아내는 꿈속에서도 도시락 싸듯 달려옵니다

—《못과 삶과 꿈》

상추쌈

해 질 녘 당신과 밥상머리에 마주 앉아
뚝뚝 물기 듣는 상추를 털며
쌈을 싸 먹습니다
슬픔 반 기쁨 반, 입 째져라
네 한 잎 내 한 입 싸서 먹습니다
초로에 접어든 당신은
된장에 풋고추 덥석 베어 문
매운 눈물을 이제는 탓하지 않습니다
하얀 조팝나무 꽃이 흔들리는
마음 둘 곳 없는 흐린 날
두 눈 크게 뜨고 마주 보며
우적우적 씹는 후회는
아무리 빨라도 늦은 법입니다

물기 가시지 않은
배냇저고리 같은 상추 한 잎의 밤이
오늘은 누구의 슬픈 입을 찢을지 모릅니다

—《못과 삶과 꿈》

아내의 십자가

신혼 시절 가끔 부부 싸움을 하였습니다
그때마다 아내는
나를 자신의 십자가라고 했습니다
남몰래 울기도 했다 합니다
나는 오래도록 잊지 않았습니다

이제는 환갑에 이른 내가
아내의 십자가에서 내려갈 차례가 되었습니다
개밥바라기별이 뜰 때까지
망치 든 자는 못대가리만 보고 있습니다
저무는 당신의 강가에는
아직 세례자 요한이 오질 않았습니다

장닭의 노래

우리 집에는 인형으로 만든
장닭 한 마리 살고 있습니다
한 번도 홰를 치며 운 적 없지만
당신이 가지고 온 그날부터
밤마다 내 겨드랑이가 가려워졌습니다
사내구실이 시원찮은 것을
저놈마저 눈치챘다면
필경 모가지 길게 뽑고 소리칠지 모릅니다

밤마다 담 너머 닭 보듯
시치미를 떼고 보는 저녁,
밤의 횃대에서
울어 쌓는 저녁의 멱을 따기 전에
나는 아멘 소리를 먼저 들었습니다

내가 만일

내가 만일 양치기 개였다면
개였다면
오늘까지 이렇게 먹고살기 위해서
뛰진 않았을 것입니다
짖지도 않았을 것입니다
내가 만일, 어쩔 수 없이 양치기 개였다면
개자슥보다 양이 되길 바랐을 것입니다
양 중에서도 어린 양
눈치 없이 게으른
그리하여 사나운 양치기를 더욱 날뛰게 하는
당신의 어린 양가죽 뒤집어쓴
오, 내 양심의 늑대여,
만일 내가 예순 살 먹도록 늙은 개였다면!

눈물의 방

우리 집은
몸과 마음이 늙어
어디 한 군데 성한 곳이 없습니다
비만 오면
여기저기 삭신에 빗물이 새고
바람 불면 삐걱이는 관절 사이로
덧문이 덜컹대고
풍치로 어긋난 잠의 창틀에는
어른거리는 세상의 남루까지 보입니다
내가 눈물의 방에서
촛불 켜고 기도하는 일은
견고한 마음의 집 한 채 올려
당신의 하루를 살고자 합니다
그러나 고향에만 오면
야반도주하는 주팔이처럼
말끝마다 죽지 못해 산다는 곡정할매처럼
나의 망치질 소리는
살아 있다는 슬픈 축복입니다

—《못과 삶과 꿈》

당신을 지우며

큰형님이 떠났습니다
갑작스런 부음처럼 슬픔도 갑작스레 왔다
갔습니다 남은 내가 한 일은
휴대폰 번호를 지우는 것
이름과 숫자를 지우고 내친김에
항간과 어머니와 초또마을
절구통과 떡시루와 용접기
형만 한 아우가 없다는 말까지도!
그쯤이면 다 지워졌을 성싶습니다
지상에서의 이별은
성호를 긋듯 당신을 차례로 지우는 일
또 내가 떠날 때까지 썩지 않게 하는 일입니다

파주에서 보낸 엽서

수천 수만 마리 철새가 날아와
오늘 당신을 한입에 마시니
겨울 강물인들 어찌 줄지 않겠습니까

갈대밭 눈보다 빨리 내리는
시베리아 철새를 보며
나를 미리 비우고 또 비우며
조심조심 지낼 것입니다

하늘 두루마기에 몇 자 옮긴
겨울 문자가 쩌렁쩌렁 울 때까지
철새 두어 마리도 잘 구슬려
입춘까지 붙들어 둘 참입니다

한여름 날의 추억

텃밭에 심은 고추
빳빳한 놈 휘어진 놈 틀어진 놈
땡볕의 노망기에
했던 얘기 또 하고
또 하고 또 했던
내 위에 누운 여자
반은 내뱉고
반만 삼킨
오후 2시 50분 같은 기차
더 이상 기다리지 말 것!

못자리 내는 날

부슬부슬 비가 옵니다
논물이 가득합니다
오늘은 못자리를 내는 날
한여름 밤을 자지러지게 할
개구리 떼울음까지
한 묶음씩 내놓고
첨벙첨벙 낡은 맥고모자의 맨발 따라
한철 잘 버틸 새참을 먹습니다
부슬부슬 한철 잘 버틸 봄비에
맥고모자의 모들이 키를 잽니다

금 그어진 책상처럼

목에 칼 들어와도
할 말은 다 하겠다고
패기로 맞섰던 시절이 있었지만
진짜 목에 칼이 들어와
돼지 멱따듯 나를 따 버린 날

길게 그어진 칼자국이
물려받은 초등학교 책상에 그어진 금처럼
쉽게 한 줄 더 보태진
늙은 나의 목에는
더 이상 흉터가 아닙니다

그날도 그랬지요
와자하게 책걸상을 물려받은 날
딱딱한 회초리 앞세우고
선생님은 한 말씀 하셨습니다
입 다물고 조용히 해!

진즉에 입 다물고 살았더라면
세상 후회할 일 없었을걸

갑상선암 제거 수술 후
못 금 그어진 책상 위에서
종아리를 걷은 나는,

그를 떠올리면
— 산사에게

그를 떠올리면
헐벗은 60년대 말
겨울 폭설이라든가, 펑펑 쏟아지는
함박눈 같은 그런 눈발이 없어도
그저 몇 날의 분분한 꽃잎 정도
아침 잘 먹었냐 인사 한마디로
별고 없는 시대를, 그를 떠올리면

가로등 불빛 반쯤 이마 가린 종로 보신각
두 팔 벌리고 터억 막아선 새마을 푸른 지붕
새벽 두부 장수 종소리에 호들갑 떠는 참새 떼
땡땡땡 전봇대 따라 휑하니 고개 돌린 전차
덕지덕지 겹친 벽보 위의 무뚝뚝한 육교

시대를 말하여도
더 이상 통곡하지 않는
청진동 해장국에 걸친 막걸리
시원한 방뇨에 머리 박은
지린내 천국 종삼
반쯤 타다 꺼진 연탄재만이 길이 되는

2가에서 6가의 검은 눈 눈 눈길

그를 생각하면
눈발 없이도 설중매를 만나고
물 없이도 하르르 피라미 떼 차오르고
밥 잘 먹었냐 한마디로
청춘의 밥이 돌처럼 굳은
어깻깃을 꼿꼿이 곧추세웠던
저 추운 사랑의 종착역

그래 친구야,
밥 먹었는가, 밥 먹었는가, 밥 잘 먹었는가,
아직 밥이 되지 못한 눈물 한 그릇
그를 생각하면 나는 이제사 청춘!

깨진 유리창의 법칙

유리창이 깨졌습니다
영문도 모른 채 옆집 유리창도
덩달아 박살 났습니다
세상의 낯선 유리창들은
서로 이마를 부딪히며
모두 금이 갔습니다
펑펑 쏟아지는 함박눈 사이로
먼 십계명의 못대가리가 보였습니다
내일은 또 누가 지팡이로 길을 갈라
제 백성을 데리고 떠날지 모르겠습니다

제3부

순례 시편

별
— 순례 시편 1

당신을 찾아갑니다
순례 지팡이를 짚으며
졸면서도 기도하는
별들의 길을 좇아

사랑과 용서와 꿈으로
올리브 잎 한 장 가린
당신의 별 하나

비록 함께 깨어 있지 않아도
형제여, 축복이 있으리라

벨라뎃다에게

— 순례 시편 2

나이 들으니 안경을 써도 침침합니다
바늘구멍까지는 어쩔 수 없더라도
세상 구멍만은 아직 침침하지 않았으면 합니다

혈압이 높아 먹는 약만 다섯 알입니다
조간 기사만 봐도 버럭 화를 내지만
연민의 불씨만은 꺼지지 않게 해 주세요

한밤중 두세 번 일어나
눈 감고 소변보는 일 참 귀찮았습니다
잠들기 전 물 많이 마셔도
하늘을 나는 꿈은 계속 꾸게 해 주세요

순례 떠나기 전날
원죄 없이 잉태하신 분을 만난
벨라뎃다에게
조금씩 고장 난 내 몸 사용 보고서를
몇 자 적어 두었습니다
밑져 봤자 본전이겠지만
목까지 차오를 거룩한 침수에

벌써 침이 꼴깍 넘어갑니다

그곳에 가면
― 순례 시편 3

그곳에 가면
볼리 방앗간을 먼저 찾고 싶습니다
아무짝에도 쓸모없었다는
작은 소녀의 생가를 둘러보고
잦은 기침으로 루르드 양 떼 돌보던
뒷산 석양도 운 좋으면 볼 수 있겠지요
어쩜, 우물가의 허드렛일로
시린 손 말리는 먼 피레네 산맥이
저녁 뇌우 이끌고 심술부리기 전에
물레방아 따라 하얗게 빻아진
곡식 알갱이가 가루로 날리기 전에
왁자한 방앗간의 맷돌 앞에서
아내와 사진도 찍을 참입니다
여기저기 연신 골골 앓는
천식 같은 냇물 소리에
당신 자장가가 아직 떠 있다면
그곳에 홀로 핀
보랏빛 제비꽃도 볼 수 있겠지요

귀향
— 순례 시편 4

한밤 어디선가 불빛 따라온

부나방 한 마리,

창문에 머리를 자꾸 박습니다

나는 딱해서 불을 껐습니다

잠 못 이루는 그 밤

금육일의 대못 하나가

쾅쾅 못질되고 있었습니다

개똥밭을 뒹굴며
— 순례 시편 5

이제야 알 것 같습니다
아무짝 쓸모없는 놈이라고
손가락질 받았던
개구쟁이 어린 시절
버림받은 귀퉁이돌보다
더 모질고 더 하찮았던,
그리하여
환갑 진갑 지나는
순례의 첫 밤
그 첫날 밤의 꼭두새벽
두 딸년이 마련해 준 여비로
일생의 꿈 마무리하듯 기도하다가
손에 불 덴 아이처럼 쩔쩔매는
노인네를 보게 되었는데
그 굽은 못대가리가
바로 나였다니!

떠벌리고 우쭐거렸던 저놈,
게 눈 감추듯 딴전 부리는 저놈,
교활하게 둘러대고 허세 부리는 저놈,

꼬깃꼬깃 쌈짓돈 감추듯 드러내지 않는 저놈,
주여! 오늘 밤 모조리 불러다가 몽둥이로 패 주소서
태중에 조선간장 먹고도 잘도 버텼던
새까만 개똥밭의 그놈이
환갑 진갑 지나는 꼭두새벽
오, 이제는 제법 여러 놈까지 데불고 나타났습니다

마사비엘 동굴에서
— 순례 시편 6

나는 보았습니다 한 소녀가 땔나무를 구하러 갔다가
건너편 동굴에서 불쑥 나타나신 그 귀부인을,
어린 벨라뎃다의 눈과 귀로 보고 들었습니다
마시고 씻으라는 샘물은 콸콸콸 넘쳐흘렀고
나는 마시고 씻고 또 마시고 씻었습니다
당신의 거룩한 물로 입술에 성호를 그을 때마다
기적은 촛불 바다를 이루었습니다

오오, 저 궁핍하고 철없었던 시절
의심 많던 내 책상 모서리에
두 손 모으고 기도하던 흰 석고 덩어리가
환갑에 이른 이 새벽에 새삼 보였다니!

동트기 전 마사비엘 앞에서
로사리오로 작별 인사를 합니다
그럼, 고희 때쯤, 목례하니
아뿔사, 당신도 응답합니다
그래, 그때는 나도 고희가 되겠구나!

도둑 성인 하나 섬겨
— 순례 시편 7

로마에서나 파리에서나
순례 안내인은 자주 경고를 하였습니다
길거리건 열차에서건 미사 중에서건
소매치기 많다고 기도보다 더 많이 외쳤습니다
첫째도 조심 둘째도 조오심
사람이 모이면 정신을 바짝 차려야 했습니다
몇 푼 들어 있지 않은 가방 단속하랴
기도도 눈 뜨고 하였습니다
한 바퀴 돌고 호주머니 단속하고
두 바퀴 돌고 예배 단속하고
도둑 나라 못의 순례에
분명 나도 한 수 배우긴 해야 할 텐데
이참에 도둑 성인 하나 섬기기로 했습니다

칫솔질을 하며

요즘은 이 닦는 법을 다시 배웁니다
하루 세 번 삼종기도처럼
아침에 닦는 칫솔질은
성부와 성자와 성령의 이름으로
온종일 해 둘 말과 생각을 구석구석 닦습니다

점심때 닦는 칫솔질은
생각 없이 불쑥 튀어나온 독설과
이빨 사이 낀 악담을 닦고 파냅니다
어쩌다 부러진 이쑤시개의 분노와 마주칠 때는
이내 거품을 물고 있는 후회로
양치질을 한 번 더 해 둡니다

잠들 때 닦는 칫솔질은
하루 종일 씹고 내뱉은 죽은 언어의
껍질을 헹구어 내고
생쥐같이 몰래 들락거렸던 당신의
곳간에 경배 드리는 일입니다
하루의 재앙이 목구멍에서 나온 것을,
때늦은 반성문 같은 졸린 칫솔로

못의 혓바닥까지 박박 긁어냅니다

—《못 박는 사람》

피리 부는 소년

요한과 바울 날의 아침
한 소년이 피리를 불며 지나갔습니다
이날에는 쥐 떼들이 아니라
네 살 이상 아이들이 모두 달려 나갔습니다
피리 소리 따라갔던 아이들은
모두 함께 사라져 버렸습니다
아무도 실종이라 하지 않았습니다

귀가 순해진다는 이순에
밤마다 피리 소리를 듣습니다
나의 축일은 베갯머리에서
요한과 바울 날의 저녁을 맞고
피리 부는 소년과 함께
껑충껑충 춤추며 떠날 날입니다
누구도 실종이란 말 하진 않을 것입니다

못의 부활

부활은 찐 달걀입니다
달걀 껍데기에 그려진 어린 별입니다
부활은 성냥개비입니다
마지막 한 개비에 불사른 캄캄한 기도입니다
부활은 하루살이입니다
하루의 천 년을 보고 투신한 오늘입니다
부활은 울리는 종입니다
오래도록 우는 것은
비어 있는 것들의 노래입니다
부활은 알이 낳은 닭의 날입니다
세 번 운 닭 모가지 비튼
새벽이 잔칫상 받으라 합니다
부활은 못 박고 못 빼는 일입니다
한 몸에 구멍 난 천국과 지옥
몸 바꾼 당신이 소풍가는 날입니다

제4부

창가에서 보낸 하루

창가에서 보낸 하루

가만히 창을 열어 놓습니다
가장 가벼운 것이
먼저 무거워진 당신의 집 한 채
창턱에 괸 담쟁이 한 잎
비로소 삽질을 끝냅니다
핑그르르
쑥부쟁이 구절초 억새풀의
덜 마른 눈물 자국
연신 훌쩍이며 나는
민소매의 기러기 두엇
창가에서 보낸 하루입니다

창을 연다

중학교 때 처음 써 본 시의 첫 행은
'창을 연다'였습니다
내 시의 화두는 그렇게 시작되었고
슬프게도 뒷말을 잇지 못했습니다
청년을 지나 중년에 이르도록
셀 수 없이 창을 열고 닫았지만
끝내 잇지 못했습니다
시 한 줄로 세상을 바꾸겠다고
꿈꾸었던 창, 창, 창, 창!

실패한 못의 혁명

돌을 던지지 않았습니다
화염병도 던지지 않았습니다
굳세게 어깨동무를 하고
흔한 민중가 한 가락 못 불러 봤습니다

그러나 젊어서
주체할 수 없이 너무 푸르고 슬퍼서
막걸리 퍼마시고
고성방가하고 방뇨한 죄로
하룻밤 구치소에 갇힌 적은 있습니다

아침밥이 없는

아침밥을 먹지 않기로 했습니다
삼십여 년 동안 밥 짓기에 갇힌
마누라를 출감시키기로 했습니다
덩달아 밥통 속에 빠진 코끼리도
220볼트 코드에서 빼내 주었습니다
내친김에 숟가락과 젓가락의 불화까지
쓰레기통에 쑤셔 넣었습니다
아침밥과 마누라가 없는
아니 마누라는 남고 아침밥이 없는
싸구려 밥집은 있어도
싸구려 아침이 없는!

꽁보리밥

뺨빠라밤 뺨빠라밤
1950년대 아침이었습니다
마을 확성기를 통해 기상나팔이 울려 퍼졌습니다
아이들도 일제히 주먹 나팔을 불었습니다
밥 먹어라 밥 먹어라
밥은 밥은 꽁보리밥
국은 국은 된장국

이제는 꽁보리밥과 된장국마저 별미 된 시대
마음이 녹슨 못처럼 쓸쓸한 날
내 가는 귀에 희미하게 들려오는 기상나팔
눈을 뜹니다, 아니 꼬옥 감습니다
꾸욱꾹 눌러 담은 꽁보리밥 한 그릇
우리 시대 봉분을 닮은 꽁보리밥 한 그릇
꿰다 놓은 보릿자루가 더욱 그립습니다

함부로 쏜 화살을 찾으러

이제는 당신을 멀리서 쏠 수는 없지만
빗나간 화살을 찾는 것은 어렵지 않습니다
내 생의 모든 것
향하면 모두 빗나갔습니다
나의 마지막 못의 화살도
내 생의 저녁을 뚫고
눈물도 없이 떠나보냈습니다
한 시절 눈 감고도 산 넘고 물 건너
지옥문까지 다다랐던 백발백중의 과녁

이제는 내 등 뒤에 그려진 당신의 과녁
오늘은 누군가 한 눈 지그시 감고 겨냥합니다
그래그래 이제는 두렵지 않습니다
당신도 향하면 모두 빗나갑니다!

텔은 사과를 쏘지 않는다

텔은 사과하지 않습니다
제사상에 엎드린 붉은 달
사과는 요염합니다
시위를 떠난 붉은 못대가리
빠른 것은 과녁의
부릅뜬 사타구니에
처박힌 저 초승달
외눈박이 세상이 저토록 눈물겨운 것은
두 눈으로 겨냥할 수 없기 때문입니다

첫 티샷을 위하여

발 앞에 놓인 공에 첫 키스를 보낸다
높이높이 오른 빌딩 숲 너머
한낮에도 번쩍이는 전광판의 패러다임
힘 빼고 스윙하는 데만 삼 년 걸렸다는
당신을 마음껏 휘두른다
까짓것, 꼭 쥐고 살아왔던 그것
놓자 놓자 놓아 버리자
하루에도 수십 번 힘주며 외쳤던
숟가락과 젓가락,
굽은 인사동 젖은 밤과
낡은 탁자와 무릎 부딪친 소주병
젖 먹은 힘을 다해 꼬옥 쥐고 다녔던
일생의 서류 가방,
70년대식 구두 뒤축에 박힌 징
오호라, 그대들이 내 편자로구나
내 유년의 천연두 자국까지 닮은
하이얀 공의 서러운 편자 자국
오늘은 내가 티 위에 꽂혀 헛스윙을 기다리마!

여기가 거긴가

여기가 거긴가, 단 한 번도 애써 눈길 주지 않았던
금방 돌부리에 걸려 넘어질 것 같은 여기가 거긴가
저 먼 피안의 어디메쯤 어쩌면 생전 마주치지 않을
아직도 한참 멀었던 스스로 지워 버리고 싶었던
누워 있든 비스듬히 기대든
낯설지도 외롭지도 슬프지도 않을
죽지도 썩지도 자라지도 흐르지도 않을
퉤 퉤 퉤 내 생의 침을 세 번 뱉고 돌아선
여기가 거긴가!

드디어 머리를 올리다
— 인수봉

하산할 때가 되었습니다
육십 평생이라는
말을 할 때가 왔습니다

우리 집 밑반찬에
딸려 나온 멸치 볶음
젓가락 놀림에
통통하게 살진 파리들도
윙윙 나와 함께 날려고 합니다
그냥 손 저어 쫓는 시늉을
만만하게 보고 있습니다

예순 이르러 얕보는 놈이
한둘 아니었습니다
밥상 위에 오른 생선까지
뜬눈으로 빠끔 보고
물주전자에 얼비친 식기들도
곁눈질로 흘깃 봅니다

그동안 지그시 눈 감고 기다려 준 것은

아직도 다 읽지 못한 장자와
젊은 시절 첫 선등에 머리 올리려다
발목 삔 인수봉뿐입니다

복되도다

내 나이 스무 살 되던 해 음력 정월 초하룻날 미당 선생 댁에
세배 갔다가 지녁 늦도록 미당 술잔 따라 뱅뱅 돌다가 취한 배의
보들레르 같은 까만 전화기, 60년대 재산목록 일 순위인 검정 전
화기 구멍에 쓰윽쓰윽 손가락 넣어 돌리고 또 돌리더니
"……어떤가, 쓸 만한 놈이니, 그래그래 알았네.
이보게, 동리 전화 받아 보게."
황급히 나는 전화기 끌어안고 연신 머리 조아리며
"……네, 네엣, 넷. 감사합니다."
그렇게 당신 목소리로 먼저 만났지요 한 번도 뵌 적 없는, 돈
없어 대학 포기한 나에게 선생은 쾌히 장학 혜택을 주겠다는 말
씀이었지요

그해 겨울 미당의 공덕동 흰 눈 보이듯, 동리 선생 10주기 마감
이틀 앞두고 추모 시 쓰라는 청탁 전화가 왔습니다 누가 원고 펑
크 냈는지 거절하기 어렵게 되었습니다
— 네에, 넷, 네에. 감사합니다.
내 나이 당신과 같은 환갑에 맞은 복된 일이었습니다

시가 무어냐고?

장자도 말했고 공자도 말했고 40여 년 전

미아리 낡은 강의실에서 목월도 말했고 미당도

말했고 김구용도 학생들에게 담배를 빌려 피우며

말했고 소설 창작을 가르치던 동리도 불쑥 한마디

했던 그것!

오늘은 나도 한마디할란다, 똥이야!

나이 탓이다

이 꽃 저 꽃
다 예쁘다
갈기복수초
꼬리현호색
녹노루귀
변산바람꽃
나도 눈물 하나 매달아 본다
듬성듬성 걸려 있는
생의 이슬방울
새롭다
나이 탓이다
빌어먹을 나이 탓이다
꽃,
하니
꽥!

망치꽃

나는 망치다!
순간
앞이 캄캄해졌다
머리통이 박살 났다
숨 가쁘게 오른 고산에서
비로소 만날 수 있는
박살 난
못과 망치꽃

독도는 못이다

독도는 못이다
홀로 잠 이루지 못하는 십자가다
밤마다 눈뜨는 슬픔의 뱃머리들이
접안을 꿈꾸며 소리 내어 우는
독도는 굵은 우박이다
먼바다 나는 새들의
시계다
일출과 일몰이 한 몸인 섬
풍랑이 바람 되고
바람이 괭이갈매기로
흰 눈처럼 나는 섬
단 한 번도 몸을 허락하지 않은
숫못대가리 같은,
그래서 독도는 슬프다

제7시집

못의 사회학

문학수첩, 2013

신랑 신부의 초야를 '첫날밤'이라 딱 붙여 쓴다
여행지에서 보낸 첫 밤은 '첫날' 하고 '밤'을 띄어 쓴
'첫날 밤'이다
이승에서 하루하루 맞은 밤들은 '첫' 하고 '날' 하고
'밤'을 띄어 쓴 '첫 날 밤'이라 쓰고,
다 함께 '천날뺨'이라 읽는다

이 시집에 못질한 천날뺨의 못들은
나 죽은 뒤 나로 살아갈 놈들이다.

김종철

1

못의 사회학

슬픈 고엽제 노래
— 못의 사회학 1

             *
참외는 노랗다
참외는 참회한다
제 속의 많은 씨만 헤아리기에는
그 죄가 너무 깊고 달다

고엽제는 오렌지색이다
에이전트 오렌지*
빈 드럼통만 굴리는 속죄는
소리만 크다
많은 씨를 헤아리지 못했던
그 죄가 천벌이다

             *
파월 참전 용사들은
영문도 모르고 고엽제에 폭로되었다
참호 속보다 더 농익은
꽉 막힌 정글을 터 주던 저놈들이
40여 년 지난 지금
늙은 전우 찾아 하나씩 말려 죽이고 있다

에이전트 오렌지라는 이름으로
검은 베레모를 쓴 다이옥신!
몇 대의 비행기가 분무기 뿌리듯 지나가면
정글은 파삭 늙어 버렸다
가을도 없이 말라비틀어져 버렸다
선택적으로 죽이는 강력한 제초제
그래그래, 잡초 같은 전우들이 어디 한둘이더냐

                    *

폭로된 전우들은 75세 이상이 돼야 보훈병원 진료비를 감면
받을 수 있다고 선심 썼던 나라 대한민국. GNP 103달러밖에 안
된 피죽도 먹기 힘들었던 그 당시, 미국과는 참전 수당으로 1인
당 월 200달러 받기로 계약했지만, 정부는 월 30~40달러만 지급
하고 국가경제 부흥 명목으로 차압했던 우리나라 좋은 나라.

우리들은 참외 속의 씨보다 더 많이 파병되었다.
한번 용병은 죽어서도 애국자가 되어야 했다.
왜냐구? 참외는 씨를 많이 품을수록 더욱 단 법이니까!

* 월남전에서 사용된 고엽제. 다이옥신이라는 맹독의 화학물질이 포함되어 있어 초미량이
  라도 인체에 들어가면 각종 암과 신경계 마비를 일으킨다.

아멘
— 못의 사회학 2

내가 죽여야 했다
암소 갖게 해달라고 기도했던 아버지
차라리 옆집 암소 죽게 빌었을 때
고층 상가 간판 하나
폭풍우에 급히 머리 숙였다

'NO'라고 고개 가로젓다가
아래로 엄지손가락 내린
플라스틱 십자가
공동묘지 비석보다 많은
예배당의 붉은 불빛
꺾인 길들은
밤이 되질 못했다
축 처진 지하 마켓 식품전
모는 두부, 손은 고등어, 쾌는 북어, 축은 오징어
한 묶음 한 묶음 꿇어앉아
넣다 뺐다 돌려막기식
카드빚 같은 영혼을 낭비하며
탄식하는 아버지 없는 세상

이 밤, 죽은 생선 한 마리도
들어 올리지 못하는 당신의 휴거에
겁쟁이인 나는
왜 항상 결심만 할까?
기도하는 이 두 손모가지
싹둑 잘라버릴 것이라고!

대팻밥
— 못의 사회학 3

대패질을 한다
결 따라 부드럽게 말려 오르는
밥은 밥인데 못 먹는 밥
당신의 대팻밥
죽은 나무의 허기진 하루
등 굽은 매형의 숫돌 위에
푸르게 날 선 눈물이
대팻날을 간다

자주 갈아 끼우는 분노의 날 선 앞니
이빨 없는 불평은
결코 물어뜯지 못한다
먹어도 먹어도 배부르지 않는
대팻밥을 뱉으며
가래침 같은 세상을 뱉으며
목수는 거친 나뭇결을 탓하지 않는다

시시비비
입은 가볍고
혓바닥만 기름진 세상

먹여도 먹여도 헛배 타령하는
대패질은 자기 착취다
비껴 온 세상의 결 따라
날마다 소멸되는 나사렛 사람
나의 목수는 밥에서 해방된 천민이다

노숙자를 위한 기도
— 못의 사회학 4

초식동물은
뜯는 풀이 달라 서로 다투지 않는다
도시를 떠도는 노숙자들은
돈으로 살 수 없는 것은 다 좋아한다
얼룩말이 억세고 질긴 풀만 찾듯이
버려진 라면 박스에 엎드린 서울의 하루

높은 빌딩 창들이 뾰족뾰족 눈 뜬 밤
서로 어깨 맞댄 책상
눈 한 번 깜박이지 않은 모니터
열심히 살았지만 뭘 했는지 모르는
익명의 집짐승들 꿈꾸는 귀가 시간
노숙자들은 하루를 손절매한 증권회사나
지폐 한 장 접은 은행 점포 앞을 자리다툼한다
고깃집이나 음식 전문점에 손쉽게 자리 잡는 초보자들
바퀴벌레나 쥐를 피하지 못해
이 밤, 버러지보다 못한 변신을 꿈꾸리라
잠도 바로 눕거나 엎드리지 않고
반드시 모로 누워야 하는 까닭을
칼날처럼 떨어지는 세상의 하종가에

손 벌려본 자는 모두 알리라

신발만은 닦지 말라
모금함에 손 넣지 말라
어떤 가르침에도 마음껏 가래침 뱉고
초식동물처럼 울거나 풀만은 뜯지 말라
희망이란 이뤄지지 않지만 절대 버리지 않는 것

오 주여!
해고 노동자처럼
살기 위해 생의 철탑에 오른 저들에게
왜 죽어서 내려오라는 쪽지는
아무도 전달하지 않는지요?

우리 시대의 동물원
— 못의 사회학 5

*

요즘 오랑우탄이
사람 옷 입는 쇼를 왜 거부하는지
조련사는 알지 못한다
작고 귀엽던 몸집이
좁은 우리 안에서 점점 커지자
동물 스타로 떨쳤던 명성도
예전 같지 않았다
우탄은 사람처럼 옷을 벗어 던졌다

매번 쇼에 동원되는
코끼리 돌고래 원숭이 곰 오랑우탄
공연 강도나 먹이 급여, 휴식 시간에
동물 복지 기준이 마련되어야 한다는 것을
동물 같은 사람들은 잘 알지 못한다
나쁜 관광일수록
인기 많고 수익 높아
사설 동물원은 나날이 번창하고 있었다

*

대기업 조련사들은
앞다투어 업자들을 길들였다
중소업자 전용인 사설 동물원
단가 후려치기 횡포로
목에 밥줄 걸고 기어 다니게 만들고
보호하기 위해 가둔다는 동물 왕국

나쁜 조련사일수록 일급이 되는
삼성 동물원과 LG 동물원
배상도 적고, 잡혀도 잠깐 사는 솜방망이 처벌
빼곡이 철창에 가둔 불공정 독점 계약
사는 게 별거냐고
죽어야만 빠져나갈 수 있는
을만 죽는 을사乙死 조약
사람 옷 입힌 우리 시대의 동물원
'두 다리는 나쁘고 네 다리는 좋다'*는 그들의 왕국에서
당신이 무슨 과에 속하는지 알고 싶은 분
손, 손 드세요!

* 조지 오웰《동물농장》에서

강정 소인국
— 못의 사회학 6

강정 소인국이 두 쪽 났다
해군기지 건설로 쑥대밭이 된
불알 두 쪽 같은 마을
환경보호단체가 오면서 더욱 요지부동이다
'강정멸치젓' 팔아 투쟁기금 모은 신부
강정에는 멸치 나지 않는다고 반박하는 마을 이장

작년 5월, 돌담 사이 재빨리 숨는 붉은발말똥게,
해군기지 컨설팅 직원이 통발을 놓아
약천사 선궷네 322마리 방사했다
작년 6월, 장마철을 기다려 맹꽁이도 방사했다.
올챙이 918마리는 조천 돌문화공원 습지로 이전시켰다
작년 7월에는 민물새우 제주새뱅이가,
기지 부지에 서식한다는 소문이 쫙 돌자마자
겁나게 뜰채로 5,300마리 걷어 강천천과 악근천에 풀었다

잠 못 드는 마을에 드디어 당신께서 오셨다
찌거나 굽거나 삶으면 대단히 맛 좋은 한 살짜리 아기로,

고기 요리나 야채 요리에 써도 좋을 통통한 요릿감으로 오셨다

큰 양푼에 한 살짜리 당신을 숭숭 썰어 넣고,
붉은발말똥게와 맹꽁이와 새뱅이로 쓱쓱 비빈 강정 마을
너도나도 떠먹었고
한 살짜리 하느님은 순교하셨다

'절대 반대' 노란 깃발이 집집에 꽂힌 해안 마을,
고씨 양씨 부씨 성 가진 붉은발말똥게, 맹꽁이,
새뱅이와 함께 지난 추석 우리는 몰래 다녀왔다
조천읍에서 약천사 선궷네 그리고 강천천에서
모두 우리를 보았다는 풍문이 돈 소인국에는
노란 깃발이 해풍에 펄럭이는 강정 소인국에는.

모비 딕
― 못의 사회학 7

나는 한때 고래잡이였다
아니, 고래잡이 조타수였다
먼바다까지 당신을 좇아 작살내기 전
처음 만난 것은 이십대 망망대해였다

그날 육군 일등병으로 한 척의 포경선을 타고
도착한 곳은 외딴 의무실이었다
할 일이 딱히 없었던 내게
전역 앞둔 고참은 고래나 잡자고 꼬드겼다
나는 펄펄 끓는 물에 기구를 소독해 두었다
저녁마다 우리는 몰래 고래 사냥을 하였다
침대에서 엉거주춤 바지 내린 포경
귀두 덮은 살점을
고참이 능숙하게 잘라내면
돌팔이인 나는 한 땀씩 서툴게 홀치기하였다
어쩌다 떨어진 살점 밟는 순간
그 물컹함에, 내가 삼킨 일생의 물고기 떼들
우웩우웩 소리 질렀다

불법으로 잡은 고래들

밤마다 거꾸로 매달아 놓았다
흰 붕대에 칭칭 감긴 젊은 그대
언제나 먼바다로 떠날 준비를 하였다
그때 나의 망망대해에서
우연히 보았던 당신의 자손만대
어린 예수가 계약의 표징으로 자른
우리들의 모비 딕,
지금도 나는 일생을 두고 쫓고 또 쫓는다
할례割禮루야!

죽은 시인의 사회
— 못의 사회학 8

바다가 무너졌다
고래가 떼죽음 당했다
집채만 한 파도가
밤새 해안으로 밀려오더니
집채만 한 고래들이
귀가 찢어져 피를 흘렸다

저주파로 소통하는 시인들의 바다
수중 음파 탐지기가 밤새 부르는 휘파람
바닷속은 시끄러운 술집으로 변했다
목청 높여 대화하는 취한 시인들
대형 화물선의 쉬지 않는 엔진 박동과
물살을 찢어 내는 프로펠러
석유탐사기가 매번 쏘는 날카로운 공기충격파
맞바람에 기성 지르는 해상 풍력발전기
그날 바다 하역부들은
고래고래 세상을 탄식했다

어항 속의 고래 세상은
죽은 시인의 사회다

실시간 온라인 검색창에 뜬 바다
산소 호흡기를 단 돌고래 한 마리가
수족관 밖을 위험하게 바라보고 있다

암탉이 울면
— 못의 사회학 9

한밤중 암탉이 울면
아버지는
가차없이 닭 모가지를 비틀어버렸다
완강한 아버지의 새벽은
언제나 수탉 몫이었다
그러나 영문도 모르는 우리는
어린 새벽을 목청껏 깨우는
암탉 때문에
그놈의 닭발까지
훌러덩 벗겨 먹은 그 밤부터
차례로 홰에 올라 불침번 서듯
동트는 아침을 기다려야만 했다

긴 밤 지나고 내일이 오는 동안
어린 아들은 아버지 되고
딸만 낳아 키운 우리 집은
새벽을 몇 번이나 건너뛰어야 했다
이제는 암탉이 울어야
집안의 아랫도리가 빳빳하게 서는 세상
아버지는 꿈속에서도 호통치셨다

닥쳐!

니가 내 애비다
— 못의 사회학 10

생후 한 달도 채 안 된 손주 놈
배 속에서 먼저 배운
우는 법 하나로
젖 물리게 하고 기저귀 갈게 하고
울면 안아주고 흔들어 주고
또 울면 함께 녹초되는
니가 내 앱이다

세상살이 하나 다운받아
손아귀에 쏙 들어와 있는 스마트폰에
길도 내고 소문도 퍼뜨리는
손주 놈같이 매우 조심스러운
니가 내 애비다

보고 듣고 생각했던 모든 것들이
이제는 다 옷 입은 세상
주기도문으로 거룩히 부르는
하늘의 아버지도
머잖아 앱이 될 것이다
머잖아 내 손주놈처럼

모두 애비로 부활할 것이다

모기 순례
— 못의 사회학 11

해 질 무렵 참수터 입구
모기 한 마리가 맴돌았다
쉿!
침묵의 순례를 가르치는
죽은 바오로 동상이 입술을 가리켰다
무릎 순례하는 동안
나는 무수히 물어 뜯겼다
윙윙거리는 소리에 속수무책이었다
그래그래 실컷 빨아 먹어라
차라리 발끝까지 뒤집어쓸
위선의 침대보가 없어서 좋았다

당신의 목 잘린 제단과
순교의 머리가 통통 튀어 오른 자리마다
은혜로운 맑은 샘이 솟아올랐다
나는 긴 기도와 함께
흡혈귀처럼 엎드려 목을 축였다
그때 누군가 등 뒤에서 손바닥으로 나를 탁 쳤다
내 순교의 머리통을 든 모기가
사방 피로 튀었다

그날 피를 너무 빤 모기처럼
세상을 잘 날지 못하는 나는
한 마리 모기로 빙의되었다
쉿!
얼치기 신자만 보면 피 빨고 싶다
두 손 모으고 눈 감은 속수무책의 저 얼치기
빨대만 꽂으면
취하도록 마실 수 있는 저 통통한 곳간!

전어를 구우며
— 못의 사회학 12

전어를 굽는다
올해에는 집 나간 며느리 이름과 함께
석쇠에 올린다
반쯤 익은 생선을 젓가락으로 뒤집기 전에
미리 소주 한 잔을 쭈욱 마신다

그사이 바알갛게 달구어진 석쇠 위에
순교자 로렌조가 묶인 채 눕혀져 있다
그는 말했다
반쯤 익었으니 나를 뒤집어라
반쯤 부활한 전어를
집 나간 며느리와 함께 뒤집는다
같이 뜯어 먹는다

깨소금같이 고소하다는 순교
그러나 참빗처럼 날카롭게 누운
잘 달구어진 로렌조
어느 하나 버릴 것 없고
허투루 쓰이지 않는 당신이
목에 걸리지 않는 작은 식탁!

네 속까지 몰라서야
— 못의 사회학 13

너는 천국에도
종로에도 김씨 댁에도
어제 그리고 오늘도 보이지 않았다
참기름 바른 싱그러운 식감
아삭거리며 씹혔던 시금치 대신
토막토막 잘린 부추로
쓸쓸히 김밥 마는 저녁
홀연히 너는 본색을 드러냈다

밥은 구걸할 수 있지만
밥알과 반찬으로 만난 우리
단무지와 당근과 함께 나란히 손잡은
익명의 길거리 김밥
한때는 고소한 통깨를 뿌려 가며
꿈같은 날도 보냈었다

뜨거운 물에 오래 삶으면 삶을수록
더욱 시퍼렇게 질리는 배반
네가 값싼 부추로 바뀐 날
누드김밥이 판치는 포장마차

내 사랑은 낙장불입이다

천국*과 종로*와 김씨 댁* 사이
어디에도 끼지 못하는
한 줄 속도 모르는 내 생의 한 끼 공복
오늘도 염치없이
속없는 충무김밥만으로
너를 한사코 기다린다

* 김밥집 상호

수의는 주머니가 없다
— 못의 사회학 14

올 윤 3월에는
삼베 수의를 준비한단다
개똥 같은 신세다
고려장이다
멀리 내다 버릴 심산인 것 같다

이왕이면 큼지막하게
주머니 달린 수의를 지어 달라고 하자
저세상 가보지 않고 어떻게 아느냐고?
지옥과 천국을 그토록
귀에 못 박히도록 듣고도 의심하다니!
그쪽 하느님은 무릎 치실 것이다
일생일대
수의 주머니에 든 그것을 보시면!

윤달에는 수놓은 주머니를 달자
흔하디흔한
막상 구하려면 눈에 띄지 않는 개똥
수의 주머니에 넣어 두자
살며 사랑했던 그날 모두가 개똥이다

모두 다 약이다
죽어서도 죽지 않는 윤달에는!

후회한다는 것
— 못의 사회학 15

나는 THE다
더도 아닌
더더더더더, 더다
자주 더듬는 명사의 첫머리
남자 화장실 변기에 쓰여진
딱, 한 줄
더더더더더……더!
이 둥글기도 하고 뾰족한
THE 대가리다
그래, 한 발짝만 더 나아갔더라면,
찔끔거리며 털어보는 후회다.

2

나로 살아갈 놈들

나 죽은 뒤

순례에 올랐다
가장 추운 날
적막한 빈집에
큰 못 하나 질러 놓고
헐벗은 등에
눈에 밟히는 손자 한번 업어 보고
돌아가신 어머니도 업어 보고
북망산 칠성판 판판마다
떠도는
나는 나는 나는

못대가리가 없는 별
못대가리가 꺾인 별
못대가리가 둥글넓적한 별
못대가리가 고리 모양인 별
못대가리가 길쭉한 별
못대가리가 양 끝에 둘인 별

이 모두가
나 죽은 뒤 나로 살아갈 놈들이라니!   —《못 박는 사람》

돌쩌귀 고리못에 대하여

내가 내 곁에 처음 누운 밤이다
수도원의 돌쩌귀는
암짝과 수짝으로 따로 누워
바람 센 문짝을 잘 잡아 주었다
그 밤이 말했다
세상의 고리못은 닭 모가지 잡듯
비틀어 잡으라고

비틀린 예루살렘에서는 수탉만 먹었다
간밤에도 정확히 세 번 울었다는
꼬꼬댁꼬꼬 성당
세 번 단죄 받은
베드로의 수탉을
갈기갈기 찢어 먹는 일은
우리의 면죄부다

아직도 암짝만 남은 골고다 돌쩌귀
새벽이 오지 않아도
들쇠고리만 본 우리는 곧 너라고 믿었다

—《못 박는 사람》

거멀못에 대하여

등잔 밑은 어둡다
세상 틈새를 잡기 위해
걸쳐 박은 거멀못
이 시대 가장 캄캄한 별로 떠 있는 날
한번 무릎 꿇어본 자라면
맨 끝줄에 선 그를 알아볼 것이다

엉겅퀴같이 흐트러진 머리
적의를 품은 가시 면류관
오, 폭풍의 정신아, 찬양받을지어다
무덤으로 길을 막는 자
입으로만 샬롬 나누는 자
뱀도 살지 못하는 약속의 땅은
이제 세상의 화약고가 되었다
모든 순례자들이 조문객으로
길을 잘못 찾아들었구나
어느 아비가
또 너와 함께 눈물 흘리기를 바라겠는가

적의의 가시 면류관아

오, 폭풍의 정신아 다시 불어 다오
우리의 마지막 생에 밝히는
지체 장애 3등급으로 떠 있는 별,
예루살렘의 거멀못아!

　　　　　　　　　　　　　　　—《못 박는 사람》

무두정無頭釘에 대하여

무두정은 대가리가 없다
박힌 몸이 돌출되지 않고 묻히므로
크게 거슬리지 않는다
아무도 개의치 않는다
그날 그렇게 목 잘려 순교했다

이제 아무 대답 없는 통곡의 벽
저마다 자신의 작은 절벽 틈에
쪽지를 끼우고
눈물 없이 울며 울며 울며
끄덕이는데
그렇구나
너, 회임하지 못하는 유대인아
그날 박고 또 박았던 배반의 대못
그 못대가리 중 하나만이라도
무화과나무 아래에서 나를 보았더라면
요람에서 무덤까지
대갈통 없는 무두정 꼴 되지 않았을걸!

—《못 박는 사람》

족임질못에 대하여

발로 기도하고
밤새도록 종이 위를 걸어 다녔지만
허탕이었다
갈릴리에 머문 마지막 밤
대가리가 양 끝에 있는
족임질못으로 변신한
그만 보였다

족임질못은
물 위를 걷는 은수자를 만난 후
제자가 되었다
수십 년 흘러 겨우 터득한 그에게
일갈했다
그래 이놈아, 그걸 배워 어디에 쓴다던?

자신보다 더 굽은 지상의 못대가리
이제는 하늘에서도 세상을 내려다볼
성자가 그리 많지 않구나

갈릴리 호숫가에는 지금도

물 위에서 걸음마 배우는
늙은 예수들만 있었다

　　　　　　　　　　　　　　　―《못 박는 사람》

광두정廣頭釘에 대하여

사해다
세상 죄 씻으려 몸 담그다
일생 삼킨 밥이
기도보다 식혜로 먼저 떠오른 날
쌀을 살이라 부른 나를
광두정이라 불렀다

죄지은 놈과 사한 놈 사이
뒤엎은 밥상 사이
흘러갈 곳 없어 버티다 까무라친
모든 슬픔이 소금으로 몸 바꾼 바다
더 이상 저주할 것 없는
그러다 너와 나 고등어 한 손 되어
봉쇄수도원 처마 끝에 걸린
니 바다 내 바다 네바다
석양의 무법자로 말 달렸던
몸집 큰 이방인도
별수 없이 곡식 자루로 둥둥 뜬 바다

멀리서 소금 기둥 된

롯의 아내도 흘깃 뒤돌아서서 보는
나는 슬픈 광두정!

—《못 박는 사람》

곡정曲釘에 대하여

멀고 먼 스페인 남부
론다 소망의 절벽에 몰래 끼워 둔 쪽지
'다 이루었습니다'

못질 소리에도 이내 굽히던 내가
회초리만 들어도 바짓가랑이 걷던 내가
뱃심 좋게 한번 눙친 것 놓고
그날 당신도 깜짝 놀라
소망의 절벽을 다 헐어 버렸다

지금도 내 유년의 춘궁기
등 굽은 가난이 자주 맨발 밟던
타작마당 곡정曲丁에는
론다 절벽보다 더 가파른 보릿고개 있어
그날 무지개 쫓다 벗겨진 고무신
발 기도문을 읽는다
'제발, 한 푼 줍쇼'

—《못 박는 사람》

812

철정鐵釘에 대하여

문을 두드렸다
"누구요?"
"제가 왔습니다."
문은 더 굳게 닫혔다
오랜 시간이 흐른 후
허리 굽은 그가 다시 문을 두드렸다
"누구요?"
"당신이 왔습니다."
문이 열렸다

고해를 하며
이 밖에 알아내지 못한 죄를
이 밖에 사랑하지 못했던 생을
이 밖에 꿈꾸지 못했던
이 밖에 살지 못했던
이 밖에 오직
오직 이 밖에
입 밖에
더 이상 말할 수 없는
못 중의 못

쇠못이여!
이제와 함께 영원히, 아멘

—《못 박는 사람》

나사못 경전

나사못은 나선형입니다
몸속을 파고들 때나 빠져나올 때
소리가 나지 않습니다
'흔들어도 소리 나지 않는' 용각산처럼
십자드라이버로 꼭 잠근
나사 머리에는 십자가가 있습니다
인간이 고안한 최고의 발명품으로
평가받은 것이 우연이 아닌 것처럼
십자 볼트와 십자드라이버가
무슬림에 퍼진 것도 우연이 아닌 것처럼
그가 목수였던 것이 우연이 아닌 것처럼
나선형으로 하늘 오른 바빌론이
노여움 받은 것도 결코 우연이 아닌 것처럼
당신의 정수리에 열 십 자가 새겨진 것도!
그 나사못이 경전의 한 줄이 된 것도!

—《못 박는 사람》

시를 씻다

갠지스 강가에서
몸을 적셨다
머리부터 발끝까지
죄를 씻었다

천국이
하늘에 있다면
나는 새들이 먼저 들 것이고
물속에 있다면
물고기가 먼저 들 것이라고
땅의 사람이 외쳤다

물고기의 뼈와
새의 깃털만 흐르는
천국의 강가에서
나는 시만 씻었다

빨래판

어머니는 빨래판이다
세상 바람 쐰 것들을
비비고 치대고 문질러
죄 된 것만 씻기는
빨면대장경이다

한밤 초경의 첫 장을 씻은 누이
남루의 빨랫줄 따라
하얗다, 하이얗다 손뼉 치는 깃발
깃발은 모두 그렇게 운다

눈도 귀도 입도 없이
운명의 옷가지로 주름 파인
노점 시장 싸구려 좌판
어머니의 일생의 빨래판
우리들의 빨만대장경이다

봄날

이 봄날
세상의 모든 꽃을
딸이라 불렀다
세상의 모든 여자를
어머니라 소리쳐 불렀다

내 옷과 내 가슴을 찢으며
그것들의 물방울 하나 마르지 않게
이 봄날
바다에 이르게 했다!

당신의 천국

한 생선 장수가 거센 비바람 피해 처마 밑에 서 있게 되었습니다. 바람에 흔들리는 정원의 꽃향기에 이내 마음을 다 빼앗겼습니다. 날 저물자 정원 헛간에 하루 묵게 된 그는 꽃향기에 한잠도 이룰 수가 없었습니다. 생각다 못해 생선 바구니에 비를 흠뻑 맞히고 머리맡에 두고서야 편히 잠들 수 있었습니다.

우리 이모님은 생선 장수입니다.
이모님이 계시는 곳에는 생선 냄새가 납니다.
바다의 '바에서 다'까지
청상과부로 수절했던 바다 하나
지금은 하늘나라에 있습니다.
시장터 팔다 남은 바구니에
아직도 눈 뜬 생선을 보면
아마 이모님도 천국의 꽃향기에
잠 못 이루지 않나 생각 듭니다.

거룩한 책

나는 거룩한 책이다
일생의 순례자들은
모두 신발을 고쳐 맬 일이다
그날 황사가 종일 불었다
드디어 모세의 지팡이는
활자를 갈랐고
나는 출애굽기를 기록했다

맨 처음 무작정 집을 나온 것은
여섯 살 때였다
전차가 타고 싶었다
땡땡땡 멈췄다가 다시 떠나는
긴 빨랫줄 같은 전깃줄을 잡고
궤도 따라 미끄러져가는
앞뒤 없는 유년
그날 꼬깃꼬깃 모은 지폐로
첫 출발의 차표를 끊었다
갑자기 사람들은 모두 뒤로 걷고
가로수와 집마저 뒷걸음치는 세상
잘 보였다

모세를 좇는 한 무리 병사들이
일진광풍을 일으키며 달려오고
읽다 둔 구약의 몇 페이지가
모래와 함께 날아가며
점자처럼 또렷하게 더듬어지는 유년의 종점
사람들은 모두 내렸다
현기증에 두 눈을 꼬옥 감은 나만
영문도 모른 채 우두커니 남아 있었다

그날 빈털터리인 어린 나는
선로 따라 울며 울며 되돌아왔다
온 집안은 발칵 뒤집어졌다
모세가 바다를 열고
피신시킨 그날
내 어린 등짝에 부리나케 떨어진 것은
부지깽이 세례였다
바깥세상을 몰래 본 은총이었다

마더 데레사

대충대충 청소할 것 같은
고분고분 않고 고집부릴 것 같은
꾸벅꾸벅 졸며 기도할 것 같은
눈물 없이도 청승맞게 울 것 같은
몸 구석구석 아줌마 티가 밴
무심결 콧구멍을 자주 후비는
한 여자

그날 가랑잎보다 더 가난한 천국에서 물었다
어떻게 기도하나요?
'그냥 듣지요'
그럼 하느님은 무슨 말씀 하시나요?
'그분께서도 그저 들으시지요'
비로소, 비로소 우리 모두 귀 기울이는
어머니

3

연민으로 후욱 끓은
면발들

콩나물

콩나물은
삶거나 무치지 않아도 콩나물이라 부른다
고춧가루로 버무린 콩나물은
우리 집 밥상에서 늘 일등이다
그 콩나물 대가리가
노오란 콩 대가리가
어린 솟대로 집 지키는 날
어린 내가 일손 돕기 위해
매일 물 주고 기른
한입 젓가락에 집힌 콩나물 사이
흰 천을 다독다독 머리 인
가족 같은 콩나물시루 사이
똥 누면 유난히 콩만 살아서
눈에 띄는 유년의 똥 무더기
삶거나 버무리지 않아도
콩나물로 불리는 빈자일등貧者一燈
이제야 나는 기도한다

칼국수

마음에 칼을 품고 있는 날에는
칼국수를 해먹자
칼국수 날은 날카롭다
식칼, 회칼, 과일칼
허기 느끼며 먹는 칼국수에
누구나 자상刺傷을 입는다

그럼 밀가루 반죽을 잘해서
인내와 함께
홍두깨로 고루 밀어 보자
이때 바닥에 붙지 않게
마른 밀가루를
서너 겹 접은 분노와 회한 사이
슬슬 뿌리며
도마 위에서 일정하게 썰어 보자
불 끈 한석봉 붓놀림같이
한눈팔아서는 안 된다
특히 칼자국 난 면발들이
펄펄 끓인 다시물에 뛰어들 때
같이 뛰어들지 않도록 주의하자

고통이 연민으로 후욱 끓어오를 때
어린 시절 짝사랑 같은
애호박 하나쯤 송송 썰어
끓는 면발 사이 넣는 것도 좋겠다

우리 모두 마음에 칼을 품은 날에는
다 함께 칼국수를 해 먹자

—《못 박는 사람》

배추김치

아침 눈뜨고
저녁 잠자리 들 동안
우리 집 김칫독에는
어린 배추 잎사귀들이 등 포갠 채
한세상 잘 익고 있다

그 하루
무채와 파, 마늘, 생강, 고춧가루
저주와 분노와 세상의 악다구니로
서로 밥 한 끼 먹은 적 없는
씹어서 삼켜야만 사는
내 생의 한복판,
반의 반밖에 살지 못했던
지난날 소꿉놀이 같은 겉절이

알싸한 슬픔의 식탁에 마주 앉아
'김치' 하며 웃어 주는 아내여!

상추쌈

그녀가 나를 싸서
입 크게 벌리고 먹을 때
하필이면
여호와께서 찾으셨다
어디에 있느냐?

운이 억세게 나쁜 그날
그녀가 다 삼킬 때까지
상추로 가린 나는
"네" 하는 말마저 꿀꺽 삼켰다

구약의 물고기
배 속에 갇힌 요나처럼!

김장하는 날

우리 집 김장은
배추가 뿌리째 뽑히면서부터
통배추로 복부가 쩍 갈라지면서부터
굵은 왕소금에 절여지면서부터
고춧가루와 젓갈을 뒤집어쓰면서부터
장독에 꾹꾹 눌려 땅에 묻히면서부터

다시 얼어붙은 뚜껑이 열리면서부터
도마 위에 숭숭 썰리면서부터
젓가락에 집히면서부터
아삭하게 입안에서 씹히면서부터
당신은 우리의 가문家門,
적赤그리스도다!

영등포 블루스

싸구려 영등포역
어두운 밥집 뒷골목
빈 술병의 입구에서
잠시 마주쳤던 완행열차
그녀가 속치마를 벗은 것은
그가 지나간 다음 역부터였다
띄엄띄엄 얽힌 선로
마르케스, 마지막 책장 너머
내 슬픈 창녀를 추억케 한
그날의 따뜻한 밥, 국 한 그릇.

폐차장 가는 길

어중이떠중이 시절
기생오라비라 불리던 시절
그때가 참 좋았다
눈물 많고 자주 눈물 흘리게 했던
그때가 정말 그립다

폐차시키기 전
시동을 걸고 라이트를 켜 보았다
그나마 건재했다
불온한 앞길에는 잘 적응되지 않았지만
그래도 사정을 참고 미루었던
젊은 밤 하나가
반짝 스쳐 지나간다

중고차가 부담 없다고
흠집을 감쪽같이 잡아
잘 빠졌다라는 말에
선뜻 계약한 그날
차주가 된 나는
한밤에도 주차장에 내려와

기생오라비같이 빨고 핥았다

한때 나를 늙게 하고
또한 젊어서 후회하게 했던
나의 기생오라비야
세월 앞에는 장사 없다고
오늘은 폐차장 가는 날이다

떡갈나무의 별

떡갈나무에 떡갈잎
떡갈잎에 새겨진
떡갈 별
순교를 하든지
개죽음당하든지
별별 일 다 겪고 나서
한숨으로 떠 있는 별
싸구려 별
칠성판에 흩뿌린 눈물 같은
떠돌이 별
가시만 빼고 다 발라 먹은
별별 소문 다 들리는
나무 물고기의 별
바람 센 날 떡갈나무!

가을이 오면

귀뚜라미 울면

귀뚜라미 보일러를 점검할 때다

들창에 꽉 껴

오도 가도 못 하는 만월

해마다 우리 집 연통을 막는 것은

달빛에 글 읽는 쓸개 빠진 저놈이다

개 같은 인생

사람들이 나를 무어라고 부르더냐
누구라 말하더냐
어디서 들었는지
개새끼!
개같이 산다고
로프를 꼭 잡은
암벽 등반가처럼
기둥서방처럼
천벌 받을 놈처럼
나라 없어진 것은 슬프지만
양반과 상투가 사라진 것이
더 시원하다는 외숙부처럼
씨 없는 수박이 먹기 좋은 것처럼
서로 터놓고 불러 보는
개 같은 인생처럼

민어회를 씹으며

민어는
새끼일 땐 감부리
좀 더 자라면 통치
어릴 적 울 엄마는
종환이 엄마
초등학교에 들어가면서
종철이 엄마

횟집 상머리에 놓인 생선 대갈통
빨간 초고추장이거나
톡 쏘는 고추냉이의 어중간한 지점에서
지옥의 젓가락을 집으며
나의 차라투스트라는 외쳤다
종철아, 종 쳐라, 종을 치라!

영도다리

오전 10시와 오후 4시
부산 영도다리가
끄어덕 끄덕 하루 두 번 오르내리는 때를
이곳 토박이들은
호랑이 담배 피우던 시절이라 불렀다
그날 항구의 경적이 길게 울리고
커다란 다리가 끄어덕 올라가면
슬픔을 등진 돛단배들이
뱃고동 사이로 천천히 지나갔다

오전 10시와 오후 4시
집집마다 시계가 귀하던 시절
배꼽시계보다 정확한 영도다리
슬프게 끄어덕 올라가면
우리들도 일제히 뒤꿈치 들고
먼바다로 오줌을 갈겼다
고등어 정어리 갈치 가자미
고래 고기까지 흔하던
호랑이 담배 피우던 시절
리북 사투리와 서울 말씨가

유난히 질퍽하게 밟히는 자갈치 좌판에
덧댄 헝겊 같은
눈물 자국이 선명히 밴
호랑이 담배 피우던 그 시절에는

흑백사진 한 장

자, 여길 보세요

하나 둘 셋

검은 보자기 속 거꾸로 나란히 앉은

신랑 신부 '번쩍' 들어 올리며

흰 것은 검게

검은 것은 희게

벼락 맞은 대추나무

30년 전 그때를 보는

딸과 사위, 손자, 손녀들

폐백실 치마폭에 후두둑 떨어진

그 서너 알의 대추들

입관

개망초가 잘 보이는 날은
어디서나 울기가 좋다

비로소 생의 철조망 걷힌
당신의 저녁
머리를 감기고
똥구멍을 씻기고
발가락 사이 때 문지르고
입관을 끝내었다
물 없이 목욕하는
길 밖의 개망초와 함께.

우리들의 묘비명

오늘은 나, 내일은 당신
부음 듣는 것, 덤덤한 일이다
마지막이라는 말
불시에 듣는 것, 정말 덤덤한 일이다

오늘의 운세는 오늘 사는 자의 몫
어제 죽은 신문의 부음란과 함께
하늘보다 더 높은 창
하나 내고 싶은 까닭이 여기 있었구나

살아서는 세워 두고
죽어서는 눕혀 놓은
우리들의 작은 깃발
오늘은 나, 내일은 당신!

놋쇠 종을 흔들며

인사동 개미시장에서
놋쇠 종 하나 샀다
오너라 흔들면
술상 들어오고
또 흔들면
떨어진 술 채워 주고
또오 흔들면
쓸쓸했던 60년대 시학이
또오 또 흔들면
우리 모두 로또 되는 놋쇠 종아

일찍이 미당도 이걸 장만했더라면
곡차로 흰 눈 덮인 마포 공덕동
순득아*, 순득아, 사랑채에서
자주 부르지 않았을 순득아
놋쇠 종 우리들의 순득아
밤 늦도록 사랑 객 되어 대취한 시절
오늘 밤 불현듯 늙은 놋쇠종 되어
하, 수상한 시절
우리 순득 시중들고 싶구나

* 미당 댁 잔심부름하던 소녀

4

우리들의 신곡神曲

젊은 잎새들의 전우에게

한 꾸러미 소포를 받았다
마른하늘 날벼락 같은 태극기 한 장
아무리 크게 불러도 목쉬지 않는 애국가
국가유공자 인증서와 함께 당도했다

노병으로 불리기도 거북한 내 나이 예순다섯
죽은 전우들과 밥 먹고 포복했던 날들이
국가보훈처 이름으로 12만 원, 파월참전 수당 3만 원
가끔 잘못 전달된 입영 통지서에 화들짝 놀라
꿈 깼던 그날까지 데불고 당도했다
그러고 보니 죽은 아들 나이 세는 격이구나

그래그래 그쯤 되었겠다
철모 쓰고 탄띠 메고
M16 가늠쇠로 바라보던 초병 시절
조상보다 종교보다
더 거룩하다는 조국의 명 받아
아직 늙지도 죽지도 못한
젊은 잎새들의 전우,
이 밤도 야전 정글에 남아

모기약 바르며 매복하고 있을 전우야,
살아남은 자의 슬픔을
한 잔 술로 음복하노니
여기에 들어오는 자여, 희망을 버려라*

—《못 박는 사람》

* 단테《신곡》에서 지옥문 비명의 마지막 행

용병 이야기

　그날 우리는 짐을 싸면서도 용병인 줄 몰랐다. 끗발이나 빽도 없는, 대가리 싹뚝 민 개망초 보병들이다. 야간 군용 트럭으로 잠입한 오음리 특수 훈련장, 이른 기상나팔에 물구나무선 참나무, 소나무, 굴참나무. 아침 점호에 같이 고향을 본 후 힘차게 몇 개의 산을 넘었다. 이빨까지 덜덜거리는 상반신 겨울, 주는 대로 먹고, 찌르고, 던지고, 복종하는 훈련병. 정곡을 찌르는 기합에, 겨울 새 떼들은 숨죽이며 날아올랐다. 하루 일당 1달러 80센트에 펄럭이는 성조기, 우리는 조국의 이름으로 낮은 포복을 하였다.*

　오음리의 겨울은 이제 누구도 더 이상 귀 기울이지 않는다. 생선에게 고양이를 맡기든 말든 죽은 시인도 죽은 척할 뿐이다.

—《못 박는 사람》

---

* 통킹만 사건(1964년)을 빌미로 미국의 베트남전이 시작됐다. 2005년 10월《뉴욕타임스》는 이 사건이 조작된 것임을 밝혔다.

겨울 연옥

하룻밤만 지나면 지옥 훈련이 끝나는 날
밤 PX에서 몇 잔 막걸리를 마시고
페치카 온기에 기대어 단꿈 꾸었다
넉넉하게 걸터앉은 주말의 하반신
그러나 비상 호루라기에 모두 발기한다
'알몸에 군화 신고, 철모와 탄띠 착용, 선착순 집합!'
곤봉과 군홧발에 삽시간 달궈지는 훈련병
연병장 눈밭에는 왕소금의 달빛이 저벅거렸다
'모두 엎드려! 일어서, 엎드려'
시린 달빛에 벌거벗은 자작나무, 참나무 모두 한 몸이다
'자, 구보. 군가는 진짜 사나이, 하나 두울 셋!'
빨간 모자가 선창할 때
우리는 앞쪽 거시기 가렸던 수통을
엉덩이 쪽으로 휙 돌려놓았다
'사나이로 태어나서 할 일도 많다만'
앞에 불알 두 쪽, 뒤에는 수통 끄덕
'너와 나, 나라 지키는 영광에 살았다'
이구동성으로 악쓰는 오음리
'씨팔, 월남은커녕 얼어서 뒈지겠다'
그날 처음으로 월남越南도 씨팔처럼

한자를 한국어식으로 음차한 말인 것을 알았다

—《못 박는 사람》

지포 라이터를 켜며

형이 면회를 왔다
떡과 통닭 한 꾸러미에
눈물 핑 돌았지만 이내 담배를 물었다
번쩍이는 지포 라이터로 불붙여 주었다
쉬엄쉬엄 세상 소식 전하던 형은
지포 라이터를 봉화로 켜 올리며
활활 살아서 돌아와야 한다고
비바람에도 꺼지지 않는
은빛 날개 같은 생의 지표를
꼬옥 쥐어 주었다

내 몸이 되었다
경쾌한 소리에 맞춰 찰칵,
당겨지는 생명의 불꽃
부적 같은 봉화가 없어진 것은
전함을 타고 먼바다로 나아갔을 때였다
선실 침대칸까지 미친 듯 찾아 뒤졌지만
단짝 허 병장이 귓속말했다
'이 배에는 왕년의 소매치기, 구두닦이
다 있능기라요. 외제품인 게 문제지요'

그날 지포 라이터라는 이름으로
나는 가장 먼저 전사했다

　　　　　　　　　　　　　　　　　—《못 박는 사람》

빨간 팬티

세상을 바꾸는 단 한 줄 시를 위해
참전한다고 호기 있게 쓴 편지
고향 친구 손에 읽히기 전
내 전 생애가 담보됐다는 걸
아는 데는 그리 오래 걸리지 않았다
여름 나라 파병에
혹독한 동계 훈련 받은 것은 그렇다 치더라도,
전투수당과 생명 수당이 국고에 강제 귀속된다는
소문 또한 그렇다 치더라도,

전함이 남지나해 가까워지자
우리는 선내를 속옷으로 돌아다녔다
한결같은 빨간 팬티다
액운을 때울 수 있다고
무사히 귀환할 수 있다고
여자 팬티 입은 놈도 여럿 있었다
한 장의 연꽃으로 가린 심청의 아들
왜, 그것도 몰랐냐고 빤히 되묻는 눈빛에
나는 또 한 번 패잔병이 되었다

─《못 박는 사람》

그 무렵, 말뚝처럼 박힌

그 무렵 야자수가 긴 만을 따라 덮고 있는 캄란베이에는, 크고 작은 배들이 군수품과 용병들을 나르며, 반쯤 죽은 자들을 실어가기도 하였다. 모두가 패잔병이었다. 푸가, 둔주곡, 달아나면서 도망가면서 켜는 놈의 뒤꽁지를 붙들고 나는 내 시에 '죽음의 둔주곡' 제목을 붙였다. 세븐업 캔도 수줍은 촌놈처럼 마셔보았고, 깡통 맥주를 한자리에 앉은 채 두 박스나 비웠다. '죽음의 축제' 뷔페도 처음 먹어 보았다

그 무렵 캄란베이 야전병원에는 시신을 냉동구에 보관하였다, 죽어서야 비로소 시원한 곳에 안치되는 곳, 베트콩 시신도 보았다. 메주콩, 장단콩, 베트콩, 콩 콩 콩. 눈망울이 유난히 맑은 꽁까이 마을 수진에서 우리는 첫 단추를 잘못 끼운 다국적군으로 활보했다. 매독과 임질이 매복한 여름 참호가 폐허처럼 떠도는,

그 무렵 우리 용병들에게는 최신 무기가 지급되었다. 가볍고 화력 센 자동 연발 M16, 정글 군화, 시레이션, 좋은 보직 바라고 자주 손 든 신참 손가락에는 금반지가 끼어 있었지만 그나마 철 지났다 한다. 이 와중에도 끗발 좋은 놈들은 돈푼깨나 만졌는데 직업 군인이거나 눈치 9단짜리 용병이었다. 나트랑 동하이 흰 햇빛만이 포상 휴가 나온 말단 소총수의 몸을 벌겋게 익혀 주었다.

—《못 박는 사람》

대수롭지 않게

연대 수색중대의 긴급 작전에
위생병 차출이 왔다
우리 의무중대에서
신병인 내가 일 순위로 뽑혔다
고참들은 위로했고
그날 밤 맥주 파티를 열어 주었다
그러고는 대수롭지 않게 유서를 쓰라고 했다
작전 나갈 때는 누구나 준비하는 것이라고
시킨 대로 손톱과 머리카락을 잘라
대수롭지 않게 봉투에 담고
항해하며 틈틈이 쓴 미완성
〈죽음의 둔주곡〉*도 함께 넣어 두었다
그날 밤 머리맡에 총신을 닦아 놓고
모로 돌아누워 자는 척했다
아주 대수롭지 않게.

—《못 박는 사람》

* 첫 시집《서울의 유서》(1975)에 실린 연작시

군번 12039412, 작은 전쟁들

　정글의 하루는 3킬로미터도 이동하기 힘들었다. 작전 사흘째부터 모두 지쳤다. 이때를 베트콩은 노릴 것이다. 첫 타깃은 지휘관이나 통신병 그리고 위생병이다. 구급낭 하나 더 있는 위생병은 삼척동자도 알아본다. 아무튼 내 기도가 빗나가지 않았다면 한 방은 먼저 지휘관을 겨냥할 것이다. 병사인 척해도 베트콩은 야자수 귀신처럼 알아낼 것이다. 그다음은 긴 무선이 눈에 띄는 통신병, 그런데 눈치 없는 수색중대장은 꼭 나를 곁에 두려고 자주 챙겼다.

　잠깐 이동을 멈춘 사이 젖은 러닝을 벗어 꼬옥 짰다. 서너 방울 땀을 시레이션 깡통에 받아 혀끝에 댔다. 작전 전날 하느님과 동격이라는 고참 말대로 일주일간 먹을 시레이션 중 웬만한 건 다 버리고, 수통 일곱 개에 물을 가득 채웠다. 사흘 만에 다섯 통을 비웠고, 이제 두 통밖에 남지 않았다. 고심 끝에 한 통은 아예 없다는 생각으로 배낭 깊숙이 숨겼다. 나도 모르게 숨겼다. 나흘째는 오줌을 받아 커피 가루 섞어 마셨다. 우리는 베트콩을 피해 물 없는 산으로만 자꾸 올랐다. 한 떼의 야생 원숭이들이 끽끽거리며 무섭게 스쳐 지나갔다. 털 벗겨진 우두머리 늙은 원숭이가 씩씩대며 위협했다. 정상에서 바라본 강가에는 야자수들이 물빛으로 머리를 길게 풀고 있었다. 그곳에는 백발백중의 베트콩과 머리카락 같은 가는 선으로 연결된 부비트랩이 우리 발목을 노리고 있을 것이다.

정상에서 밤을 보냈다. 덜 위험한 만큼 갈증은 더욱 심해졌다. 밤에는 참호 속에서 오돌오돌 추위에 떨어야 했다. 정글의 밤은 믿기 어려울 만큼 추웠다. 밤은 빨리 왔고 새벽은 갑자기 동텄다. 꼬옥 안고 잤던 배낭이 어째 느슨해 보였다. 나는 마지막 수통을 뒤졌다. 빈 통이다! 베트콩보다 더 무서운 놈이 내 목숨을 거둬 갔다. 분노했지만 아무도 관심 갖지 않는다. 그 순간 꽹음이 울렸다. 천연기념물 같은 나뭇가지들이 우지끈 기울었다. 포탄이 무더기로 떨어졌다. 혼비백산이다. 모두 웅크리거나 숨기에 급급했다. 간신히 무선통신이 연결됐다. 미군 포병부대에서 잘못된 정보로 우리 수색대원을 잡을 뻔한 것이다. 작전은 종료되고 산상으로 날아온 미군 헬기로 귀환했다. 나는 큰 물통에 코를 박고 한 시간을 그렇게 있었다. 그제서야 다 용서할 수 있었다. 나의 첫 번째 전투는 목마름이었다. 밤새 캔맥주로 잠꼬대를 채웠다.

—《못 박는 사람》

858

손톱을 깎으며

그날 총과 배낭으로 무장한 전투병보다, 위생병인 나는 구급낭을 하나 더 메고 떠났다. 구급낭 속에는 압박붕대와 솜, 거즈, 지혈대 그리고 항생제와 아스피린, 지사제 등 알약과 소독, 핀셋 등 간단한 기구까지 챙겨 두었다.

작전 이튿날부터 풀에 베었거나 독충에 쏘이거나 감기에 걸린 환자가 속출했다. 하얀 알약을 처방할 때가 가장 민망했다. 손을 씻지 못해 반 토막으로 쪼갠 코데인은 늘 새까맸다. 그러나 모두 안다. 작전 때는 손톱이나 수염 깎는 것을 금기시하는 것을.

나는 손톱을 깎았다. 이판사판 깎아 버렸다. 소대원들이 수군 거렸다. 바로 그 시간, 엄청난 일이 일어났다. 작전 철수다! 갑작스레 내려온 상부의 전통에 축제처럼 서로 얼싸안았다. 지금도 손톱 깎는 날에는 좋은 일만 생긴다. 매일 깎을 수 없으니 좋은 날도 때로는 손톱 자라는 동안 기다려 주기도 한다.

—《못 박는 사람》

나라가 임하오시며

그날 〈아메리칸 라디오 서비스〉 정규방송이 멈췄다. 때아닌 포스터의 민요가 온종일 흘러나왔다. 사이공의 모든 미국인은 즉시 철수하라는, 미리 정해진 암호였다. 어느 날 서울에서도 AFN이나 VOA에서 〈올드 블랙 조〉나 〈오 수재너〉나 〈금발의 제니〉가 온종일 나오면 주한 미군과 외국인들은 사사사사사삿 꼬리 짜른 도마뱀처럼,

남베트남은 자주 꼬리 짜르는 도마뱀이다. 길 위에 지붕에 철조망에 팔뚝만 한 놈부터 새끼손가락 크기까지, 쓰윽 고개 들었다가 미동하지 않은, 죽은 것같이 있다가 사사사사사삿 취사장 펄펄 끓는 솥에 흰 배때기 까뒤집고 떠오르는, 하긴 어느 놈이든 국솥에 들어가면 창졸간 실토하지 않고는 못 배기는 법!

기겁한 것은 그놈뿐 아니다. 미국 입맛에 맞는 피자처럼 박 정권이 한판에 받아들인 머리당 5,000달러짜리 우리 용병들. 필리핀은 일인당 7,000달러, 미국은 일인당 13,000달러. 반값 세일로 아무것도 모른 채 배를 탄 박정희의 패잔병들. 입 다물고 조용히 밀봉된 채 40년이 지난 지금까지 참고 기다렸다.

전쟁 당사자인 베트남인은 아들 셋 낳길 소망했다. 하나는 정

860

부군, 또 하나는 베트콩, 그리고 농부로 집 지키게 하니 우리는 누굴 위해 누구와 싸웠는지 말해 다오. 전장 없는 전장의 용병들. 하늘에서 무심결 뿌려지는 물보라에 입 벌려 맛본 고엽제. 에디트 피아프의 〈고엽〉에 기도했던 우리는 슬픈 용병. 다시 한번 애국가 불러 목쉬지 않은 그날이 돌아온다면, 아아, 영영 오지 않더라도 그날 죽은 시인은 쓴다. '너희 여기에 들어오는 자는, 모든 희망을 그곳에 남겨 두어라.'

—《못 박는 사람》

눈물고개

지금도 논산 훈련소에는 눈물고개 있는지 몰라
그 빤질빤질한 고개가 눈물로 다 닳아
작대기 군번 가진 남정네 무르팍
이제는 추억으로 헐어 있을지 몰라

신병 사격 훈련장에는
언제나 전설 같은 눈물고개가 따라다녔다
엎드려, 일어서, 동작 봐!
다시 엎드려 일어서, 엎드려 일어서
불발탄처럼 잽싸지 못하다고
신병들을 뻔질나게 돌린 저 눈물고개
외눈으로 정조준해서 방아쇠 당기면
남의 과녁에 박히는 실탄 자국
군기 빠졌다고 정신 줄 놓았다고
선착순 뛰게 한 눈물고개
그렇게 수십 바퀴 돌고 나면
아무도 그쪽으로 오줌 누지 않았다

오조준해야 맞힐 수 있다는 세상 과녁
신병 때 처음 배운 오조준이

우리 인생 사는 법 될 줄이야
간혹 꿈속에까지
차출 왔던 입영 통지서
무지개 뜬 눈물고개 보이는 날부터
그마저 연락이 뚝 끊겼다

제8시집

절두산 부활의 집

문학세계사, 2014

마지막 서문

이것저것 끌어 모아 시집을 낼까 두렵다. 그래서 작은딸의 힘을 빌려 눈에 뜨이는 원고부터 힘겹게 정리했다. 부끄러운 수준이다.

혹시 시간 지나 책이 되어 나오면 용서 바란다.

그리고 잊어 주길 바란다.

김종철

1

유작遺作으로 남다

유작으로 남기고 싶지 않아
밤새 고치고 다듬는다
실컷 피를 빤 아침 하나가
냉담한 하느님과 광고를 믿지 않은
자들만 분리수거해 갔다

아침마다 뽀로로를 즐겨 보던
네 살배기 손주도 변했다
로봇으로 변신하는 자동차
또봇에 정신이 팔린 것은
우리가 관과 수의에 관심을 가질 때였다
나를 태울 장의차가 손주의 로봇으로 합체될 때
실컷 젖을 빤 아침이 와도 나는 깨지 않겠다

이제 어디에서나 이름이 빠진
내가 차례를 기다린다
내장과 비늘을 제거한 생선이
먼저 걸리는 생의 고랑대
몸만 남은 체면이 기도의 바짓가랑이 붙잡고
분노하고 절망하고 타협하고 그리고 순명하다가

무릎 꿇는 또봇의 새 아침
쩍 벌어진 애도의 쓰레기통이나 뒤져
악담 퍼부은 유작들만 분리수거되는 날이다

언제 울어야 하나

내가 병을 얻자
멀쩡한 아내가 따라서 투병을 한다
늦도록 엔도 슈샤쿠를 읽던 아내는
독한 항암제에 취한 나의 기도에
매일 밤 창을 열고
하느님을 직접 찾아 나섰다

길면 6개월에서 1년
주치의 암 선고 들었던 날 밤
날 보아요 과부상이 아니잖아요
병실 유리창에 얼비친
한강의 두 눈썹 사이에 걸린
남편을 보며
애써 웃어 보이던 아내
그래그래 아직은 서로 눈물을 보일 수 없구나
아무리 용 써 봤자 별수 없다는 것을
아는 당신과 나,

암 병동에서

항암 치료 받기 위해 주사실에 들렀다
칸칸이 놓인 빈 침대의
허연 슬픔이 나를 맞았다
마음 놓고 울어도 좋을 것 같은
경외성서 같은
야전 막사 교회 하나
바로 내 속에 든 너였구나

초록 가운 입은 간호원이
앙상한 팔뚝을 툭툭 두들겼다
'혈관은 참 튼튼하네요'
별 할 말도 없는 내가
'보이지 않는 것을 어떻게 아느냐' 대꾸하자
'남자는 옷 입은 여자를 봐도
속 몸매를 잘 안다 하던걸요'
웃자고 한 말이지만
썰렁하게 식은 나는 웃는 것마저 놓쳤다

한 방울씩 떨어지는 항암제 따라
죽음의 순례를 시작한 나는

살아 있는 모든 고통은
옷 겨입은 알몸인 것을 알게 되었다

펑펑 울다

소문보다 빠르게
암이 전이되었다는 사실을
나만 몰랐다
그래서 아무 말 하지 않아도
침묵이 변명 되어 버린 날
모처럼 마음을 추스르고 출근하였다
사무실에서 업무 얘기를 하다가
소문에 들었던 '나'를
처음 내 입으로 말해 주었다
회사 살림만 우직하게 꾸려 왔던 우리 전무는
기다렸다는 듯이 펑펑 울었다

늘 나이보다 더 들어 보였던 그가
팔소매를 훔치며
체면도 없이 그저 펑펑 울 때는
참, 젊어 보였다
나는 그저 흐느끼는 어깨만 토닥였다
'아, 나는 언제 펑펑 울어 보나'

산행

아내가 앞서고
나는 뒤따라 오르다
무릎이 좋지 않은 아내는
연신 뒤돌아보며 조심해서 오라고 한다
아내에게 업힌 좁은 산길
하루 아침 중환자 된 나는
살아 있는 모든 것을 연민하며
마음 놓고 울 수 있는 곳을
눈여겨 살폈다

앙상한 나무를 마주칠 때는
고엽제 때문일 거라고
월남 참전을 원망하던 아내
영문도 모르고 뒤집어쓴
고엽제는 오늘만 벌써 두 번째다

정상이 가까워질수록
비탈에 선 나무 같은 노인네들
북망산을 하나씩 껴안고 오르고
나보다 오래 살 사람들만 모여드는

정상을 우리는 외면하고
내가 앞서며 하산의 지팡이가 되었다
하산에서 다시 하심下心까지는 내 몫이다

버킷리스트

시한부 병상
볼펜에서 만지작거렸던
생의 마지막 변화구인 볼펜으로
실밥 꾹꾹 눌러 던진
세 개의 스트라이크와 일곱 개의 볼
내 손을 벗어났다
견제구 두 개로
재산 파일을 수습하고
회사 대차대조표를 정리했다
커브 볼 세 개로
집사람 노후 대책
어린 손자 미래 보기
그리고 지인과 작별 준비하고
위협구인 빈볼 하나쯤으로
세상과 화해하고
일곱 번째는 직구로
꼭 가고 싶은 곳을 찾고
여덟, 아홉은 스트라이크 존에서 벗어난 볼
열 번째는 기습 번트에 출루시킨
부끄러운 내 욕망과 남루한 생의 옷가지

일생의 마운드에서
결코 교체되지 말아야 할 나는 패전투수
열 개의 버킷리스트로 기록된 자책점들!

오늘의 조선간장

소문만으로도 더 빨리 중환자가 되었다
안됐구먼, 그 팔팔한 양반이!
조심스레 격려 전화와 문자가 찍혔다
힘내, 파이팅!
나는 종목도 없는 운동선수로 기재되었다.
이길 수 없는 경기에만 나오는 선수다

그중 가장 살맛나게 하는 소문은
이제 끝났어, 살아 오면 내 손에 장 지지지!
오랜만에 듣는 행복한 저주였다
일찍이 나를 잉태했던 어머니는
가난에 겨워 조선간장 몇 사발 들이켰지만
그래도 세상 구경한 나였지 않은가

오냐, 네놈부터 장 지지게 해 주마!

안녕

퇴원이다
안녕 안녕
덕담하며 병원 문턱을 넘었다
몸 버리면 세상을 잃는다는
일상의 처방전
잘 있다. 괜찮다고 나는 사인했다

월요일 젖은 몸 말리고
급히 지퍼 올리다가 목에 걸린
뜨거운 국밥 한 그릇
생명은 한순간 뜨겁다

제가 곧 나으리다

나는 기도하는 나무다
나를 둘러싼 무성한 잎들
기도의 짐이다
더러는 가지를 부러뜨린 소망들
내 마음의 겨울이 오면서
모두 땅 위에 내린
나는 무릎 꿇은 나무다

단 한 벌로 맞은 일생의 겨울
하늘로 꼿꼿이 선
마지막 한 잎의 눈물까지 떨구었다
생의 수식어를 벗은 겸허한 나무,
한 말씀만 하소서
제가 곧 나으리다

산춘 기도문

아침 산보가 좋음
상지대上智大 둑길 따라
이냐시오 성당, 요츠야 역, 이치가야 역
이이다바시 역까지 야스쿠니 신사도 가깝지만
왕복 시간에 요츠야 사거리
돈 보스코 서점 옆 골목
와카 바라는 타이야키야에서
붕어빵 사 드시면 금방 쾌유될 것임

산춘 신부에게 온 문자 메시지
저승길은 아무래도 침침한 눈과
먹은 귀가 먼저 당도하는 법
'덕분에 말씀의 붕어빵 잘 먹었음'
화살기도만 쏘았다
달마다 벚꽃 지는 소피아 둑길
생의 붕어빵 낚는 어부들이
뜰채망에 누군가를 담고 있었다

나는 기도한다

매일 아침
기도가 머리에서 한 움큼씩 빠졌다
마른 장작처럼 서서히 굳어 가는 몸
한 방울씩 스며든 항암 주사액에
생의 마지막 잎새까지 말라 버렸다.

내 명줄을 쥐고 있는
아내의 하느님만
오츠보, 시이나, 야마다를 불러 주셨다
이쯤에서 함께 걷는 인연을 주셨고
기적은 사마리아인의 것만이 아니었다.
신을 모르는 일본 의사들이
빛으로 나의 죽음을 태워 주었다.

그래 그렇구나, 막상 생의 시간 벌고 나니
청명에 죽느냐, 한식에 죽느냐구나
나는 기도한다.
나를 살려 준 저들을 용서해 주소서!

큰 산 하나 삼키고

그날 나는 실수로
만신을 삼켰다
난리였다
큰 산을 삼켰으니
뱉어 낼 때까지
세상은 집중했고
혼자 죽어 있어야만 했다
익명의 만신을 따라간 나는
아침저녁 길을 묻는
북망산 하나를 만났다

새벽에 깨어 보니
빈 무덤이 열렸다
거친 삶의 한켠
힘들게 뱉은 그 밤
싸구려 신칼, 방울, 부채
장구와 자바라에 어울렸던 내가
시퍼렇게 날선
생의 작두 위에서 춤추고 있었다.

지바千葉의 첫 밤

지바 현 지바 시 이나게 구 아나가와
낯선 다다미방에 누운
마른 풀잎의 빗소리를 듣는다

천 잎(千葉)으로 갈라진
전생 따라
죽지 않을 자는 죽게 하고
진즉 죽어야 할 자는 죽지 않게 한
폭우에 납작 엎드린 소방서 옆
일본 국립방사선의학총합연구소
그래서 오늘 나는 죽어서 왔다

여러 겹 포개진 꽃대의 천 잎,
탄소이온의 천 잎,
앞면은 너희 삶
뒷면은 낯선 죽음
구급차보다 느린 빗소리를
읽고 나를 쓴다
천 번 쓰러지고 천 번 일어난
지바의 명자命者로, 살아가는 자로!

풍수지리

죽을병 얻자
누가 풍수 얘기를 했다
집터가 좋지 않다고
새로 산 사옥까지 흠 잡는다

늘그막에 이것저것 버리고
마누라까지 바꾸면
제삿밥 얻어먹으려다
길 찾지 못한 망자가
바로 나였겠구나

명당 찾아
사망의 골짜기까지 파헤친 밤
불운과 옻나무 관만
다리 뻗고 주무신다

둘레길에서

아내와 함께
둘레길을 산책하다 보면
잔디로 잘 다듬어진 묏자리를 본다
아주 편안해 보인다
따라 눕고 싶어진다
이러면 안 되는데 싶다가
자주 뒤돌아서는 눈길
나도 때가 됐음인가
지상에서 받은 축복과
은혜도 갚지 못하고
이 풍진 세상
작은 봉분 하나로 우리를 챙기는 생애
먼 뻐꾸기 울음이 지나온 길을 끊는다

절두산 부활의 집

몸과 마음을 버려야만 비로소 머물 수 있는 곳
아내의 따뜻한 손에 이끌려
용인 천주교 공원묘지와 시안에도 들렀다
내 생의 마지막 투병하는데
절두산 부활의 집을 계약했다고 한다
신혼 초 살림 장만하듯 아내와 반겼다

절두산은 성지순례로 가족과 들렀던 곳
낮은 나에게도 지상의 집을 사랑으로 주셨다
머리가 없는
목 잘린 순교의 산
오, 나도 드디어 못 하나를 얻었다
무두정無頭釘
부활의 집 지하 3층에서
망자와 함께 이제사 천상의 집 지으리라

─2014년 6월 22일 오후 7시 22분
연세 암병동에서

엄마, 어머니, 어머님

누구나 세 분의 당신을 모시고 있다
세상을 처음 열어 주신 엄마
세상을 업어 주고 입혀 주신 어머니
세상을 깨닫게 하고 가르침 주신 어머님

엄마의 무릎에서 내려오면
회초리로 사람 가르치는 어머니가 계시고
세상을 얻기 위해 뛰다 보면
부끄러움과 후회로
어머님 영정 앞에 잔 올린다

성모 아닌 어머님이
세상 어디에 있더냐
기도로 일깨우고
눈물로 고통 닦아 주신
엄마, 어머니, 어머님
모두 거룩한 한 분이시다

2

망치가 가벼우면 못이 솟는다*

— 몸의 전사편찬사戰史編纂史

아흔한 살 구 일본 노병 마츠모토 마사요시
눈 내리는 중국 북서부
가타메 병단 7대대 본부 위생병인
스물한 살 마츠모토 마사요시를
무릎 꿇리고 참회시켰다

야간 배식 기다리듯
한 줄로 길게 늘어섰던 부대원들
한 병사가 문 열고 나오기 무섭게
허리춤 쥐고 연이어 들락거렸던 밤
서너 명의 조선 여인들은
밤새워 눈물로 복무했다
부대가 전쟁 치른 날에는
한꺼번에 생사 확인하듯 더 바빠졌다
살아 있는 몸뚱이만 몸이 아니었다
돌아오지 못한 사내들의
피로 물든 만주 벌판까지
밤새 빨래하는 것도 그녀들 몫이었다

삼백 명 주둔한 산간 부대 위생일지에

가득 채워진 성병 검사와 606호 주사들
'삿쿠'** 끼고 생의 낮은 포복을 한
스물한 살이었던 노병 마츠모토의 고해
'그들은 성노예였습니다.'
위안부 몸의 역사는
못 박힌 일본 제국의 전사편찬사다

* 한국 속담
** 콘돔

튀어나온 못이 가장 먼저 망치질 당한다[*]
— 위안부라는 이름의 검은 기차

그해, 두 명의 일본군에게 영문도 모른 채 끌려갔다. 경성의 어두운 기차역 화물칸. 전라도, 경상도, 팔도 사투리도 들렸다. 기차는 막무가내 달렸다. 얼마쯤 갔을까 갑자기 멈췄다. 한 떼 일본군이 우르르 몰려와 문을 열어제쳤다. 화물칸마다 비명 소리가 들렸고, 끌려 나온 여자들은 모두 들판에서 윤간을 당했다. 죽어라 반항해도 칼로 위협하고 총대로 내려쳤다. 피투성이로 몇몇은 도망치다 총 맞아 죽기도 했다. 첫날은 열 명 이상이 그녀의 몸을 지나갔다.[**]

'오도리돌돌 굼브라가는 검은 기차에 총칼 차고 말 탄 사람 제일 좋더라,

만주 땅에 시베리아 넓은 벌판에 총칼 차고 말 탄 사람 제일 좋더라'

달리기만 멈추면 또 다른 일본군들이 바지를 내리고 검은 기차의 목을 조였다. 서너 차례 지나쳤던 검은 벌판의 울음, 남경 강북 어느 쪽엔가 기차는 기진맥진 정차했다. 사지가 마비된 것은 선로뿐만이 아니었다. 위안부라는 이름의 일생의 검은 기차는, 오도리돌돌 잘도 굼브라가는 그 검은 기차는,

[*] 일본 속담
[**] 일본군 위안부 피해자 김의경 할머니의 증언 내용

첫 번째 못이 박히기 전에
두 번째 못을 박지 말라*
— 현병숙**이라 쓰고, 스즈코라 부른다

위안소에서 나의 이름은 스즈코다
세상은 모두 왜놈들로 가득 차서
도망갈 곳도 없던 시절
우리는 정기적인 검사를 받고
어쩌다 병 걸리면 606호 주사를 맞았다

한 번에 2원씩 받는 사병 화대
그나마 떼어먹고 주지 않은 위안소
오히려 채금 진 것에 토해 내게 했다
군부대와 이동하면서 빨래를 빨고
피 묻은 옷은 방망이로 두드려 널고
밥이라도 배불리 먹고 싶었지만
진즉 배부른 위안부는
'삿쿠' 끼지 않은 놈에게 재수없이 걸렸을 때다
어느 날 밤 산꼭대기 일본놈들과
국민당 병이 콩 볶듯 싸웠다
안방까지 톡톡 튀어 들어온 총알
밥 먹다 눈 부릅뜨고 죽은 자
앉았다 덜컥 쓰러진 자
그 밤, 스즈코와 나는 서로 꼬옥 안고

배꼽 떨어진 고향 쪽으로 엎드려 울었다

* 독일 속담
** 현병숙, 1917년 1월 평안북도 박천 출생

어두운 데서 못 박으려다 입만 다친다[*]

― 제국의 위안부

그날 밤
제국의 위안부는
일 끝내고 나가는 병사에게
'멋지게 죽어 주세요'
알몸으로 누운 채
배웅했다
출격 앞둔 날
병사들은 만취되고
소리 내어 울었다

살아서 돌아오면
기모노 입고 에이프런 차림에
축하연 참석한다던 슬픈 누이들이여
'멋지게 죽어 주세요.'
천황 폐하의 만수무강하심과
황실 번영하심을 봉축했던 그 밤들!

* 미국 속담

못은 자루를 뚫고 나온다[*]

— 조센삐

한 달 한 번씩 군인 받지 않는 날
'황국신민서사' 외우고
일본 병사 무덤에
풀 뜯고 향 꽂고 합장해 주었다.

전쟁터 나가면 환송하고
돌아오면 환영했던
천황 폐하의 위안부
소방대 훈련과 가마니에
창 찌르기 연습 날에는
검은 모자 검은 몸뻬를 입었다.

쿄우에이 위안소 일정이 정해졌다.
일요일 사단 사령부 본부
월요일 기병부대
화요일 공병부대
수요일 휴업일, 성병 검진
목요일 위생부대
금요일 산포부대
토요일 수송부대

의무로서 죽음을 기다리는 병사들
줄 서서 순번 기다릴 때가
매번 부끄러워서 죽겠다던 위안소
위문품 꾸러미도 은근슬쩍 쥐어 주는
최전선 조센삐 위안소는 만원사례다

* 헝가리 속담

못은 머리부터 내리쳐라*

— 아베 마리아

아베, 아베 말이야
군국주의 혈통 자랑하느라
극우 정치 술수로 표심 자극하느라
어리석은 일본 신민에게
위안부는 처음부터 존재하지 않는다고
늙은 일장기 아래서 생떼 부린
버림받은 빈 깡통 아베, 아베 말이야

녹슨 못 넣어 더욱 검게 한 콩조림 요리법처럼
등 굽은 녹슨 아베, 아베 말이야
일제 침략 역사를 더 검게 왜곡시킨 콩조림
A급 전범 복역자 외할비 기시 노부스케
독도를 제 땅이라 망언한 애비 아베 신타로

늙은 야스쿠니 까마귀가 또 우짖는다
입이 가벼우면 이빨도 솟는 법
도쿄 극우파에게 매춘부라 모독 당한 위안부 할머니
'늦었다. 하지만,
너무 늦지는 않았다.'**
베를린에 내걸린 나치 수배 사냥꾼 포스터에

말뚝 소녀상도 통곡한다
'아베는 늦었다. 하지만 천황 폐위는 늦지 않았다.'
아베 마리아!

* 네덜란드 속담
** 유대인 대학살에 참여한 나치 전범을 찾는 포스터 문구

망치를 들면 모든 것이 못대가리로 보인다*

— 위안부냐, 홀로코스트냐

1938년 4월 21일 한 일본 병사는
'어리석은 어리석은 내 자신' 일기장에서
'돌격 1호'**만 믿고
천황 폐하의 위안소 쪽방
세상에 남은 단 한 여자를 안았다
컨베이어 벨트에 실려 나가는 싸구려 상품처럼
줄 서서 순번 기다렸던 수치감
반바지 허리끈도 채 매지 않은
금단의 열매까지 보았다

그날 밤은 그들 것만 아니었다
그렇게 자주 긴 줄을 세운 것은,
기도마저 포기한 홀로코스트
알몸의 천사들도
차례차례 수용소 가스실로 끌려갔다

터널로 들어선 검은 기차
가쁜 숨 쉬며 사정하고
너그럽게 용서했던 것은
승전보 올린 늙은 일장기만이었을까

용서는 하지만 결코 잊지 않는
세상의 홀로코스트 어머니에게
'어리석은 어리석은' 병사는 죽어서 말했다
인신매매 위안소를 아무리 허물고 덮어도
'돌격 1호'만으로는 세상의 양심까지 덧씌울 수 없음을!

* 영국 속담
** 콘돔의 은어

좋은 철로 못을 만들거나
좋은 사람을 군인으로 만들지 말라[*]
— 돌격 1호

검은 기차에 덧씌운
일본군의 삿쿠
우리 모두 '돌격 1호'라 부른다.
밤새도록 들쳐 업고
달렸던 '돌격 1호'
역사를 지나칠 때마다
마을 이름을 하나씩 달아 주고
밤 들판에서 짝짓기 하던
사내들의 숨 가쁜 하늘 너머
익혀 둔 별자리
벌써 어른이 다 되었다

이미 전사한 일본군들은
영문도 모른 채 신사神社에 갇혀
검은 별로
저녁마다 맨 먼저 떠오른다

* 중국 속담

망치에 대하여

못 박기, 못 뽑기, 모두 망치는 일이다

3

애월涯月

애월아, 하면
달로 뜬 애월
물고기 풍경에 이우는 애월
젖고 또 젖으며 기다린
모두 파도가 되어 버린
먼 훗날,
수줍게 고개 숙인 너는 떠나고
기차를 기다린다
기적을 울리는 바다를 기다린다
일생에 단 한 번
차표로 끊는 바다 기차역
나는 애월은,

재[灰]의 수요일

속죄하는 날
나무 한 그루 심는다

사흘 굶어 담 안 넘을 사람 없다지만
한때 사람답게 살지 못했던
슬쩍 눈 감아 지나쳐 버렸던
그날의 담벼락들

수목장의 머리에 얹은 재
이마에 바르고
당신의 십자가 나무 아래
무릎 꿇지 않았다면
하마터면 보지 못할
하느님의 바알간 복숭아뼈,
속죄하는 날은
벼락 맞은 나무 아래가 제격이다

택배의 노래

청테이프 붙여 놓은 가위표 택배
드디어 당신의 입을 다물게 했다
숨 쉬지 않아도
살아 있게 한 것만 천만다행이다
'빠름 빠름 빠름'
낙오 두려워 가볍게 짐진 자들아
총알 배달 따라, 선착순 따라
비닐 농가 물기가 채 가시지 않은
채소의 사생활부터
익기도 전 꼭지 딴 누이의 젖망울까지

퀵서비스는 만병통치약이다
9,000원 영화 한 편에 최저 임금 4,860원
4,300원 아메리카노 한 잔에 최저 임금 4,860원
어디에 견주어도 시원찮은 일용직 벌이
설익은 밥을 밤새 껴안고
우리는 도시의 페달을 밟았다
'빠름 빠름 빠름'
조로증 걸린 고령화와
늙지 않는 자살률만이

오늘의 레퀴엠을 노래한다
금지된 것만 금지하는
우리 입을 막은 택배 상자들.

THE END

적당한 때 죽어라
차라투스트라는 이렇게 말했다.
생의 연회가 끝나면
배부른 자는 모두 떠나고
그대는 죽음을 준비한다

빈 술병의 무덤에
검은 봄이 오는 것은
왜 월요일이어야 하며
오전 10시와 3시 사이
가을 겨울보다 봄과 초여름 사이
부활을 막기 위해 말뚝 박힌 자들은
왜 북동쪽에 머리를 두는가

사포는 사랑 때문에
히포는 순결을 위하여
아리스토텔레스는 회한에 못 이겨
클레오메네스는 명예를 위해
데모크리토스는 늙고 쇠약한 몸이 싫어
디오게네스는 삶을 멸시하며

모두 다 자기 살해를 택했다

차안에서 피안으로 그어진 국경
원치 않았지만 어쩔 수 없이
시간을 따라 강제로 이동 당했다
그것을 '늙었다'는 말로 대신했다
내가 보고 있는 세상은
백억 년 전이나 지금이나 나이만 똑같다

이렇게 썼다

내 죽음의 책 서두를 읽었다
관 속에 누워
지금은 동해시지만
언제나 묵호라 부르던 역에 멈춰 섰다
내가 묵호였고
존재하지 않는 묵호 때문에
나 이외의 것은 동해시가 분명해졌다

확실할수록 더 부정확해진 묵호를 본다
가난한 포구 어깨에 기댄 어선 몇 척

내 속의 바다에 빠져 있는
교과서 삶으로 갇힌 뇌
육신도 없는 선지자
모두가 나의 노숙자들이다

아무도 듣는 사람 없으면
떨어질 때 소리를 내지 않는
속담 속의 나무가
바로 그들이다

평생 너로 살다가

평생 시를 썼지만
돈 된다는 생각은 한 번도 없었지만
후배 시인은 집도 사고 생활도 꾸렸다
사양하지 못해 받은 원고료까지 셈하니
3개월 치 월급밖에 되지 못한
한 생애, 시를 살다 간다

투정도 하지 않고
한 줄에만 골몰하며
세상일 숙제하듯 내다보면서
평생 일천만 원 벌기 위해
수억 원 재능을 버린 나는
가족에게 시로 밥 한 끼 먹인 적 없다

시는
애써 외면할 수 있는 가난이었기에
이는 곧, 나다 외치고 싶지만
잘 가거라
끝내 팔리지도 읽히지도 않은
나에게 빚만 남겨 두고

떠나는 시여.

숨바꼭질

유년의 천장은
비만 오면 중얼거렸다
눈뜬 아침부터 늦은 밤 사이
산비알 판잣집에서
알전구 같은 쥐새끼들이 우루루 몰려다닐 때
6·25 피난살이 또래의 참을성 없는 우리도
쿵쿵거리며 아랫목을 들쑤셔 놓을 때

맨발의 지붕은
쥐새끼들과 같은 꿈을 꾸며

이를 갈고 잠꼬대했다
우리가 저들을 사하듯
참지 못한 지상의 아버지는
천장의 종이 귀퉁이를 찢고
어린 고양이 한 마리를 훌쩍 던져 놓았다
비만 오면 중얼거리는
비 맞은 중처럼

내가 수상하다

일을 하고 있는 나를 볼 때
커피를 마시는 나를 볼 때
수상하다
아침 집에서 나온 나를 볼 때
앞의 내가 뒤의 나를 볼 때
나는 누군지 알지 못한다
내가 수상하다
몸의 다른 부위와 연결되어 있는
뇌처럼
과거와 미래의 온갖 구불구불하고
기이한 길들이
모두 수상하다

달리는 희망버스

희망버스가 달린다
절망도 없이 철탑에 오른 해고 노동자
그러나 기다려라,
'함께 살자' 구호는 없지만
나만 죽자는 깃발이 펄럭인다

생의 망루에 올라 바라본다
발아래 시너 통
분노의 라이터로 확 당겨 주길 바란다
나는 열사다
죽어서 살아라 함성이 떠민다

희망버스가 속속 밀려 온다
그중 변심할 것 같은 나와 임무 교대할
흰 마스크의 후배도 보인다

잘 있거라,
라이트를 확 그었다
땀에 젖은 라이터가,
아, 라이 터가,

922

씨팔, 이놈 라 이타가!
먼저 타오른 군중이
불타는 그를 바라본다

총각김치

손가락 굵기만 한 어린 무에
무청 달린 채로 담근
상투 틀 총總, 뿔 각角 총각김치
무청 우거지를 덮고 웃소금 뿌려 익힌
김칫독도 독이든가
작다고 얕보다 큰 코 다친다더라
손으로 집으면 별것 아니지만
입속 넣으면 금세 부풀어
아삭아삭 풀 먹인 홑청
설왕설래 군침 찰찰 고이는데
맛들인 여인네는 금세 알리라

낮이나 밤이나 김치 세상
어디 처녀김치는 없소
저만치 돌아앉은 홀아비김치만
식은밥에 얹혀 있구나

불조심

비오는 도쿄 뒷골목
무라카미 하루키 에이전시인
사카이 상과 한 곱부 하다 나온
60년대 서울 식당 얘기
설렁탕, 곰탕, 갈비탕, 탕 탕 탕
벽면 메뉴판 글자 옆에
큼지막한 붉은 세 글자
그날 특별 메뉴인 양 보여져
저것 달라 가리켰더니
'불조심'!
꺼진 불도 다시 보자는 '불조심' 표어
그냥 웃자고 한 소리겠거니 했지만
'불'과 '조심' 사이
사무라이 칼끝 하나 번뜩 그어진다

개망초를 꺾다

낫과 꼴을 버리라고 한다
손도 내밀지 말라 한다
가난만이 버릴 것 있다면
길 밖 개망초에
당장 목 매달라 한다
더러운 것은 똥이 아니라
밥이라고 외치며
나는 개망초를 꺾는다
입 닥치라는 개망초를 꺾는다

늙은 소처럼

산 산 산
누운 소처럼 두 눈만 껌벅거리는
우 면 산
숨은 전등불 하나 둘 길을 내는
새벽 4시
해무를 타고 하산하는
굽은 잎새의 수평선
만선의 뱃고동 소리 들리는
잎새들의 항구는
침대에 누워서도 더 잘 보인다

태산에 대하여

사랑한다는 것은
태산을 마주 보는 일이다
세상은 여자 없이 시작되었고
남자 없이 끝나리라는
태산 같은 걱정에
나를 넘는다

날개 없는 짝퉁

날개 없는
가운데가 뻥 뚫린
내가 요즘은 대세다
구조가 단순한
안전한
청소하기 편한

그래서 머지않아 날갯죽지 없는
천사도 만들어질 것 같다
날개가 있어야 추락하는 천사는
우리 집 구형 선풍기와 같이 있다

이번에도 예외는 아니다
중국산 짝퉁
날개 없는 선풍기 바람 쐬면
추락할 곳 찾지 못해
온종일 맴도는
우리 집 식구들도
누군가의 짝퉁이 된다

겨울 수박

뜨거운 여름밤
각혈하다
아무렇지 않게 툭 뱉은
씨
멍석 펴고 굴러다니는
애먼 수박 한 덩이
어제는 물로 배 뒤집더니
오늘은 내가 물을 뒤집었다

4

다시 카프카 읽다

로마에서 프라하행 비행기를 기다렸다
연착한 카프카도 만났다
그렇잖아도 화가 난 나는
늦은 비행기가 바퀴벌레처럼
어두워서야 기어나온다는 것을
카프카 아버지에게 드리는 편지를 읽고서야 알게 되었다

늦은 밤 프라하 불빛으로 다시 읽어 본다
팔자에도 없는 연착 1박을
고흐가 즐겼던 초록 술병에 새긴다

피렌체 출장길에서

장 콕토 삽화 다섯 점 벽면에 걸려 있다
그가 앉아 쉬었던 거실과 식탁,
나도 밥을 먹고
그가 사르트르나 피카소와 앉아
커피 마시던 자리 이 집 어디메쯤,
나를 훔쳐보고 있다
한 블록 떨어진 피티 궁전 초입 길에
1868년에서 1897년 도스토옙스키 민박집처럼
나흘간 머문 미지의 나도
고전이나 한번 되어 볼까
낙서하듯 데생화 된 삼류 그림이 얼비친
아르노 황토 강물에
그들도 목말라했을까
베키오 다리를 서성이며 한 달간 익명으로 산 댄 브라운,
출판업자인 나의 허망한 시가 더욱 초라하다
장 콕또의 허접한 삽화가 걸린 누부치너 호텔에서

로마의 휴일

스페인 광장에 가면
나는 언제나 그녀를 기다린다
계단을 장난스레 오르내리며
아이스크림을 한 입 문 빨간 입술
지난 청춘의 또래들이
즐기던 로마의 휴일

파스타 긴 가락으로
후루룩 빨려 들어가는 로마는
언제나 나와 함께 맨발이다

우리의 피사를 찾아서

당신의 피사는 무너질 듯해서 아름답다
기운만큼 탑의 중심을 배운다
피사는 날마다 아르노 강 따라 기운다
위태로운 나의 근심으로
굽은 강은 지팡이를 놓지 않는다

늙은 아내가 두 손 받치는 시늉하며
사진 포즈를 취한다
무릎이 온전치 못한 아내보다
내가 먼저 기운 생애
기운 탑 아래 아내와 나는 위험하다
생이 기운다는 것은
돌아가는 피렌체 기차 안에서만 깨닫는다

두오모 성당에서

우리는 소금이다
만성 고혈압이다
주치의가 수차례 경고한
단테 생가 터
그 좁은 나트륨 골목 성당 닿기 전에
아침 커피 한 잔에
소금 찍은 삶은 달걀
중독성 강한 열다섯 살 베아트리체를
보고야 말았다
동네 어른들 인사하는 틈 사이
흘깃 눈에 닿은 맨살의 소금

두오모 천장에서 삶은 달걀로 앉은
단테를 기다리며
그가 말을 걸어왔다
소금보다 더 좋은 연옥 소금
두오모 성당 중턱에 걸어 둔 소 대가리 연옥
아내의 간통을 기억하는
푸줏간 사내가 소금보다 짜다는 사실을
두오모 기도는 알고 있다

신곡을 찾아서

두오모 언덕에서 단테는
두오모 성당의 신축을 바라보는데
피렌체 상인이 지나다
가장 먹고 싶은 게 뭐냐고 물었다
삶은 달걀이지

수년이 지나 두오모
신축을 내려다보다가
피렌체 상인이 지나는 투로
뭣과 함께 먹으면 좋으냐 묻는다
소금에 찍어 먹지

스톤 헨지에서

양들이 풀을 뜯고 있다
양들이 고개를 들지 않는 까닭이다
양과 풀의 들판
스톤 헨지만 고개를 들고 있다
심심해서 들른 관광지
사람들은 없고
양의 소망만 바위가 되었다
세상에는 쓸모없는 바위 같은
나도 많다

어린 양

성탄절 판공성사 고해소 앞
작년, 재작년, 재재작년보다
길어진 줄서기
어린 양들은 불평하지만
나는 행복했었다
산 자만이 짓는 아름다운 죄,
죄 없이 구원 없는
한없이 기다리는
살아 있음에,
근심과 기쁨 사이
세상의 별들은 줄지어 노래한다
주님, 당신 종이 말합니다
주님, 당신 종이 듣습니다.

성탄 선물

시골 성당
베들레헴 구유 앞에
성호 긋고 선 아내가 묻는다.
여물통 어딨냐고,
빈 마굿간 웬 여물통이냐 하자
아내는 활짝 웃으며
예물통! 한다
깨어 있으라는 가난한 복음 대신
여물통 같은 보청기와
숭숭 썬 볏짚 여물이 그리운 날이다.

파티마 가는 길

잘 먹여 주고 입혀 주었더니
이제는 승천하겠다고 합니다
조금 부족하거나
모자란 것은 성형을 하고
하늘로 들려지기로 욕심부립니다
도마보다 의심 많고
유다보다 욕심 많은 저놈이
하늘로 날아가기만 바랍니다

파티마 성모님

이제사 허락해 주셔서 올 수 있었습니다
중늙은이가 되어 이제사
당신 발밑에 꿇을 수 있게 되었습니다
늘 보채고 투정하고 눈물 많던 시절은 지나갔습니다
어머니 이제사 경건하게 당신을 바라보며 불러 봅니다
내 마음의 무지개로
가까이 다가갈수록 멀어졌던 어머니
오늘은 가까이 가지 않아도
뵐 수 있는 당신을 찬양합니다

파티마를 찬양하며

오소서
오시어 세상의 기도 소리를 들어주소서
당신을 위한 찬미 찬양을 들어주소서
오늘을 오늘이게 하소서
세상의 처음과 끝을 보여 주소서

처음 온 파티마

처음 온 파티마
루치아 생가를 들렀다
천사가 나타난 우물가도 찾았다
프란치스코와 히야친타 남매*의 비좁은 침대와
가난에 그을린 부엌의 천장까지 보았다
외양간에는 양들이
여물을 씹고 있었다
죽어서도 변하지 않은
오물오물거리는 주둥이
쉴 새 없이 조잘거리는
관광객들의 저 주둥이
양들의 침묵이 기도였다면!

* 포르투갈의 빈촌 파티마에서 여섯 차례나 성모 마리아 발현을 목격한 세 어린이 목동

파티마 기도

없다
안 계신다
집안을 다 뒤졌다
부엌과 뒤뜰
다시 문밖을 나가
빨래터인 개울가까지
하늘마저 어둑어둑해진다
써늘한 물방울 하나가
뚝
뒷덜미에 떨어진다
느닷없는 적막에
'엄마' 하고
먼 산이 먼저 엉엉 운다

시의 순례

시의 순례는 기다림 없이 기다려야 하는 자의 몫입니다
주님 한 해가 저물어 갑니다
지금 가진 사랑에 기도 드릴 시간입니다
다시 바람이 불고 나뭇잎이 모두 벗는 시간
우리는 내의를 한 겹 더 껴입고 광야를 나설 것입니다

가위눌림

나사렛을 찾아서
떠났다
나사렛이라 쓰고
나자렛이라 읽는 자들은
이미 다녀갔다
보지 않은 성지를
한밤 잠자리에 누워
미리 마음으로 순례를 떠나기가 쉽지 않다
산등성이에 있다는 성지를 오르기도 전에
나는 마음 밖에 서 있다 감전되듯 가위에 눌렸다
엄청난 전류가 나를 감쌌다
손발은 꼼짝할 수 없고
머리에서 발끝까지 스캔 되듯 나를 훑었다
그 밤 나는 뼈만 남은 나사렛만 생각했다

해바라기 기도

한 송이 꽃보다
한마음 한곳으로 모여 피는
꽃들이 아름답다
해만 바라보며 피는 해바라기는
아름답다 아름다워서 거룩하다
보라 사랑이여
해를 보고 피었다가
해와 함께 지는
순례의 해바라기여

하느님의 종

나는 그 죄를 다 잊었다
나는 그 약속을 다 잊었다

마르가리타 수녀의 고백 신부가
예수성심께 다시 여쭤 보라고 하셨다
수녀님은 말씀하셨다
저는 벌써 다 잊었습니다

아빌라를 떠나며

아빌라를 떠나며
맨발의 죄인이 되어
올리브나무의 작은 죄인이 되어
십자가의 아빌라의 작은 죄인이 되어
오늘은 목초를 뜯는 소 떼가 되어
초원의 우레와 함께
낙상한 당신의 말씀
나를 떠난다 떠난 나를 보며
아빌라는 기도한다

십자가의 성 요한

요한은 십자가다
십자가의 못이다
십자가의 십자가 못이다
키 작은 요한은 도토리나무의 못이다
아빌라의 십자가나무의 못이다
성 요한은 십자가 요한이다
홀로 선 못이다
못 자국을 남기지 않은 목수다
십자가의 성 요한은

올리브 방앗간에서

너희 중 죄 없는 자 돌로 쳐라
간통한 여인을 가리키며 말했다
사람들은 슬금슬금 물러서는데
한 여인만 계속 돌을 던졌다
난감한 표정으로 지켜보던 젊은이
어머니, 제발 그만 좀 하세요
원죄 없는 동정녀 마리아
마지막 임종 맞았다는 그곳
작은 올리브 방앗간 겟세마니
이방인이 만든 성전 제단에
입맞춤하며,
불경스러운 우스개에
또 한 번 입맞춤하며!

겟세마니에 와 보니

하느님께 매달려 돌던
당나귀다
설익은 올리브 두 알
알몸으로 껴안은
연자방아다
허리 굽은 하느님께
매달려 돌던 우리는 모두 당나귀다

사해를 바라보며

롯의 아내는
소금기둥이 되었다
단 한 번 뒤돌아본
죄,
그 밤
우리들의 아내도
함께 돌아오지 않았다
욕망은
불타는 소금보다 짜다
자나깨나 가슴속
염전 말리는 세상의 여인
영악해서 뒤태도 보이지 않는다

당신을 위하여

구유에서 아기가 잡니다
마굿간에서 말이 잡니다
작년에 재작년에 재재작년에
떨어진 별똥별도
말구유에 함께 재웁니다
주여! 딱 한 번만 더 못 박히소서

부활 축일

새벽 공기처럼 자유롭게
금방 핀 꽃처럼 싱싱하게
맑은 이슬처럼 순수하게
부활은 지금 우리 곁에 있습니다.
부활초를 켜들면
별처럼 반짝이는 십자가
빛이 있으라 하니 빛나고
어둠도 있으라 하니
더 거룩히 깊어지는
춘분 뒤에 오는
만월 다음의 첫 일요일
부활절 달걀, 부활절 토끼
부활절 백합이 문밖에서
해방된 성자를 노래하고
오늘 우리도 부활절 떡볶이
부활절 사물놀이, 부활절 춤사위로
덩실덩실 당신을 모십니다.
동트는 주님
환생의 고통을 겪고
유월절 어린 양으로 오소서

찬미 받으소서

5

목마름에 대하여

양을 잡을 때 칼을 보이면
공포가 살에 스민다고 합니다
그 살점은 공포입니다
내가 본 것 들은 것 깨달은 것 모두 두고 가리라
어린 양의 갈증은 물 마시며 물을 찾는 것
주여! 저는 당신을 애 터지게 찾고 있습니다

나는 유작처럼

나는 유작처럼 버려지고 싶지 않다
꾹꾹 눌러 쓴 육필 시처럼
비밀번호로 열지 못한 노트북
메모리에 갇힌 나는
오늘도 쓴다
쓸모 없는 낙서까지 유작 되는 시대까지

이제 내가 죽을 것이다
문자 메시지도 비로소 편해진다
죽은 내가 나를 즐긴다
악몽 같은 언어의 바다!

발목 잡힌 야망

도대체 무얼 하자는 걸까
내 나이 66세가 되면서 나는 야망을 품었다
33세 십자가에 매달린 예수님보다
딱 두 배 더 산 나는 소리 소문 없이 계획을 세웠다
연초에 회사를 딸에게 물려주었다
나만의 광야를 찾기 위해 떠나기로 했다
나에게도 3년간의 참생활을 위해
아니 그 두 배인 6년 참생활을 위해
40일간의 광야를 찾아 떠나기로 했다
가을이 되기 전에 내가 머문 지상에서
인간의 건강검진을 받았다
해마다 해온 관례다
간호원들과 의사들이 분주히 움직였다
아내도 표정이 굳었다
큰 병원에서 다시 검진할 것을 추천했다
쉬쉬 한다
얼핏 들리는 말에는 간으로 전이되었다 한다
끝장났다는 얘기다
나는 아직 떠나질 않았는데
나의 광야를 만나지 않았는데

죽음의 암 장사에게 나는 걸려들었다
그러자 세상의 인간들은 나의 발목을 꽉 움켜잡았다

이런 날은

아침 출근 준비로 선블록 발랐다.
아니? 치약을 짰다니!
허옇게 웃고 있는 양 볼

저녁에 칫솔질하다
아니? 이게 선블록!
거품이 끓어 오르지 않는 입안

잠자리 들 시간
몇 번이나 보고 또 본 케이블 TV
폴 뉴먼과 레드포드가 쏜 총탄
영화가 끝맺자
'내일을 향해 쏴라'
비참한 시의 죽음도 끝났다

못난 놈

어릴 적 개구쟁이 시절 자주 듣던
못된 놈, 못 말리는 놈, 못난 놈,
그중 가장 많이 들었던 '못난 놈'

어머니 매질할 때
떨어진 성적에 쯧쯧 혀를 찰 때
애인 없다고, 못난 놈
돈벌이 시원찮다고, 못난 놈
그래그래 못만 빼면 '난 놈'이구나

얼마 전 상영된 국내판 서부영화
'좋은 놈 나쁜 놈 이상한 놈'
사이 '좋은 놈'
입장 바뀌면 '나쁜 놈'
불가근불가원이면 '이상한 놈'
그보다 조금 덕 없고, 철들지 않은
그러면서도 척하는,
못난 놈의 세상이 제격이구나

못 쓰는 시인

나를 소개할 때 지인은
'못 쓰는 시인이지요' 했다
'시요? 잘 써야 하는지라'
'못만 쓰는 시인이지요' 하니
감방에서 못으로 꾹꾹 눌러 쓴
김대중 선생의 편지를 떠올린 그가
'세상천지 툭 터졌는데 꼭 못으로 써야 되겠소?'

남부민 초등학교

해풍 거센 송도 야전 천막 학교
절벽 깎아지른 빈 미군 부대로
책걸상 들고 우리는 학교를 옮겼다
긴 빨랫줄 같은 먼 수평선
그날도 갈매기 부리에 쪼여
간혹 기우뚱거렸고
사생 시간 지겹게 그린 통통배도
눈치 없이 따라다녔다

남부민동 옛 고샅길에 만난
허리 굽은 동창들
저마다 바다 하나씩 안고
교정 은행나무로 기념사진 찍는다

추억으로 다시 들어 올리는 먼 영도다리
짓궂게 오줌 갈기며 설레발치는 통통배
와자한 아이들의 손바닥을 흔드는
남부민 초등학교 만세!

책상 모퉁이 기도
— 편운 조병화

늦은 나이, 조그만 출판사 하나 차린 나는
이른 아침 책상 모퉁이에서 기도한다.
남 볼세라 무릎 꿇은 괘종시계
추처럼 두 손 모으면
그때마다 불청객처럼 문 두드리는 한 통 전화.
어이, 종처리
하느님보다 먼저 응답하며
내 아침 기도의 불평을 틀어막은 편운.
저녁 대포 한잔 하세나
이보다 더한 세상 응답 또 있을까
문득 당신을 그리면
내가 더 그리워지는 그 책상 모퉁이.

부러진 티펙

부러진 티펙 하나로
세상을 본다
인생은 관 뚜껑을 닫을 때
골프는 장갑을 벗을 때
다 보인다는 세상의 원 포인트 레슨

어쩌다 사는 일로 등짐 진 날
생의 티박스에 오르면
부러진 티펙이 유난히 분분하다

때때로 골프에서 배웠다
소경도 머리부터 먼저 든다는
못 말리는 헤드업
희망보다 먼저 서두른 후회 때문에
망쳐 버린 나쁜 샷의 일상들

골프 모국인 영국인들은
'God save the Queen(하느님, 여왕을 구원해 주소서)'
경건히 머리 숙이며 스윙한다는데
10여 년 차인 나도 기도처럼

남몰래 외치고 있다
'짜장며언 짬뽕'

다시 티샷을 하며

티를 꽂고
확 트인 세상을 바라본다
첫 티샷 때 멈춰 있던 공마저
헛친 것이 여러 번 되었듯이
헛짚고 살았던 지난날들
푸른 풀잎의 빌딩 사이에 떨어진
하얀 공으로 우리의 스코어카드를 채웠다

인생은 언제나 다음 샷 하기 편한 자리에
희망을 보낸다는 생각으로 스윙하지만
공은 걱정했던 곳에서 먼저 기다렸다

한때 새우잠 자도 고래 꿈꾸던 시절
우리 생의 미스 샷은 눈물과 깨달음까지 주었다
이제 어쩌다 홀컵 지나친 내리막 퍼팅에
쓰리 퍼트의 삶이 오더라도
후회 다음에 오는 깨달음의 상처
당신이 불러 준 이름으로 꿈꾸리라

해슬리 나인브릿지

해 솟는 땅
여주 해슬리에는
세상 건너는 법을 배우는
아홉 개의 가교架橋가 있습니다
사람과 사람을 잇는 여덟 개 다리와
저만의 피안에 닿는
다리 하나 숨겨져 있습니다

마지막 무지개가 뜬
피안의 길을 찾게 되면,
하늘 높이 떠오른 연처럼
티를 꽂고 바라보는 세상이
더 이상 해저드와 벙커에만
빠져 있는 것이 아님을 알게 됩니다
인생의 일이란
때때로 풀섶 러프나 OB에 떨어진
운 나쁜 공처럼 낙담케 하지만
지금 머문 이 자리가 우리 꽃자리이듯
해 솟는 땅, 여기가 정상이라는
해슬리 나인브릿지에서

크게 외쳐 봅니다
'굿샷!'

DMZ 철책선의 봄
— 북녘 시인들에게

봄은
시인의 모국어에서 먼저 온다
한반도의 봄은
155마일 DMZ의 녹슨 철책선
미완성의 시로부터 온다

남북 분단 60여 년
어머니의 손마저 놓아 버린
DMZ 이정표에 서서 이르노니
형제여,
다시 모이시게나

2005년 7월 23일 새벽,
통일 문학의 해돋이에서
백두산 떠오르는 해를 바라보며
우리는 목 터지게 외쳤다
'조국은 하나다'

우리의 외침이 통일의 함성으로
우리의 기도가 평화의 합창으로

통곡하는 진달래꽃
겨울 건너 안부로 전하노니
문 두드리는 꽃잎에게도
형제여
그대의 봄길 열어 주시게나!

김수환

눈물 많던 당신을 기리면
우리는 눈[雪]이 됩니다
바보바보바보
바보이기에
오, 사랑으로 멈춘
환한 성령이기에

굽은 세상, 사랑 하나
머리에서 가슴으로 내려오는 데
칠십 생애 걸었다는 사제의 길
가난한 옹기장수 막내로 태어나
궂은 것 나쁜 것 오물까지 다 담은
일생의 용서를 옹기로 구워 낸 당신은
하느님 심부름꾼
우리들의 등짐장수

젊은 수도자의 어깨에
늘 허옇게 떨어져 있었던 비듬
선이 없는 악은 존재하지 않는다고
가끔씩 털어 주던 시대정신

사랑하고
또 사랑하고 용서하는 당신은
명동 성지聖地의 환한 눈사람!

1947년 **2월 18일(음력)** 부산시 서구 초장동 3가 75번지에서, 김해 김씨 김재
덕金載德과 경주 최씨 최이쁜崔人粉 사이 3남 1녀 중 막내로 출생. 시
인 김종해金鍾海는 바로 위의 형.

1960년 부산 대신중학교 입학. 2학년 때 부산 중앙성당에서 가톨릭 영세 받
음. 세례명은 아우구스티노. 그해 여름부터 시로 일기를 쓰기 시작
함. 가을 교내 백일장에서 장원을 하고, 학교 대표로 부산과 경상남
도 전역의 백일장에 참가해 입상하면서 이름을 알림. 3학년 초여름
원인을 알 수 없는 화재로 집이 불타 어린 시절의 사진 등 물품을 모
두 소실함.

1963년 부산 배정고등학교에 문예 장학생으로 입학. 나중에 소설가가 된 이
복구와 친교를 맺음. 부산과 영남 지역 문예 대회를 휩쓸며 다수의
상 수상.

1968년 《한국일보》 신춘문예에 시 〈재봉〉 당선. 시인 박정만과 함께 박봉
우, 황명, 강인섭, 이근배, 신세훈, 김원호, 이탄, 이가림, 권오운, 윤
상규 등이 참여한 '신춘시' 동인에 참여. 김재홍과 교우 시작. **3월**
미당 서정주가 김동리에게 적극 추천하여 문예장학 특대생으로 서
라벌예술대학에 입학. 이시영, 송기원, 감태준, 박양호, 김상렬, 오
정희, 윤정모, 김민숙, 신현정, 오정환, 조갑상 그리고 선배 이동하,
김형영 등과 교우. 군 입대를 한 사이 서라벌예술대학은 중앙대학교
예술대학으로 바뀌고, 여러 사정으로 뒤늦게 대학을 졸업한 뒤 대학
원에 입학함.

1970년 《서울신문》 신춘문예에 시 〈바다 변주곡〉 당선. 필명 '박낙천'으로
응모. 심사위원 박목월은 새로운 신인 기용을 막았다며 불같이 화를

내고, 박남수와 함께 자진 취소를 종용함. **3월** 입영 통지서를 받고 논산 훈련소로 입대함.

1971년 베트남전에 자원해 참전. 백마부대 일원으로 깜라인 만과 냐짱에 배치받음. 병과는 위생병으로 치료와 약제계를 맡음. 사령부 지시로 후반에는 백마사단장인 김영선 장군의 전속 수행원으로 발탁, 특수 임무를 수행함.

1973년 아모레퍼시픽의 전신인 ㈜태평양화학에 입사해 홍보실과 무역부에서 10여 년간 근무.

1975년 **1월** 진주 강씨 강봉자姜奉子와 결혼. 첫 시집《서울의 유서》(한림출판사) 상재. 첫딸 은경恩京 태어남. 이탄, 박제천, 강우식, 이영걸, 김원호 등과 '손과 손가락' 동인 결성. 미당 서정주도 참여해 두 차례 작품 발표함.

1977년 둘째 딸 시내 태어남.

1984년 두 번째 시집《오이도》(문학세계사) 상재. 동인 '손과 손가락'을 '시정신詩精神'으로 개명함. 정진규, 이건청, 민용태, 홍신선, 김여정, 윤석산이 새로 참여함.

1989년 **7월** 선배 김주영, 김원일, 이근배 등과 함께 국내 문인 최초로 백두산 기행. 기행문을 써 3개월간 KBS와 여성지에 연재함. **12월** 어머니 별세.

1990년 세 번째 시집《오늘이 그날이다》(청하) 상재. 제6회 윤동주문학상 본상 수상.

1991년   11월 도서출판 문학수첩 창립.

1992년   네 번째 시집《못에 관한 명상》(시와시학) 상재. 제4회 남명문학상
        본상 수상.

1993년   제3회 편운문학상 본상 수상. 도서출판 북@북스 창립.

1997년   이해부터 1998년까지 평택대학교에 출강.

1999년   이탈리아 시에나 대학교의 문고 시리즈로 영문시집 *The Floating
        Island*(Edition Peperkorn) 출간.

2000년   중앙대학교 예술대학에서 제3회 자랑스런 문창인상 수여.

2001년   다섯 번째 시집《등신불 시편》(문학수첩) 상재. 제13회 정지용문학
        상 수상.

2002년   이해부터 2004년까지 모교인 중앙대학교 문예창작과 겸임 교수를
        맡음.

2003년   **봄** 종합 문예 계간지《문학수첩》창간. 김재홍, 김종회, 장경렬, 최혜
        실이 초대 편집위원을 맡고, 권성우, 박혜영, 방민호, 유성호가 2대,
        김신정, 서영인, 유성호, 정혜경이 3대, 고봉준, 이경재, 조연정, 허병
        식이 4대 편집위원을 맡음. 2009년 겨울호(통권 28호)로 임시 휴간
        함.

2004년   이해부터 2006년까지 경희대학교 일반대학원에서 겸임 교수를 맡
        음.

2005년	형 김종해와 함께 형제시인 시집《어머니, 우리 어머니》(문학수첩) 상재. 7월 평양에서 열린 남북작가회의에 부의장 자격으로 참석. 백두산 묘향산을 비롯해 평양 주변의 주요 지역을 방문함.
2009년	여섯 번째 시집《못의 귀향》(시와시학) 상재. 제12회 한국가톨릭문학상 수상. 시선집《못과 삶과 꿈》(시월)을 활판인쇄 특장본으로 상재함.
2011년	봄 시전문 계간지《시인수첩》창간호 발간.《문학수첩》을 이어 통권 29호로 발간. 장경렬, 구모룡, 허혜정이 초대 편집위원, 김병호가 편집장을 맡음. 2대 편집위원은 구모룡, 김병호, 문혜원, 최현식이 맡음. 한국가톨릭문인회 회장으로 추대됨. 가톨릭 문인으로서는 최초로 '제1회 이스라엘 성지순례'에 참가함. 정호승, 이해인, 전옥주 등 다수의 문인과 신부 조광호, 교수이며 신부인 서강대 김산춘 등이 참여. 국제펜클럽 한국본부 이사로 뽑힘.
2012년	한국작가회의 자문 위원, 한국시인협회 심의위원장을 맡음.
2013년	일곱 번째 시집《못의 사회학》(문학수첩) 상재. 한국가톨릭문인회 창립 이후 50년 만에 첫 무크지《한국가톨릭문학》발간. 7월〈한국 대표 명시선 100〉의 하나로《못 박는 사람》(시인생각) 상재. 제8회 박두진문학상 수상.
2014년	한국시인협회 회장으로 추대됨. 한국저작권협회 이사 역임. 제12회 영랑시문학상 수상.
2014년	7월 5일 암 투병 끝에 67세를 일기로 세상을 떠남.

2014년   10월 유고시집《절두산 부활의 집》(문학세계사) 상재.

2016년   7월 2주기를 기리며《김종철 시전집》(문학수첩) 상재.

김종철 시전집

초판 1쇄 인쇄 2016년 6월 18일
초판 1쇄 발행 2016년 7월 5일

지은이 | 김종철
엮은이 | 이숭원
발행인 | 강봉자·김은경

펴낸곳 | (주)문학수첩
주 소 | 경기도 파주시 회동길 192(문발동 513-10) 출판문화단지
전 화 | 031-955-4445(대표번호), 4500(편집부)
팩 스 | 031-955-4455
등 록 | 1991년 11월 27일 제16-482호

홈페이지 | www.moonhak.co.kr
블로그 | blog.naver.com/moonhak91
이메일 | moonhak@moonhak.co.kr

ISBN 978-89-8392-619-7 03810

「이 도서의 국립중앙도서관 출판예정도서목록(CIP)은 서지정보유통지원시스템 홈페이지
(http://seoji.nl.go.kr)와 국가자료공동목록시스템(http://www.nl.go.kr/kolisnet)에서
이용하실 수 있습니다.(CIP제어번호: CIP2016014401)」